我们的父亲母亲

何晓

·—

编

SPM 南方出版传媒·广东人民出版社

·广州·

图书在版编目（CIP）数据

我们的父亲母亲 / 何晓编 . — 广州：广东人民出版社，2021.5
ISBN 978-7-218-14714-7

Ⅰ . ①我… Ⅱ . ①何… Ⅲ . ①故事－作品集－中国－当代 Ⅳ . ① I247.81

中国版本图书馆 CIP 数据核字（2020）第 242650 号

WOMEN DE FUQIN MUQIN

我们的父亲母亲

何晓　编

出 版 人：肖风华

责任编辑：李力夫
责任技编：吴彦斌　周星奎
装帧设计：安　宁

出版发行：广东人民出版社
地　　址：广州市海珠区新港西路 204 号 2 号楼（邮政编码：510300）
电　　话：（020）85716809（总编室）
传　　真：（020）85716872
网　　址：http://www.gdpph.com
印　　刷：北京彩虹伟业印刷有限公司
开　　本：880mm×1230mm　1/32
印　　张：9.5　字　数：189 千
版　　次：2021 年 5 月第 1 版
印　　次：2021 年 5 月第 1 次印刷
定　　价：52.00 元

如发现印装质量问题，影响阅读，请与出版社（020-85716849）联系调换。
售书热线：（020）85716826

目录

有些事儿在夕阳的

余晖里才能想透彻

宋捷
母亲和她的老小孩

不知从哪天起，一向开朗的父亲，忽然变得沉默寡言了。

起初，我并不知道这是一种比较麻烦的疾病，总以为人老了，两耳不闻窗外事，活在自己的往事与现实的混沌之中，是某种难得糊涂的境界。

后来发现不对。有一次，父亲去家门口的银行取退休金，竟然找不到回家的路了。我们遍寻不着，心急火燎地发动亲友四处找寻，好不容易才把他找了回来。

从此以后，母亲再也不让父亲一个人出门了。

做医生的妹妹把父亲带到医院做了仔细的检查，结果令人大惊失色：父亲患了阿尔茨海默症。

我们觉得母亲平素心理承受能力不强，决定暂不告诉她真相。每次送药回家，我们总要小心翼翼地把药盒和说明书扔掉，不让她看到。

可是，这哪能瞒得住与父亲朝夕相处的母亲？

早春二月，父亲因急性心衰住院，护士一不小心说漏了嘴，道出了父亲的病症。原以为母亲会责怪我们，但一向宽厚的母亲只轻轻地问了一句："海默就是沉默吗？"

母亲一辈子教书育人，老来读书看报是她退休生活的一部分，不管家务多么忙，每天的晚报是必读的。尤其是健康版和晚晴版，她期期动手剪报，贴了几大本，焉能不知什么是海默？

也许，当可怕的疾病突然降临到亲人的身上，人们总是要惊恐莫名的吧。母亲，自然也不例外。

后来，我悄悄翻看了母亲的记事本，才知道在得知父亲病症的那一夜，母亲流了一夜的泪水。

她实在不能接受这个事实，反复问我是不是医院弄错了。她还不止一次地喃喃自语道："老头子前些时还好好的，怎么就海默了呢？"

那一段时间，母亲尤其忌讳"萎缩""呆滞""沉默"之类的词汇。直到有一天，堂姐兰芬来探望，对父亲用了一个特别的称呼：老小孩。

母亲的倦容顿时舒展，似乎从这个打趣的称谓中，一下子找到父亲晚年的定位。

父亲每天总是端坐在一张藤椅上，两眼微合，面无表情，日复一日。

街坊邻居和亲朋好友大都淡出了他的视线，唯有他当年在国企担责时培养的几位后生结伴来看望他时，眸子里才会露出异样的光芒。

我知道，父亲一辈子的心血都花在了厂子里，看到这些老部下，他仿佛又回到了那段激情燃烧的岁月。

自从有了父亲这个老小孩，母亲的事更多了，身上的担子更重了，心头的压力陡然增大了。

尽管我们也做了一些力所能及的事情，但相比于年迈的母亲来说，真是微不足道。

海默的父亲，活脱脱一个少不更事的孩子。

母亲喂他吃饭，不吃；喊他早睡早起，不诺；拖他室内散步，不动；向他倾诉衷肠，不语。非但如此，他还时常会孩子般地对母亲发脾气，无名之火，不近常理。

而母亲，从无怨言，更无怒色，总是笑脸相迎，好言相向，顺着他，让着他，哄着他……

母亲每天最艰难的一件事，莫过于喂父亲吃饭。

因为父亲没有任何运动，加上挂水用药刺激了胃膜，导致食欲不振，有时一天粒米不进。我们给父亲喂饭时他常要发脾气，这个艰难的活儿就全落在母亲肩上了。

父亲不仅胃口不好，牙齿也几乎掉光，我们多次给他装牙，他都不肯。牙口不好，喂饭就更艰难了。他几乎什么都不肯吃，炖蛋就成了父亲一日三餐的标配。

母亲只好在炖蛋上变花样。她嘱咐我去买市面上最好的草鸡蛋、野鸭蛋、鸽子蛋。

担心营养不够，又恐口味单一，母亲慧至心灵，今天把新鲜的虾仁剁碎了炖，明天又把菠菜或其他蔬菜切碎拌在蛋里炖，咸酸五味，水光潋滟，浓淡相宜。

也许因为有了老小孩，我的母亲成了创意大师，百花齐放的通派菜肴也因此多了一道我母亲独创的特色菜：花色炖蛋。

海默的老小孩，可知他老人家吃到的是蛋虾，是水乳，还是那份一辈子的至爱？

工作中，闲暇时，我常会想起这些年来母亲照顾父亲的林林总总，枝枝蔓蔓，珠泪难禁，心潮难平。

不知母亲的老小孩——我的父亲大人，您海默的内心是什么样的波澜？

曾经看过一部叫《记忆的符号》的微电影，里面一句台词令人难忘："他们不是忘了，而是任性一次，当了一回孩子。"

真的，如今的父亲就是这样一个任性的孩子，他已从一名老人蜕变为一个老小孩，而且变化的速度远胜于我们成长的速度。

我慈爱的母亲，在人生的暮年，无怨无悔地守护着这样一个懵懵懂懂的老小孩。

有时候，望着母亲日渐消瘦的背影，我会想：母亲真的老了，越来越老了，她的老，有一半是为老小孩而老的。这不仅是爱情的升华，也是母爱的升华。

张宁宁
伏初和天华

伏初是我的母亲，因为她生在炎热的伏天，所以外公给她取乳名伏初。

小时候听父亲总是叫母亲的乳名，小心思里便会闪过一丝诙谐的笑意，知道那是父亲疼爱母亲的表现。长大后再听"伏初"，就觉得这个名字雅致，透着文学感。外公给他的孩子们取的名字都挺雅致，比如我的二姨叫春前，我的妈妈叫伏初，由此想，取出这些名字的外公一定是个儒雅而有学问的人。

我没有见过我的外公。非但我没有见过，我的母亲伏初也没能见到她的父亲。我的外公并非文弱书生，他和他的兄弟同是黄埔四期毕业生。我母亲尚在襁褓之中时，外公便早已投身革命，为赴国难，一去不返。在蒋介石"四一二"反革命政变中，外公与他的兄弟双双遇害。他们是我们心中永远的英雄！

伏初长大后，女承父业，15岁便投身革命，成长为一名飒爽英姿的新四军女战士。在军队里，伏初遇到了她的一生所爱——天华，我的父亲。从此他们并肩作战，风雨硝烟，患难与共。

父亲和母亲共同经历的过往，我们从母亲的口中听到的更多一些。他们往往说得轻描淡写，但在我们听来却是惊心动魄，荡气回肠。

1946年，21岁的伏初怀上了她的第一个孩子——我的大哥。而是年正是中国政治局势极具动荡的一年。天华和伏初所在的中原军区正处在这个风云变幻的触发点上。6月21日深夜，天华原已准备休息，然而对局势的担忧使他难以入睡。夜半起身回到办公处所后，刚刚进入工作状态不久，他便监听到一组敌台讯号，抄译后得知是国民党方面下达的7月1日大举围攻中原新四军五师的密电。十万火急！天华连夜骑马将截获的密电送至李先念司令员手中，五师得以提前突围，打乱了敌人的部署。26日，天华和伏初随李先念率领的主力部队离开宣化店向西突围，越过平汉线继续向西挺进。敌军围追堵截，战斗日趋激烈。天华所在电台要随主力部队行动，丹江不知过了多少回，湍急的丹江水不知吞噬了多少英雄。而伏初有孕在身，其行军的艰难程度可想而知。在这样的情况下，上级决定几个相同情况的女战士就地隐蔽。

伏初在她1949年写的自传中这样写道：

那时我心中想到是拖不动了，可是又怕在那样的情况下分开不容易见面，又怕他危险我不知道。但组织上的决定还是下去了，在分别的当时，心中是如何的难受……他们走了，我心想到可怜的天华，今天不知要拖多少路啊！翌日早晨，我们在山上听到枪声，那时我心中跳得不住！哎呀，该不会是天华他们与敌人遭遇了吧？……

每次读到这段文字，我的心都被母亲当时的担忧深深地揪住，不敢想象母亲当时怀着身孕遥望父亲无奈离去的背影，心中该要忍住多么巨大的悲伤和担忧。而父亲呢，心中牵挂着母亲，过了几天拖着重病的身体又转回来找她。

伏初写道：

天华瘦得我都认不出了，这才几天啊！他走过来说话都没有气力了，我望着他，看他那苍白的面容，心中非常难受。但又想我们在这艰苦的环境中能重见，终归是死都能在一起了……

但是伏初想得还是太天真了，天华终归还是被一纸命令调回去了。

伏初和天华的再相见，就到了中华人民共和国成立之后。

伏初写道：

我请求党组织帮我打听我爱人的下落，以便我们好取得联系。他名张天华，籍贯黄安县人，他是做报务（无线电）工作的，特此专谢！

他们分别在硝烟之中，时隔三年，迎来了解放。在他们重逢的那天，我的母亲伏初带着我大哥，我的父亲天华则从驻地迎出去十几里地。当天华第一次抱起自己的儿子，拥着自己的妻子，这个走过了二万五千里长征的硬汉，禁不住涕泪长流……

他们的爱情，是真正意义上的凤凰涅槃、浴火重生。

我的大姐跟我说，每次听到妈妈讲那一步三回头的别离时，她都会泪流满面……天华后来将伏初的一张小照缝在棉衣的衣角里，生怕行军时不小心弄丢了。组织上在伏初杳无音信两年后，出于关心，想要给天华介绍伴侣，被天华断然拒绝。他说："你们知道的，我有爱人。"

我有爱人！掷地有声！

在父亲难得跟我们说的回忆中，有这么一个细节让我记忆犹新。父亲说，当年行军时，他常把他的马让给母亲骑着，他自己则拉着马尾巴走。在过丹江的时候，不谙水性的父亲仍然是将母亲驮在马背上，自己拉着马尾巴过河。于是有战友便调侃说："天华你从哪里娶到了这么漂亮的媳妇儿？"父亲莞尔，不作声。

我能想象出父亲当时心里的骄傲。而母亲的表现则更含蓄，应该说，在父亲在世时，母亲似乎从未夸过父亲的帅气。

但是，1991年，父亲去世了。父亲去世的那一刻，母亲哭喊："天华，不要丢下我！""天哪！我为什么要过这一天啊！"

母亲的哭喊，长久地刻在我心里。"我为什么要过这一天啊！"母亲根本没有做好父亲离开的准备，尽管这之前父亲已经缠绵病榻一年之久。但是，战争年代的烽火硝烟、聚散无常，甚至是敌人的监狱都没有把他们彻底分开过。他们风雨同舟，分分合合；他们彼此牵挂，纵然天涯海角，也要找到对方的信念，使得他们在那样极度艰难困苦的环境中都能凭借着自身顽强的毅力走出困境，得以团聚。母亲又怎么能意识到，这彻底分开的一天终于会降临呢！

"我为什么要过这一天啊！"如果能找到可以抹去这一天的方法，母亲一定会去找。

在后来的日子里，我相信母亲是靠着她和父亲共同拥有的回忆来逐渐抹平内心的伤痛的。母亲找出了父亲的好几张照片，有穿军装的、有穿便装的、有戴大盖帽的、有不戴帽子的。母亲把这些照片一张张整齐地排列好，压在她每天坐的沙发旁边的茶几玻璃板下，每天都会看上几遍。

有一天，她看着看着，突然嘴角浮出了一丝笑意，她说："你看你爸爸，他的五官长得一点毛病都没有。我怎么今天才发现，你爸爸他其实长得很好看。"

父亲的在天之灵，听见母亲这句话，应该也会微笑吧？

那是他们的爱情，那是他们的青春，非我辈能比。

这就是天华和伏初，我的父亲和母亲。

贺国荣
在艰难时候做出正确选择有多难

我于 1963 年出生在江西省莲花县 —— 一个偏远的山区县城里。这一年，我的父亲 26 岁，正在广西北海服役。

我的父亲是在湖南省茶陵县参军入伍的。我的家乡莲花县虽是革命摇篮，但经济状况却一直落后。父亲为了多赚点钱养家，于 1957 年前往茶陵县学习理发，在这里遇到了部队。

对于父亲而言，成为军人最初是为了一份荣耀，为了一口生计，然而在经历了部队环境的熏陶和磨炼后，"军人"于他而言，更是一份责任，一份付出和一份担当。

刚进入军营时，父亲服役于广西北海，后调往涠洲岛、凯里，又随部队调防到湖北省光化县，参与国家级机密工程建设，一年只能回来探亲一次。

由于当时通信手段相当落后，得到父亲的消息成为全家人的奢望。信，作为唯一的使者，一来一去也需两三个月。为此，没有父亲消息的时候，奶奶就会在家里流泪，时间久了，眼睛竟几近失明。

父亲的勤奋刻苦得到了上级的肯定。他荣获个人三等功三次，从普通士兵被提升为班长、排长、副连长等。

父亲说，工作中他不仅要做战士的思想工作，还要做战士的技术指导工作，他带的士兵都很喜欢他，常夸他"离开方向盘能交心，握上方向盘能战斗"。

父亲担任汽车连指导员一职后，在北京参与首都机场改扩建的前期建设工程。这一年，我们一家人作为随军家属也来到了北京。

虽然父亲依然忙碌，但能一周回家一次了，能教教我们兄妹功课，问问我们的成绩，听听我们讲学校见闻。

也是在这段时间，我与父亲有了更多的接触，对父亲身上的"军人"作风有了更深刻的了解。

父亲当年参与的多项工作都具有高度机密性，父亲从始至终都严格遵守保密规定，从未对我们讲过任何具体的工作内容。至今我们也只知道父亲曾经去过该地服役，却不知道父亲具体参与过的工作内容。

有一次，我随父亲去县城，站在树荫下候车。突然，一辆载货的大卡车停在我们身边，热心的司机说可以顺路把我们载到县城。下车时，父亲掏出车钱付给司机，司机坚决不收，父亲就悄悄把钱放在了车座上。

还有一回，父亲和一位叔叔抬了一台菊花牌黑白电视机回家，叔叔帮助父亲调试好电视机后要离开了，父亲迅速把一沓钞票塞到叔叔手中。叔叔执意拒绝。推迟不下时，父亲挺直身躯,脸色严肃地说:"这样的话,请你把电视机拿走。"空气因这严肃的气氛变得有点尴尬,叔叔这才收下了钞票。父亲高兴地说着感谢话送他出门。回到家后,父亲对我说:"孩子记住,任何时候都不得占人家便宜,占人便宜那就是混账。"

这句话虽然说得糙,但让我至今印象深刻。

还有一次,小弟突然发高烧,我打电话告诉正在部队里的父亲。父亲的通信员知道后要开车来接弟弟,却被父亲一口拒绝。后来,他自己骑着自行车回到家中,送弟弟去了卫生队。

为了方便父亲出行,部队给父亲配了一辆自行车,无论我们如何软磨硬泡,父亲从来不许我们触碰和使用。我和弟弟想学骑车,父亲就花钱托人买了一辆二手自行车给我们用。

父亲很少给自己添置新衣,衣服都是缝缝补补穿了又穿的。随军期间,家属大院附近有块空地,父亲也鼓励母亲自己种菜,这样既能吃到新鲜的蔬菜,也节省了买菜的钱。

刚在北京入学不久,我看着同龄的孩子吃的、穿的、用的都比我们强,心里有点失落。有一天,邻居把自己孩子穿了一季的衣服送给了我们家,我想到我穿着别人的旧衣服会遭人指点,心里十分抵触,坚决不穿这些二手衣服。父亲严厉批评我:"在农村老家,不还是老二穿老大的衣服,老三穿老二的吗?新三年旧三年缝缝补补又三年,别人把只穿了一个时令的衣服送给我们,我们理应感谢才是!要不然,也是一种极大的浪费。"我心里一下感觉非常愧疚,穿着旧衣服时也欣欣然不再别扭了。

我母亲是大字不识一个的农村妇女，虽没有接受过文化教育，但她有农村妇女最朴素的勤劳和忍耐。无论遇到什么困难的事情，她都会倔强地扛下全部担子，默默地用勤劳化解困难，用忍耐熬过艰苦。

这也是她作为一名军嫂，全力支持父亲工作的一种方式。

没随军前，因为父亲长年在外，母亲一个人照顾奶奶和我们五兄妹。白天上山砍柴、挖树兜、拔猪草，这些男子干的活，母亲干起来一样不差。晚上煮饭、熬粥、做衣服，女子当尽的本分，母亲也是一样都不落下。

随军北京后，母亲被安排在酒仙桥饭店工作，主要内容就是做馒头、花卷、大饼等面食。

饭店每日七点开始供应早餐，母亲五点就得起床坐上公交前往饭店。母亲生长在南方，并没有接触过面食制作。最开始制作时，做出来的东西总是很不合人意，不过母亲十分勤奋，除了在饭店里学习手艺外，还把自家厨房变成了练习场。等我放学回家，就带着我一起在家里做面食。没花多少时间，母亲做面食已得心应手。

为了补贴家用，母亲还在院子里开辟了一块菜地，种植各式各样的蔬菜——莴苣、包心菜……这些都是她在老家从未见过的蔬菜。母亲为了了解这些蔬菜的习性，着实下了不少功夫：忙完工作回到家，母亲又忙活着施肥、锄草，向邻居请教种菜的学问。

在母亲的照料下，菜园子收获颇丰，除了能供应我们自己家，还能赠给周围的邻居。

对母亲而言，随军在外最难的不是适应新环境、新生活，而是要忍受和娘家人的分离。

在京第三年，我们家收到了外婆的来信，信中写到外公得了帕金森综合征，手抖得端不了碗，用勺吃饭都洒在桌上和地上。信中说外公可能离世之日不久了，思女心切，望能回家见一面。母亲听着我给她读信，满脸泪痕。

尽管如此，考虑到父亲在部队公务繁忙（当时父亲已20多天未回过家），而孩子年龄尚小无法独立生活，母亲当时无法立刻回家。她看似一如往常，奔波在工作和家庭中，但她心中的那份牵挂压抑得她少言寡语。

又过了一段时间，待父亲回家知晓信中所写的情况后，母亲才有机会坐火车回老家见外公。

1982年，我的父亲45岁，已当兵25年了。父亲面临两个选择——转业回老家或留在北京地方。

一日，学校要求学生填写个人信息表格，我跟着同学的填法，在家庭出身一栏填上了"军干"二字。拿回家给父亲看时，父亲指着家庭出身栏问我："填军干何意呢？我们家无论何时何地都是贫下中农的一员，这是我们的根。"

那时，我并未明白父亲所说的话的意思。后来想着，也许在那时，父亲就已经想好了未来的发展方向——回到老家莲花县，他出生的地方。

父亲每次回家探亲，都会听到乡亲们对他"有出息了"的赞美，也目睹了由于缺少懂技术的人才指导，家乡发展迟缓、落后的状况。对父亲而言，留在北京是造福自身，而回到家乡，却可以造福生养他的家乡父老，让生养他的家乡父老也共同享受社会主义建设带来的成果。当年他为了脱离贫困离开了家乡，而如今若是能回到家乡带领家乡父老共同致富，这真是一个让他满意的圆满的人生历程。

想清楚了这些，父亲没有犹豫和后悔，带着一家六口于1982年转业回到了江西省莲花县。

1982年，莲花县的建设非常落后。

县城街道没有任何规划，只有一条沙石铺成的主道路贯穿县城。城里道路狭窄，所有的道路都没有安装路灯。县城房屋建设也同样落后，城里最好的楼房就是一幢四层家属楼，普通乡亲很多都还住着土坯房。此外，因为县城交通闭塞，经济落后，很多年轻人没有就业机会和经济收入，长期处于待业状态。

父亲回到莲花县后，先是在司法局工作，随后调任县劳动人事局，担任了县劳动服务公司副经理。

在担任县劳动服务公司副经理期间，父亲发挥他在部队里积累的工程建设经验，着手建设知青建筑队，为工程建设打好资质基础和人员基础。他下了很多功夫，既要去乡下招贤纳士，又要进省城争取资质，硬是在没有人员、没有基础的情况下，建立起了一支有资质的知青建筑队。

为了修缮道路和房屋，父亲积极联络县交通局、财政局申报建设项目，和村支书、村主任沟通，以乡亲们投工投劳的形式，把300米的村间小道拓宽成了能通农用车的大道，同时也带动了道路两边的房屋拆迁重建，让长期住土坯房的乡亲住进了水泥建造的新房。

　　为了促进年轻人就业，父亲主持推动了服务公司的建设项目，通过服务公司，宣讲就业政策，培训待业青年，传授就业技能，鼓励待业青年外出打工。他还多次去到广州等沿海城市，和当地工厂联系招工合作事宜，为青年就业创造机会，解决青年人的就业难题。这些事情，他总是不放心交给其他人来做，一定要亲力亲为才安心。

　　年近50岁的父亲，带着"我的血管里流着军人的血"的使命感，雷厉风行地推动了很多项目的落地实施，给这座落后的县城带来了新的发展生机和活力。

　　我们五兄妹回到家乡，很多选择也深受父亲教导的影响。

　　我和大妹结束学业后，都选择了去乡村中学当老师。这份工作的工资不高，但因这是一份育人树人的工作，能够让孩子们了解外面世界的精彩，我们都感到满足。

　　我也一直在不间断地义务帮助一些孩子补课。这些孩子往往都很爱学习，但因家庭贫困上不起校外补习班，我便将他们接来自己家，义务辅导他们功课，从来不收他们的任何费用。我真心地希望这些孩子今后也能脱离贫困，然后反哺家乡。

我的大弟继承了父亲母亲的勤劳刻苦，常年在外跑物流运输，养育家中的两个孩子。我最小的弟弟和妹妹也都是凭借自身的能力，进到地方政府机构工作，一直兢兢业业，踏踏实实，做好自己的本职工作。

如今，我的父亲母亲都已经是耄耋老人，虽腿脚不似年轻时那般灵活，但他们还是爱"折腾"。

父亲依然保持着在部队时的植树爱好，他在自家院子的前庭后院种上了各种树，每年秋天都会收获浓郁的桂花香和涩中带甜的橙子。母亲也保持着自己下地种菜的习惯，至今仍种地，每年都会收获丰富的蔬菜和瓜果。

这些绿色的植物，既是对父亲军营生活的一种纪念，也是对我们饮水思源、食果忆树的一种提醒。

我也衷心地希望，现在依然有那些不忘初心的年轻人，他们会回到家乡，为家乡建设贡献他们的智慧和力量。

孔昭凤
"时髦奶奶"的簪子千金难买

1987春节，我首次以准媳妇的身份，从边城丹东到山东成武乡下拜见未来公婆之前，各路亲朋好友迅速集结起来，凭着道听途说来的信息，先把山东的老婆婆形容得跟传说中的地主婆一般狰狞，再传授给我一些防范套路。因此，当我怀着忐忑不安的心，扯着大树的衣角半信半疑地出现在婆婆面前时，心一下子就收得更紧了。

当天，婆婆身着大襟棉袄、抿裆棉裤，裤脚紧扎着几圈黑色的绑腿布，一对三寸金莲，严丝无缝地裹在一对尖头的灯芯绒棉鞋中，俨然就是电影里旧时婆婆的模样——传统守旧，威严不可侵犯！而最最让我心生怯意的，是婆婆脑后发髻上的金属簪子，让我一下子就联想到了某电视剧里恶婆婆拿着簪子刺扎童养媳的片段。

大门外一阵彼此不能完全听懂的寒暄过后，进门，接着便是互相拘谨客气。我坐下细细打量，看出了婆婆眉眼间的和善友好，这才逐渐放松，但对婆婆依然是尊敬有余，亲昵不足。

以至于婚后最初几年，一说起随丈夫探家，我都是使出浑身解数能推则推，不到非回不可，绝不轻易登婆家门儿。

还好，慢慢地，婆婆不着痕迹地住进了我的心里，让我把最初书信里的礼节性问候，化作了电话里发自内心的嘘寒问暖、牵肠挂肚。我开始自动自觉地承担起公婆的生活费和生活必需品的购置。回婆家的次数，也随着年龄的增长，愈发频繁了。

每次回山东，我都是大包小包地把广州的各色美食和时尚元素带回婆家，于无声处对婆婆进行形象设计和观念改变：在某个冬天的火炉前，我用一件高档的对襟棉衣，成功置换掉了婆婆的大襟袄；某个夏天的午后，我用一套碎花的师奶休闲套装，轻而易举便取代了婆婆的裹腿抿裆裤……

一时间，婆婆成了村里引领时装新潮流的"时髦奶奶"，也在欣然接受中成全了儿媳妇"孝顺"的美名。

就是这样一位随性婆婆，也曾果断地拒绝过我。

2003年暑假，我们一家三口赶回老家为公公做三周年忌日。临行前，我在广州给婆婆买了一个黑色蝴蝶结连带丝网的发夹。回到家，我就迫不及待地喊着要给婆婆梳头，想通过这个发夹给婆婆换个发型，摒弃掉那古老的发髻和粗糙的发簪。同时，还想让婆婆从细微之处享受到现代生活的快捷、方便——因为婆婆80多岁了，洗头、梳头都不是那么灵活了，把胳膊伸到后脑勺去挽那个大发髻时，每次都会累得额头冒汗、胳膊痛。

但是，婆婆却不由分说地拒绝了我的好意。并且，以一脸的肃穆，替代了初迎我进门时的满脸喜悦。

我握着发夹，一时不知如何是好，满眼疑惑地看看大树，又看看婆婆，使劲儿掩饰着委屈而不言语。一屋子人一时间都陷入了尴尬之中。

婆婆见状，拉我走到她的床前，从枕头下拿出一个小木盒，颤巍巍地打开盒子，揭开一块黑色的绸布，取出六枚"U"形的金属器放在一只手中，另一只手拉着我的手，轻声对我说："妮儿啊，这是恁大大（爸爸）得胃癌走之前，忍着痛为俺磨制的簪子，他就爱看俺用簪子把头发绾起来的模样。俺不能枉费恁大大用最后的力气磨就的簪子啊！再说，俺担心，夜晚俺和恁大大在梦里见着了，或是日后俺到阴曹地府去找他的时候，他认不得俺了……"

婆婆有关簪子的诉说，顷刻间化解了我心中的疑惑。我赶紧收起买来的发夹，小心翼翼摩挲着公公留给婆婆的簪子。那一刻，我真的感到这簪子比任何珠宝都珍贵，比任何头饰都美丽。抬头再看婆婆，我感到婆婆的发髻也比任何一种新潮发型都漂亮——因为盘发用的簪子是千金难买的簪子，是爱心铸就的簪子。

或许有人会笑婆婆天真，或许有人会笑婆婆唯心。而感性的我，却着实被公婆的不老爱情感动了：我虽然早就了解公婆相濡以沫的爱，但却不知道婆婆绾了六十余年的发髻不换其他发型，竟然也是在为了给公公保留一个永远！而且很惭愧，我竟曾经在心里嫌婆婆的发髻和簪子土气，甚至在初次相见时，还把婆婆脑后的簪子想象成是"恶毒的凶器"，所以才千方百计要改变婆婆的发型……

婆婆有关簪子的话题，让我真正相信了"爱到地老天荒"的传说。

公婆的婚姻缔结于二十世纪三十年代末，婚前两人互不相识，全凭媒妁之言，父母包办。婚前的婆婆原本梳着一条长及腰际的大辫子，是出嫁那天才按照当地风俗，把长发绾成了大大的发髻。公公在新婚当天掀开新媳妇大红盖头第一眼，便被媳妇的姣好面容以及头上那乌黑油亮的发髻惊艳到了。公公婚后曾跟婆婆袒露心声："俺没挑也没选，老天爷就把一个天仙送给了俺。这辈子，俺宁肯当牛做马，都不会让恁吃苦受累。"在公公看来，把头发绾成发髻，是女人最具魅力的发型。

公婆婚后是与父母、兄弟姐妹以及妯娌们共同生活的。穷苦人家的大家族日子，注定是自一开始就要为温饱所累，婆婆自然也就没私房钱供自己支配，更别说买奢侈的簪子了。公公见状，就用自己灵巧的手尝试着为婆婆磨制简易簪子。岁月流逝，生活水平提高了，时代进步了，形形色色的发夹逐渐取代了古老的簪子。分家独过后，婆婆虽然有了可供支配的小钱，却在市面上买不到簪子了。于是，给婆婆磨簪子便成了公公一份爱的责任，而伴随了公公一生——2000年春天，公公意识到自己的生命将走到尽头时，还没忘了这份责任。

婆婆说，公公在体重只剩下三十多公斤的情况下，依然不听劝阻，忍着病痛、断断续续为婆婆磨制簪子，以备在自己走后供婆婆挽绾用。公公年轻时一口气能磨六个簪子，而他在患病后磨制的这六个簪子，却用了整整三个月时间。由于胃癌的折磨，公公在磨生命里最后六个簪子时，每次都是用左手按着胃部，用右手艰难地磨着。手指磨出血了，他擦一擦，继续磨；胃疼得难以支撑时，就卧床休息一下，等疼痛缓解时起床再磨。在磨第六个簪子时，公公曾因疼痛晕倒过两次，婆婆哭喊着劝阻，总算说服了公公不再继续磨下去。然而，就在一个月后的凌晨，公公便永远走了。所以，婆婆像珍惜生命一样珍惜这六个簪子。

即使在晚年寡居的日子里，婆婆也执意不肯跟任何一个儿女同住，而是虔诚地固守在乡下老宅里，凭借着深入骨髓的一世爱恋，在回忆中细数过往的岁月。我怕婆婆独守老宅孤独寂寥，婆婆却说，她独自一人守在庭院里，没外人嘈杂喧闹的时候，庭院内里的每一个旮旯都有热闹的光景陪伴她。婆婆极其固执地认为，无人打扰时，她才能静心地在自家的墙角处、菜地边、堂屋内、水井旁、羊圈外恍惚地看到公公的身影，听到公公的说笑。于是乎，晚年腿脚不便时，婆婆可以坐在摇椅上，眯着眼睛半睡半醒地与过世多年的公公阴阳对话一个下午。

那一刻，我坚信，婆婆的心，定是被爱充盈得满满的、暖暖的。因为，她把回忆当成了真！

公婆携手走过了六十余年的风风雨雨，依然彼此牵挂、彼此忠诚。比起现代婚姻瓷器般的脆弱，真是令人羡慕不已。

有一次看央视的鉴宝节目时，我随口问先生："别人家的老人都留下点儿老物件啥的，我的公婆咋就没给后人留下任何值钱的宝物呢？"大树一本正经地回我："谁说爹娘没有留下珠宝？他们的一世恩爱，就是给予后人的最宝贵财富！"

好吧！期待着，我的婚姻，儿孙的婚姻……世世代代都能如公婆那般恩爱绵长！经久传世！

张光武
说说我学医的爸爸妈妈

妈妈是福州人，从小生活在福州负有盛名的"三坊七巷"的一个大家庭中。据她自己说，从记事起，家里的经济状况就不太好了。由于家中长辈生意失败，外婆和一家人只能靠变卖房产过日子，生活过得异常艰难。

后来，在舅舅的帮助下，妈妈到上海求学。她考入上海中山医院护校，毕业后留在中山医院当护士。大约在1953年，她响应国家"抗美援朝，保家卫国"的号召，毅然报名参加了上海医学院抗美援朝手术队，奔赴朝鲜前线。她所在的医疗队中，有许多当时我们国家一流的外科医生：黄家驷、曾宪九、石美鑫……这些名字到现在都是中国外科医生的骄傲。国家为了保证医疗队和专家们的安全，把医疗队的驻地放在了齐齐哈尔，于是妈妈就成了"没过江"的抗美援朝战士。

在我的照片簿里，有一张发黄的照片，照片中一位年轻的护士在精心照料一位志愿军伤员。从她和蔼的目光、轻柔的动作中，我看见 60 多年前一位普通护士对志愿军亲人的亲情，展现了医务人员对"最可爱的人"的关怀备至——这位和蔼可亲的护士就是我妈妈，当年她 23 岁。

最近，我把这张照片给她看。捧着照片，她似乎换了一个人，滔滔不绝地回忆当年往事，讲到工作艰难，条件艰苦，讲到齐齐哈尔冬天的寒冷，讲到与爸爸共同工作的岁月（爸爸也是医疗队的一员）……

妈妈说，这张照片拍摄于抗美援朝战争中的一次慰问演出。祖国慰问团给志愿军伤员演节目。当时室内比较冷，伤员们穿的病号服薄，有一位伤员出现了不适。她看到后，脱下自己身上的棉大衣，披在这位伤员身上。这一幕被在场的记者拍摄下来，成为妈妈一生唯一"高大上"的摄影作品。从小到大，我多次看见过这张照片，每当说起照片的故事，她眼睛中都会噙满泪花，言语里充满骄傲。

朝鲜战争结束后，妈妈随爸爸调动来到北京，在一家医院当护士。"文革"中，因历史的原因转行当了医生。在医院几十年的工作中，她总是认认真真、兢兢业业、一丝不苟，得到医院同事们的公认。巧合的是，三十四年前，我从医学院毕业，分配结果，居然和妈妈在同一所医院，同一个科室工作，我们从母子成了同事；随着职称的晋升，我成了她的上级医生；后来我当了科主任，她成了我的下属。以至于很长一段时间内，医院老一辈同事见到我，都会说"张主任是谁谁谁的儿子"。而有的年轻同事则常"诡异"地一笑，"弱弱"问我一句："你妈妈这个月的奖金是多少？归你发吗？"

我们医院保存着数万余份门诊病历。每名病人有一个病历袋。看病时，门诊病案室将挂号病人的病历袋送到相应医生的诊室。病人就诊时，医生将病人的情况如实记录在门诊病历中。妈妈退休后，在我就诊的许多病人的病历袋中，常能看到妈妈熟悉、工整的病历记录。每当我读到她写的病历，欣赏她娟秀、工整的病历签名，总觉得她没有退休，还在工作。她的字绝无龙飞凤舞，也没有万人不识的"甲骨文"。坦率地说，今天我写的门诊病历远远不如妈妈认真、工整，想想很是惭愧。

随着医院门诊工作方式的变化，病人看病的记录由病历袋，逐渐转变成写病历本。老病人看骨科病的越来越少，所以，我欣赏妈妈写的门诊病历的机会也越来越少。有时门诊偶尔看到一份妈妈三十年前写的门诊病历，我会激动不已。

就这样，我跟妈妈的缘分从家庭延伸到了工作。

大家闺秀的生活环境和职业训练，使妈妈养成了认真整洁的生活习惯。三四十年前，我们家住两间屋子，面积很小，尽管如此，妈妈依然坚持床下不让放东西，理由是，如果床下有东西，清扫不方便，容易积灰尘。

在我家的厨房，妈妈把厨具炊具收拾得井井有条。小时候我和妹妹都知道，什么东西放哪儿，什么东西不能放哪儿，什么东西洗完后放哪儿……都有"规定"。我们俩曾悄悄说过：咱家怎么这么麻烦啊！

直到我到医院工作后，才明白，妈妈把家里厨房当医院工作间了，分出了"清洁区""污染区""过渡区"。直到今天，妈妈铺床单、叠被子的方法和我们医院护士的操作方法还是一模一样，怕是改不了。

在医院工作的几十年间，她的白大衣永远保持着洁白整洁状态，绝无污渍，绝无褶皱。她诊室的桌面地面总是清洁整齐，一尘不染。

妈妈对生活，对美的追求超出常人。爸爸妈妈的婚纱照和她个人的婚纱照永远挂在他们床头。即便在"文革"那个不正常的岁月，这两张照片也不曾摘下。每次搬入"新家"，她的第一件事就是把这两张结婚照片端端正正地挂好。60年过去了，这些照片泛黄，褪色，镜框上的油漆开始脱落，她还是当成宝贝挂着。一天，新来的保姆指着妈妈单人婚纱照说："阿姨，好福气哦，你看你女儿多漂亮哦。"妈妈说："你什么眼神？那是我，我比女儿漂亮。"说完，自己都大笑起来。一次我回家看她，她把这个故事反复跟我讲，连讲了三个星期，好像怕我不明白，得意之情，溢于言表。

在我的收藏中，有一套1962版的《十万个为什么》少儿读物，一共八本。这套书是我和妹妹二三年级时妈妈给我们买的，至今有五十多年了。当年，买这八本书要花掉她四分之一的月工资。那时爸爸妈妈忙于工作，经常把我俩锁在家中，我们就靠这些书籍打发时间。也正是这些书籍，让我们从小养成读书的习惯。无论走到哪里，书籍总是伴随着我，使我终身受益。这套书第一册的封面被我撕坏了，是她把破损的封面粘好的。

今天，我自己能以医生为职业，能为社会、为患者做一些有益的事情，无不与读书有关，无不与爸爸妈妈的教育有关。

我家衣柜中放着一件婴儿衫。这件衣裳是妈妈在我满月时给我买的，穿着它照了我的满月照。一天，她郑重地把这件小衣服和我的满月照交给了我。我明白，从前那个年轻的妈妈老了。六十年前她对新生命的渴望和喜悦早已转化成对晚辈的叮嘱和依赖。六十年了，甚至包装小衣裳的盒子都成了"文物"，但是，小小的衣裳还是那样漂亮、艳丽。女儿出生时，我也给她穿上了这件小衣裳，同样拍了一张照片。

同一件衣裳，第一次曝光于1955年，穿在我的身上；第二次上照片是2000年，穿在女儿身上，之间整整相隔了四十五年，而这件衣裳陪我们家三代人走过了六十一年。

六十一年来，我爸爸妈妈和这个社会的许多家庭，许多爸爸妈妈，都有难以忘怀的经历，甚至痛苦和无奈，但是，他们给我买的小衣裳会陪着我继续生活下去。他们给我的爱也会传承下去。

近年，妈妈患上阿尔茨海默病，记忆力慢慢衰退了。她忘记了与她同在一个诊室工作了十几年的同事，甚至叫不出晚辈的名字。但是，当说到童年，说到她在福州"三坊七巷"的家，说到抗美援朝医疗队，说到认识了爸爸，她都像换了一个人，话语滔滔不绝，脸上泛起红光，哪里像一个阿尔茨海默病的患者？

现在，在我家日常生活中，大家总是"故意"提及妈妈的

"历史话题"，以便引起她精神的兴奋点。我们希望用这种办法来缓解她的阿尔茨海默病，期盼她早日恢复健康。

爸爸是学医的，1952年毕业于上海医学院。小时候我对爸爸的印象是一个字——忙，家里家外不停地忙。由于他一直从事军事医学科学的研究，而他们研究的领域关乎国家的安全，所以即使是在"文革"期间，他和同事们的研究工作也一刻没停止。他依然每天去实验室做实验、写论文，即使是星期天，有时也要去工作。儿时的我不明白，为什么星期天不能停一停？爸爸说："实验一旦开始，中间就不能停止，以后你会明白的。"几十年后，我也开始做医学科研，开始指导研究生做科研，才真正明白他的话。医学研究的连续性和完整性不允许中间有停顿，这是工作性质决定的。

小时候我们家住在军队大院。从住宅区到图书馆要穿过大操场。每天傍晚，大人们都会夹着书本向图书馆走去，这甚至成为大院中的一景，爸爸也是其中之一。那时候，爸爸经常带回家一两本精装的中外文书籍，我看了很佩服，暗暗下决心，要做像他那样的学者。可以说，爸爸是我人生第一个榜样。

小时候，知道爸爸经常出差，每次出差走得都很急。临行前，他会对我和妹妹说："大人出差小孩不要问，也不要跟同学说，也不要问去哪儿。"后来，我们看到，只要他出差，大院里许多同学的爸爸妈妈都不见了踪影，谁也不知道他们干什么去了。直到国家改革开放以后，我们才明白，爸爸和他的同事们出差的地点是我国大西北核武器试验基地，为了保密，他们不能告诉家人，不能通信，吃住在闷罐火车上，条件异常艰苦。但是，他没跟我们提过半句，好像什么都没发生。他们默默无闻地为国家、为人民、为军队奉献着青春和生命。

我1976年从部队复员回北京，在首钢当工人。不久，传来国家开放高考的消息。我对爸爸说："我想参加高考。"爸爸说："你小学没上完，中学都没上，拿什么去高考？"爸爸对我参加高考根本不抱什么希望。我对他说："你别管，我自学。"

那时，我家住的宿舍楼单元门共住18户人家，考生12人。考生中有应届高中生，高中复读生等，只有我属于什么学都没上过的"同等学力"考生。考试结果：12人考上8位，包括我。当爸爸知道我通过了高考，兴奋不已，高兴了许多天。对于一个知识分子，他把高考看得比什么都重要，这是他的"脸面"啊。

一天中午，他下班回家。进门后压低声音对我说："刚才走楼梯，听见楼下某单元正在骂孩子呢。"

"为啥？"我问。

"楼下说了，楼上张光武那德行的考上了，你高中生考不上！"说完，爸爸忍不住笑出声来。

爸爸此时的笑容我至今不能忘怀。他为我骄傲啊。

1984年，我进入医学院学习，成了爸爸的同行。爸爸也为我能学医而感到欣慰。一天，他对我说："我要晋升研究员了，帮我抄一份我写的论文目录，还有答辩论文。"那年间，没有电脑打印，一切均靠复写。

我看了一下爸爸写的论文目录，大约近百篇。奇怪的是，这些论文绝大多数没有公开发表，都是作为"内部资料存档"。因为我是学医的，明白晋升职称时，提交的论文必须是公开发表才算数，未发表的论文不在统计之列。

我对他说："你公开发表的论文没几篇，申报研究员有戏吗？"

爸爸说："我做的工作都是保密的，论文不能公开发表，这都是国家和军队机密，申报职称算数，你放心吧。"

作为病理生理学专家，爸爸几乎一生都隐姓埋名为国家、军队默默工作着。没有名，没有利，没有鲜花，没有掌声。直到改革开放后，爸爸和院里其他叔叔阿姨们才把他们从1957年至1985年间，干了二十九年的科研成果申报国家科技进步奖，并于1986年获得了国家科技进步特等奖，获奖名称是"战时特种武器伤害的医学防护"，具体获奖内容至今都在保密状态。事后，工作单位给他发了一个小红本，上面写着参与该工作并有突出贡献人员，其中有他的名字。

我问他："特等奖，给你了多少钱？"

"我们那时得奖没钱，不像你们现在，动不动就说钱，"爸爸说，"那时想法很简单，就是国家、军队的需要，要我们干什么就干什么，不想别的。"

我刚大学毕业时，爸爸对我说："当医生必须学会使用文献，利用图书馆，我带你看看吧。"于是，我俩穿着同样的白大衣，钻进了军事医学科学院图书馆。那时没有电脑，没有网络，没有数据库，没有电子检索，有的是通过"关键词"倒查文献原文和摘要。记得他抽出一本JBJS（骨与关节外科杂志）合订本，教我怎样利用"关键词"检索需要的文献，告诉我使用"关键词"的技巧，注意事项等。

前几天，我还问过爸爸："还记得咱俩在图书馆查文献，搞得灰头土脸吗？"

"怎么不记得，"他停顿一下，"我先到，那天你来晚了。"

在爸爸的指导下，我本科毕业的当年，就完成了第一篇文献综述《骨膜移植治疗骨折不愈合》，发表于《北京医学》杂志。

正是爸爸妈妈的鼓励和帮助，使我在烦琐、辛苦的从医之路上矢志不移，坚持至今。

我永远不会忘记我们父子在图书馆书库里度过的难忘时光，幸福时光。

有一天，我回家跟年迈的爸爸聊天，不知怎么，话题转到了带研究生上来。他问我："你带的硕士生做什么题目啊？"

"做有关基因方面的工作，"我说，"现在要求高了，研究必须是分子水平、基因水平，不像你当年，撑死也就是组织水平、器官水平，过时了。"我说完有点得意。

"那倒是，科学发展了，我们落后了。我只问你一句，你们的研究生有答辩通不过的吗？"

"没有。"我没想到他能问出这句话。

爸爸说，科研水平高低是一回事，实验设计合理严谨是另外一回事。他说，在他们工作的研究所，就是因为实验设计不严谨，有研究生答辩没通过。他说，有一个做化学分析的研究生，要说明样品中有一个含氮的化学基团的性质。一位教授问："你的试剂中存在氮，你怎么证明这个基团是你合成的，而不是试剂带来的？"5分钟后，答辩结束，未通过，实验重新设计。

我牢牢记着爸爸给我讲的这个故事。我明白他的意思，学术研究来不得半点马虎，需要认真、细致、严谨的态度。

今天，爸爸妈妈早已离开医学研究和临床岗位，颐养天年。91岁高龄的爸爸仍然保持对新事物接受和关注，学习使用电脑浏览网页，收发电子邮件。现在又学会了玩微信，乐此不疲，以至于爸爸对着手机刷朋友圈，成了我家"新常态"。

回忆起和爸爸妈妈生活的岁月，几十年来他们对我的养育、关心、教育、培养和批评的场景历历在目，心中充满了温暖。

祝愿我的爸爸妈妈健康长寿！也祝"天下爹娘"健康幸福！万事如意！

杨旭萍
父亲和他的板凳

　　在我老家房子的角落里，有一个小小的板凳，常年布满灰尘，是名副其实的"冷板凳"。最近几年，冷板凳变热了，成了"热板凳"。"冷板凳"变成了"热板凳"，成了我的回想和惦念，更成了我的"心病"。

　　母亲去世好几年了，我们兄妹也各自成家，在不同的地方。父亲一个人留在了老家，板凳也成了父亲的伴侣。走到哪里，父亲都带着这个小小的板凳。

　　父亲从少年到老年，都不曾停歇过。他用一辈子的勤劳和无怨，冷落了家里的板凳，撑起了我们的家。

　　父亲是爷爷六个子女中的长子。父亲的童年在烽烟战火中度过，没怎么上过学，十二三岁时便成了家里的好劳力，春种、夏锄、秋收，都离不了他，冬天还要随爷爷去二十里外的桥头镇担炭，既解决自家的取暖问题，也能卖给别人家赚几个辛苦钱，买点油盐酱醋，维系着全家的生活。去桥头镇得过好几条河，还未成年的父亲就挑着四五十斤重的两筐炭，赤脚蹚着寒冷刺骨的冰凌水过河，手、脚、耳朵常有冻疮。沉重的两筐炭压在父亲年幼稚嫩的双肩上，从这时起，扁担便与父亲形影不离了。

父亲每讲一次过去的经历，他那条静脉血管严重痉挛的小腿总会浮现在我眼前：好多大小不一的"蚯蚓"弯弯曲曲地纠缠在一起。小时候，我一看到父亲这条腿就害怕得闭上眼睛；成年后，我几次轻轻地抚摸这好大一片的凹凸不平："大（方言，爹的称呼），疼吗？"父亲虽故作轻松地回答，但每次我都心痛得偷偷落泪。怕父亲看见，赶快借口离开到僻静的角落平复自己的情绪。父亲的风湿性关节炎，常年的腰腿疼痛就在这一担担的炭块中、一次次的过河中落下了病根。

我们村是全县有名的造纸村，很多人家以造纸为生。农闲时，爷爷就从造纸的人家买两担纸，领着年幼的父亲去外村外乡卖，最远还去过一百多公里外的岢岚县，每次都把两担纸全部卖完才回家。这样的生活持续了好多年。父亲的双脚丈量过多少山路，双肩被磨破过多少次，后背被晒伤过多少次，肩头沉重的担子挑起、放下过多少次，都无从细数。艰难岁月中的父亲，年纪虽小，却用扁担挑起了生活的重担。在爷爷与父亲的艰辛劳作下，家里由吃糠咽菜也艰难维系，终于熬到能以高粱面、玉米面等粗粮填饱肚子了。

父亲年纪轻轻干活、持家、挑重担，这让村里街坊、村外熟人无不称赞，因而到了二十一二岁，虽然家境贫困，也有不少人给父亲介绍对象。十里八乡最俊俏的娘，就这样走进了父亲的生活，也孕育了我们兄妹五人。

农村实行家庭联产承包责任制后，农民有了更多的选择和自由，生活的出路也宽阔了很多。我家地不多，只凭种地已经无法满足一家人的吃穿，更何况还要供养我们兄妹五人上学。我家也从这时开始做豆腐，这一做就是二十年，直到六十五岁的父亲因为严重的风湿性关节炎和腰椎间盘突出，腰腿疼痛得厉害，腰背弯曲，再也挑不动豆腐担子了才停止的。即便是这样，坚强的父亲也不曾光顾角落里的板凳。父亲说，不能坐下，坐下，就起不来了。

做豆腐的二十年里，每天傍晚，父亲把一桶桶水从井里吊上来，又一担担挑回家，晚上八点泡黄豆、凌晨四点磨豆腐，上午八点多做好了再挑到十多里外的村子去卖（母亲挑一少部分在本村或者比较近的邻村卖）。父亲去的村子几乎都是少有人去的偏僻山村，总是上坡、下坡路居多。后会、前会、余铁、石洼、阳塔、山头、崔家堰是父亲常去的村子。那时钱少，多数村里人会拿自家的黄豆来换豆腐吃。父亲基本上是挑着豆腐去，卖完，还得挑着黄豆回家。遇到不好卖时，要一连走好几个村子。这一担担的豆腐，压弯了长长的扁担，也压弯了父亲挺拔的脊背。

一个寒冷的冬日下午，在邻村上学的我，课后回家时远远地看到前面有一个挑担的背影，寒风呼啸中逆着风踉跄前行，腰背弯曲着，似乎每前进一步都很艰难。这个背影让我想到了每天挑着豆腐担子翻山越岭的父亲，想到了父母的艰辛，就想赶快回家，帮助父母分担点家务："伙伴们，咱们快点走啊！"当我走近那个背影时，我才惊讶地发现：父亲！寒风中，瘦削的身子被扁担压得更矮了。我顿时泪如泉涌……

"大，你怎么这么晚才回来？今天的豆腐不好卖？"我从父亲的豆腐筐子中提出那两袋子黄豆，一只手提着一袋子，减轻了父亲的担子。

"天气不好，吃豆腐的人家就少了，卖完就快两点了。"父亲满脸疲惫，有气无力。

父亲平时卖豆腐回来都不曾这么晚，也经常有说有笑。今天的父亲，脸上却写满了疲惫，我充满了疑惑。后来才知道，父亲回来时，走到后会村路口，看到一辆大卡车过急弯时甩下了两麻袋红枣，父亲就放下担子，追着跑了好长一段路。后来，幸亏司机听到了山里的回声才停下来……饥寒交迫的父亲，把一颗质朴、诚实的心呈现给了别人，也奉献给了我们。

父亲不善言语的表达，却总用行动把形象树立得高大、坚强。作为生产队三队队长的父亲，就连分地这样的事情，都把乡亲们放在第一位。乡亲们拥有位置好又肥沃的地块，而我们家，都是最偏远、最贫瘠的土地……乡亲们的事都是放在最前面，都是优先的，都不曾忘记，而我们自家的事，却都是滞后的，被遗忘的。多了乡亲，少了自己。父亲就是这样一个对待他人和自己截然不同、宽严不一的人。

父亲的腰越来越弯曲，我们兄妹的路却越来越宽阔、笔直，通向了希望的远方。我们兄妹五个，大哥是乡镇干部，三哥是高级工程师，我和姐姐都是教师。只有二哥比较遗憾，赶的时候不好，只读到初中毕业，踏踏实实做了一个庄稼汉。父亲用尽自己毕生的力量，硬是把一个贫苦的农家变为村民眼中的书香门第。在风雨的轮回折磨里，硬汉的父亲，再也无法直立行走，拄着拐杖，步履蹒跚，很难走远一点，没几分钟，就得坐下来歇歇才能再走几步。父亲已经走到了人生的暮年，拱桥般弯曲的腰背诠释着父亲艰辛的一生，奉献的一生。家里一直被空闲的板凳，也成了父亲形影不离的老伴儿。

一条弯弯的扁担压弯了父亲的脊背，父亲的身躯逐渐矮小下去，弯成了一座长长的拱桥，架撑着我们的生活。这座拱桥，就像一座丰碑，矗立在我们头顶的天空，矗立在我们儿女的心中。

父亲的腰腿疼痛已是几十年的老毛病了。每次给父亲去电话，总免不了问候父亲近几天的生活与身体状况，今天的通话也是如此。只是父亲的一句"没事，就是腰腿疼得厉害，感觉不如去年精神，天天坐着"，让我泪如雨下……

父亲的一生都是在忙碌和劳累中度过的，很少有时间坐下来享受哪怕片刻的闲适时光。近几年，弯腰驼背的父亲行动更加迟缓，那冷落了几十年的板凳，才成了父亲不得已的选择，天天与之相伴。

我想念着那个小小的板凳，更心疼着父亲的身体。父亲的腰直不起来，只好坐在这小小的板凳上。坐着的父亲，不再挺拔、高大，却越来越伟岸。父亲用高大的身体，为我们兄妹撑起了灿烂的天空，遮挡了风雨雷电，却在我们日渐强壮的日子里，燃烧着自己的身躯，蹲坐在小小的板凳上，为我们守候着远方的家园。

小小的板凳，支撑着父亲日渐衰弱的躯体，迷离着父亲眼睛里越来越朦胧的浊光，却像针锥一样，扎在我们兄妹几个的心上。

想念板凳，为父亲，为自己，擦不尽流淌的眼泪……

那些不起眼的琐碎

原来是生活的真味

冯骥才

母亲百岁记

　　留在昔时中国人记忆里的，总有一个挂在脖子上小小而好看的长命锁。那是长辈请人用纯银打制的，锁下边坠着一些精巧的小铃，锁上边刻着四个字：长命百岁。这四个字是世世代代以来对一个新生儿最美好的祝福，一种极致的吉祥话语，一种遥不可及的人间向往，然而从来没想到它能在我亲人的身上实现。天竟赐我这样的洪福！

　　天下有多少人能活到三位数？谁能叫自己的生命装进去整整一个世纪的岁久年深？

　　我骄傲地说——我的母亲！

　　过去，我不曾有过母亲百岁的奢望。但是在母亲过九十岁生日的时候，我萌生出这种浪漫的痴望。太美好的想法总是伴随着隐隐的担忧。我和家人们嘴里全不说，却都分外用心照料她，心照不宣地为她的百岁目标使劲了。我的兄弟姐妹多，大家各尽其心，又都彼此合力，第三代的孙男娣女也加入进来。特别是母亲患病时，那是我们必须一起迎接的挑战。每逢此时我们就像一支训练有素的球队，凭着默契的配合和倾力倾情，赢下一场场"赛事"。母亲经多磨难，父亲离去后，更加多愁善感；多年来为母亲消解心结已是我们每个人都擅长的事。我无法知道这些年为了母亲的快乐与健康，我们手足之间反反复复通了多少电话。

然而近年来，每当母亲生日我们笑呵呵聚在一起时，也都是满头花发。小弟已七十，大姐都八十了。可是在母亲面前，我们永远是孩子。人只有到了岁数大了，才会知道做孩子的感觉多珍贵多温馨。谁能像我这样，七十五岁了还是儿子；还有身在一棵大树下的感觉，有故乡故土和家的感觉；还能闻到只有母亲身上才有的深挚的气息。

人生很奇特。你小时候，母亲照料你保护你，每当有外人敲门，母亲便会起身去开门，决不会叫你去。可是等到你成长起来，母亲老了，再有外人敲门时，去开门的一定是你；该轮到你来呵护母亲了，人间的角色自然而然地发生转变，这就是美好的人伦与人伦的美好。母亲从九十一、九十二、九十三……一步步向前走。一种奇异的感觉出现了，我似乎觉得母亲愈来愈像我的女儿，我要把她放在手心里，我要保护她，叫她实现自古以来人间最瑰丽的梦想——长命百岁！

母亲住在弟弟的家。我每周二、五下班之后一定要去看她，雷打不动。母亲知我忙，怕我担心她的身体，这一天她都会提前洗脸擦油，拢拢头发，提起精神来，给我看。母亲兴趣多多，喜欢我带来的天南地北的消息，我笑她"心怀天下"。她还是个微信老手，天天将亲友们发给她的美丽的图片和有趣的视频转发他人。有时我在外地开会时，会忽然收到她微信："儿子，你累吗？"可是，我在与她一边聊天时，还是要多方"刺探"她身体存在哪些小问题和小不适，我要尽快为她消除。我明白，保障她的身体健康是我首要的事。就这样，那个浪漫又遥远的百岁的目标渐渐进入眼帘了。

到了去年，母亲九十九周岁。她身体很好，身体也有力量，想象力依然活跃，我开始设想来年如何为她庆寿时，她忽说："我明年不过生日了，后年我过一百〇一岁。"我先是不解，后来才明白，"百岁"这个日子确实太辉煌，她把它看成一道高高的门槛了，就像跳高运动员面对的横杆。我知道，这是她本能地对生命的一种畏惧，又是一种渴望。于是我与兄弟姐妹们说好，不再对她说百岁生日，不给她压力，等到了百岁那天来到自然就要庆贺了。可是我自己的心里也生出了一种担心——怕她在生日前生病。

然而，担心变成了现实。就在她生日前的两个月突然丹毒袭体，来势极猛，发冷发烧，小腿红肿得发亮，这便赶紧送进医院，打针输液；病情刚刚好转，旋又复发，再次入院，直到生日前三日才出院。虽然病魔被赶走，然而一连五十天输液吃药，伤了胃口，变得体弱神衰，无法庆贺寿辰。于是兄弟姐妹大家商定，百岁这天，轮流去向她祝贺生日，说说话，稍坐即离，不叫她劳累。午餐时，只由我和爱人、弟弟，陪她吃寿面。我们相约依照传统，待到母亲身体康复后，一家老小再为她好好补寿。

尽管在这百年难逢的日子里，这样做尴尬又难堪，不能尽大喜之兴，不能让这人间盛事如花般盛开，但是今天——母亲已经站在这里——站在生命长途上一个用金子搭成的驿站上了。一百年漫长又崎岖的路已然记载在她生命的行程里。她真了不起，一步跨进了自己的新世纪。此时此刻我却仍然觉得像是在一种神奇和发光的梦里。

故而，我们没有华庭盛筵，没有四世同堂，只有一张小桌，几个适合母亲口味的家常小菜，一碗用木耳、面筋、鸡蛋和少许嫩肉烧成的拌卤，一点点红酒，无限温馨地为母亲举杯祝贺。母亲今天没有梳妆，不能拍照留念，我只能把眼前如此珍贵的画面记在心里。母亲还是有些衰弱，只吃了七八根面条，一点绿色的菠菜，饮小半口酒。但能与母亲长久相伴下去就是儿辈莫大的幸福了。我相信世间很多人内心深处都有这句话。

此刻，我愿意把此情此景告诉给我所有的朋友与熟人，这才是一件可以和朋友们共享的人间的幸福。

潘传锋
母亲的蒸槐花饭

在北京，槐花树虽然偶尔遇见，但居住的小区附近还真不好找，尤其是最近看到朋友圈里分享的蒸槐花饭，隔着屏幕就能闻到家乡的味道，心里那叫一个馋。

一个周末，儿子画画归来，我牵着他的手走在回家的路上，忽然一股沁人心脾的清香夹杂着甜味扑鼻而来。槐花香？抬起头，我惊呆了：四株大槐树，一字排开，棵棵足有碗口粗，绿叶茂盛，槐花满枝。那洁白的花朵晶莹剔透，一串串一绺绺，缀满枝丫，从树上垂下来，感觉随时要把树枝压断。

"好香啊。"我脱口而出。

"是啊小伙子，这槐花真香！"树下轮椅上坐着的老爷子看到我的惊讶表情主动跟我搭讪。

"这个季节蒸槐花饭特别好吃。"我咽了一口口水。

"槐花能蒸饭吃？"老爷子带着疑惑问我。

"嗯，我山东老家的人会蒸槐花饭，特别好吃，这些年没见北京这边吃槐花。"我盯着树底下斜躺着的一米长的槐花枝丫解释。

"刚才，树上掉下来这个缀满槐花的树枝，送给你吧。"老爷子指了指靠树斜躺着的那枝槐花。

"谢谢您，不方便拿。"我委婉地拒绝了老爷子，拉着儿子的手走了好远，还是忍不住回头去看那一树树槐花。心里暗自琢磨：有时间回来上树捋点槐花。忽又想起近期北京新闻报道，有关部门将处罚市民捋城市道路边柳芽的不文明行为。我不由得叹了一口气，觉得真可惜了。

回到家里，我跟母亲又聊到蒸槐花饭，我说小时候可没少吃您做的可口的蒸槐花饭。母亲问我，老家院子里的槐花树还记得不？在母亲的提示下，我在心底默默数了起来，"一二三四五六"，是六棵。

母亲一边回忆一边跟我絮叨：那些槐花树，是你父亲在三十年前种的，家里有你们三个孩子，粮食不够吃，槐花饭可以解馋，还可以扛饥……

我又想起父亲讲的真事，因为经历过"三年困难时期"，阴影落在了曾经年幼的父亲的心里，每每回忆起来，父亲总是心有余悸。所以，我们三个孩子出生后，父亲一下子在院子里种了六棵槐花树，院子门前也种了四棵，母亲每年都蒸槐花饭和熬槐花饭，直到我们吃撑、吃够了。

这些年我们兄弟俩相继离开老家，每到槐花飘香时，附近的四邻五舍都到我家去捋槐花，母亲有时还捋好了给腿脚不方便的邻居送到家里。2011年年底，父母为了帮着照看两个孙子，也离开老家来到北京，还分开到两个儿子家里操劳。老家院子里的槐花开了又落，落了又开。老家邻居曾经给母亲来电话说，因为没人照看，门前的四棵槐花树，每到槐花盛开的季节被随意采摘，有一棵因为被镰刀砍得厉害，死掉了。母亲听了，很伤心。

我和母亲聊天本是无意，没想到母亲心里倒留意起来。五一放假，母亲想去大哥家看看，不同意我打车送，因为北京65岁以上老人乘公交车免费，母亲说浪费钱干啥，就独自坐公交车去了大哥家。

母亲回来时，专门给我带了三斤多槐花，到家顾不上休息，就开始蒸槐花饭。我能想象到，母亲仔细地把每一朵槐花洗干净，放入盐水中浸泡；然后把浸泡好的槐花一把一把控干水，撒入面粉用手拌匀；再倒入植物油用手搅拌，避免槐花相粘；接着把拌好的槐花放入锅中，蒸10分钟；掀开锅盖用筷子打散、放凉，加入蒜瓣和辣椒；把用生抽、盐、醋、香油、少量白开水调的汁液淋入槐花中搅拌……忙完这一切，母亲躺在沙发上歇息，静静地等待儿子回家品尝。

我下班回到家，一开门，厨房里飘出来的蒸槐花饭的香味就吸引我走了过去。看着那一盆诱人的蒸槐花饭，我像小时候一样盛了尖尖的一碗，在母亲慈爱的目光里，低下头大口大口吃起来。

那是世界上最好的美味。

想着公交车上，67岁的老母亲用那瘦弱的手紧紧提着一塑料袋槐花，在拥挤的人群里不断蹒跚着上车下车，56站地倒三次车啊！晕车一辈子的母亲，您是有多想让儿子吃上一口您亲手做的蒸槐花饭啊！

想到这些，我的泪忽地就下来了。

李结义
端午节前后的幸福

　　每年端午节的前两天，都是母亲最忙碌的日子。

　　我在家那些年，母亲不仅一人包揽了全家人要吃的粽子，还会多包几十个粽子送给邻居品尝，用母亲的话说："远亲不如近邻，邻居才是生活中最亲近的人。"母亲虽然没上过几天学，但对于为人处世这一套，有诸多做法都是值得我学习的。母亲在村里生活这么多年，无论遇到啥事，总有一群街坊主动帮忙；即使生活再不顺利，母亲也从来没有因为一丁点矛盾和邻里街坊红过脸。

　　母亲为人处世，就像她包的粽子一样：既要做到个儿大、馅儿多，又要看起来精致美观。

　　"个儿大、馅儿多"是母亲为人实在的真实体现，"精致美观"是母亲做事精益求精的完美诠释。

　　小时候的我，最幸福的日子就在端午节前后。那时流行中午在学校就餐，同学们都会早晨带上午餐，等到中午的时候大家一起吃。每次，同学们都会和我交换粽子吃，哪怕用两个粽子换我的一个，他们也心甘情愿。回到家中，我把母亲包的粽子受欢迎的情况告诉母亲，母亲二话不说就给我加倍准备了第二天午餐的粽子。

同学们和我交换粽子的热情，让我有一种飘飘然的自豪感。几天下来，家里的粽子被我带得差不多了。端午节那天，母亲竟没有吃上一个粽子……

我为了那点虚荣心，完全忽略了母亲包粽子的辛苦。现在想起，那时候的不懂事总会让我愧疚、自责。

读高中的时候，因为学校离家较远，我选择了住校，一个星期的伙食就是带上几十个煎饼和一盒咸菜——偶尔在学校食堂蒸上一瓷缸米饭，那都是极其奢侈的事情。

那时端午节还不是国家法定节假日，我又没有时间回家，看到走读的同学吃着带来的粽子，我莫名伤感。中午放学，我正准备去食堂打点菜回宿舍吃，老远地竟看见母亲那娇小的身影出现在学校的大门口。

母亲一手提着塑料袋，一手推着自行车走到我身边，将满满一塑料袋粽子递给我。

摸着还有余温的粽子，我知道母亲一定凌晨就起来煮熟粽子，又马不停蹄地赶到学校来送给我。"趁热吃哈，冷了就不好吃了。"我当着母亲的面，大口大口地吃着粽子，一种难以言说的复杂感觉瞬间涌上心头……

高中毕业，我到省会求学，年迈的母亲再也不能推着自行车来给我送粽子了。

大一那年，我给母亲打电话，用开玩笑的口气说还想吃母亲包的粽子：我知道远在几百公里外的老家，母亲是无论如何也不可能再给我送粽子了，我只是想用这种方法表达我对母亲的深厚感情。哪知就在端午节的前两天，表哥突然来学校，将母亲包的粽子送到我手里——原来，母亲知道学校可以煮粽子，就把包好的粽子托来省会出差的表哥给我送过来。

"妈，我开玩笑的，您怎么把粽子都送学校来了呀。这边的粽子品种多，我买几个吃就可以了。"我给母亲打电话，幸福地抱怨。"买的粽子，怎么可能有老妈包的好吃！你都吃了十几年了，不是一直都说好吃嘛！"母亲开心地笑着解释。

"是的是的，外面的粽子再好吃，也没有妈妈的味道！"我俏皮地在电话里对母亲说。

如今已是我在南方当兵的第 8 个年头，期间每一次探亲休假都没有赶上端午节，也再没能吃上母亲包的粽子。

超市里买来的粽子五花八门，味道更是千奇百怪。然而，粽子的花样虽然多了，但我最怀念的，还是那份独有的"妈妈味道"的粽子。

王明明
爱是恒久的温暖

母亲在兄弟姊妹六人中排行老五。她十二岁时，姥爷病逝，之后，姥姥一个人把六个孩子拉扯大，生活条件一直很艰苦。

母亲小时候，姥姥家为了改善生活状况，每年都会养一头猪——不是为了吃肉，而是为了年底把猪卖了，多一份收入补贴家用。喂猪这个看似简单却最需细心的任务，一直交由乖巧懂事的母亲去完成。

为了奖励母亲，大舅向母亲承诺，只要把猪喂肥，年底卖了，就带母亲去赶年集，给母亲买一件喜欢的东西。这个承诺对于当时年幼的母亲而言，简直是天大的动力。

母亲每天放学后，就高高兴兴地背上草笼去沟渠旁、河溪边打草，回回都是满满一笼草，而且都是精挑细选的猪崽最爱吃的嫩草。大舅也信守承诺，每年卖完猪赶年集，母亲就能收获一件喜欢的"年货"。

除了喂猪，母亲还在每年秋收时节帮忙编草绳，用来捆扎收割后的小麦。编草绳可不是仅有耐心就可以完成的，还要有很大的毅力。因为草绳编多了，手指、手掌上都会磨起水泡。即使戴上手套，也会磨破一副又一副。母亲从来不叫苦、不喊疼，每次都是超量完成大姨分配的任务，而且用母亲编的草绳捆麦堆最好用，也最结实。

后来，母亲到奶奶家的缝纫班当学徒。就是那个时候，奶奶瞧上了不善言语却踏实肯干的母亲，托人向姥姥家说媒。

母亲21岁那年嫁给了父亲。

婚后，母亲每天起早贪黑地忙碌着一家人的琐碎生活，把家里打理得井井有条。直到现在，母亲也一直坚持早起的习惯。待家人起床时，母亲早已收拾好准备做饭，有时，已把饭做好。

除却操持家务，庄稼地里的活儿，母亲更是驾轻就熟。除了按人口分得的田地，家里另外承包的20多亩地，母亲也管理得很好，年年五谷丰登。

父亲从婚前就一直做木工手艺养家。结婚以后，母亲更是成了父亲的"得力助手"。父亲测量门窗、家具尺寸，母亲就在旁边认真记录；父亲用电锯机床做成品配料，母亲就在一旁收拾边角料；父亲拿木砂纸擦边角、修棱条，母亲就往做好的门窗、家具上刷油漆、抹桐油。慢慢地，母亲一个人也可以做一些有难度的木工活儿。

日复一日，年复一年。母亲勤勤恳恳，不辞辛劳，家里的日子一天比一天好。

母亲怀我的那年初冬，父亲用牛车往家里运棉花秆，留到冬天生火做饭，母亲跟着父亲打下手。就在装满车准备回家时，牛突然受了惊吓，把坐在车上的母亲狠狠地甩了出去。

危急时刻，母亲本能地只顾着肚子里的我，根本没想自己的安危，结果她的衣服被划得破烂不堪，胳膊、腿上更是摔得血肉模糊。

万幸的是，母亲只是受了皮外伤，而尚在娘胎里的我在母亲的舍命保护下没受一丁点儿伤。后来，母亲常开玩笑说"你是个命大的"！

大三那年初春的一天晚上，我像往常一样给母亲打电话，可是打了好多遍，手机始终没人接听。我以为母亲出门散步没带手机，就打给奶奶询问情况。奶奶有些紧张和迟疑，说："这几天你妈头疼的老毛病又犯了，所以睡得早了些……"

我将信将疑地挂掉电话，总感觉奶奶瞒着什么事情，紧接着便给父亲打电话。父亲的语气和"善意的谎言"证实了我之前的判断——母亲因为生病需要手术，已经住院好几天。

随后，我向老师请了假，踏上了经历过的"最长回家路程"。待我回到家时，母亲已经出院。刚刚做完手术、身体还很虚弱的母亲惊诧地"责怪"我："又没有什么大事儿，这不都已经好了嘛，学校的课程那么紧张，你回来干什么？"

后来一次闲聊时母亲才告诉我，那次生病，被推进手术室之前，她心里只有一个担忧——"如果出不了手术室，儿子可该怎么办啊！"

生为人女，母亲受过多少苦难她自己知道；嫁为人妇，母亲咽下多少委屈她自己知道；乳子为母，母亲付出多少心血我知道。

如今，母亲已为婆母，已为祖母，一路上角色还在不停转换，但母亲早已准备好从风雨中走来，在风雨中走过。而深深刻在母亲骨子里的那股劲儿，也早已伴着滚烫的血液流进我的身体，渗进我的骨子里。

何晓
少时不懂老粗布，待到读懂已中年

　　去河南出差，途经新乡，朋友领着去一个小村子买了几米老粗布。母亲收到布，打电话说："都过去30多年了，你看这粗布还是老样子。"

　　现在条件好，要给老人挑件称心的礼物不容易。隔着几千里地，我都能从母亲的声音里听到她的喜悦。那些从来不曾忘记的关于老粗布的往事，一时间又乱麻似的涌上心头……

　　自我记事起，母亲就是妇产科医生，直到她20年前退休。二十世纪七十年代初，我们一家从四川到了河南，母亲所在的医院距离部队家属院很远，母亲总是骑自行车上下班。说是上下班，其实并没有什么时间点，那个时候大概还没有搞计划生育，一家三五个孩子很正常，哪怕刚回家正在淘米，有人来喊，母亲也会立即边解开围裙边往外走，骑上自行车直奔医院。春夏秋三季还好，一到冬天，特别是下雨下雪的时候，母亲就裹得像粽子，毛线帽子外面是大围巾、棉袄外面是大衣、棉鞋外面是橡胶雨鞋，在狂风中弓着背吃力地蹬一脚、再蹬一脚……

和每一位妇产科医生一样，经过母亲的手来到这个世上的孩子很多，母亲从来没有统计过。但在河南的十多年里接生的孩子，却是让母亲和我们一家人记忆最深刻的。因为孩子满月后，家人会抱着孩子来看望医生，挎个小筐，里面装着随手礼，大多是几个馍或者几个鸡蛋，偶尔也会是几尺自家织的老粗布。待他们离开的时候，母亲会估摸着拿出相应的钱，用红纸包上，作为回礼。馍和鸡蛋是放不住的，很快就被我们姐弟仨吃掉，而老粗布却会被母亲精心叠好，收藏起来——不论尺寸大小、颜色如何，母亲都会很认真地放进她的樟木箱子里。那箱子有半米见方的样子，跟随母亲多年，里面放着她的所有宝贝，包括父亲的军功章和我们掉的牙。

　　也有长大后，孩子自个儿来的。有一年过年，忘记是初几了，父亲下连队了，母亲带着我们姐弟仨正扫雪，有三个小男孩，也就小学低年级的样子，穿着新衣服，风一样跑到母亲面前，齐刷刷跪下，磕着头，说着拜年的吉祥话，然后站起来就跑。事情发生得非常突然，整个过程就像被按了快进键一样，母亲和我们都还没有反应过来。直到个子高一些的小男孩跑了两步，又回来，取下背上的包裹双手呈给母亲，说："我奶奶让捎给您的。"母亲赶紧扔下扫帚，让三个小男孩到家里去。三个孩子都不进门，嚷嚷着说还要去别家拜年。母亲让我看住他们仨，回身进屋给三个小男孩各拿出来一个红包、一小袋糖。仨孩子吃着糖，话多了、嘴也更甜了，我们这才知道，他们是堂兄弟。

孩子们走后，母亲打开包裹，发现是用一小块老粗布包着的一大块老粗布。当包袱皮的小块粗布四个角都皱了，母亲装了一大瓷缸子开水把它烫平，然后也叠起来，放好。

那个时候，家里用的是发白的旧军被，而能让我们尖叫的衣服面料，是灯芯绒。父亲如果出差去上海，就会给我们带回大白兔奶糖和灯芯绒外套，奶糖让我们美三天，灯芯绒外套能让我们美三年。所以，母亲珍爱老粗布的样子，让我们觉得有些可笑。平常收集了糖纸，我们就会大笑着，很夸张地学母亲的样子，一板一眼地叠起来，放进一个小纸盒里，然后一起哄笑。

少时不懂老粗布，待到读懂已中年。现在，我们家已经没有人在河南生活了，但与人交往，还是常常以河南人自居。妹妹在昆明机场工作，有一天用语音在家庭群里讲了个笑话：一位乘客很肯定地说她是河南人，她诧异地问为什么？对方说，"你讲的是豫普"。群里顿时炸锅，侄儿、外甥女排队确证：人家没说错，你们讲的就是豫普！弟弟很开心，在群里发语音唱了一段《朝阳沟》，还给母亲录了一段视频。视频里，母亲对妹妹说：人家说你是河南人，是夸你。你看家里用的那些从河南带回来的老粗布床单，就知道河南人多实在，自己纺花自己织布，一梭子一梭子的，不容易呀……

就是那天，我提醒自己：以后有机会，一定要给母亲捎点河南的老粗布。

现在回想起来，母亲对老粗布的珍爱，不仅仅是因为实用，还因为那代表了患者对她的认可和她对自己职业的自豪。

胥得意
最宝贵的财富

　　我的母亲姓付，一直被别人叫成老付，而有时被我叫成付老太太。我每次那样称呼她，她就笑。她不像大多数农村妇女，结了婚以后就被人叫成了"某某家的"或"某某媳妇"。

　　她风里来雨里去教了二十年书，在我们那个乡赢得了属于她的尊严。她在岗位上的时候曾经是朝阳地区的先进老师，但那是二十世纪六十年代的事了。尽管风光过，但她一直认为自己的个子小，而不愿抛头露面。其实那只是她自己的想法。我从来没有感觉她的身高有什么问题。在周围的女人当中，不比别人矮，也没比别人高。后来我才发现，她的为人与处世总会把她与别人区分出来，她可能觉得别人都在关注着她。

　　我的母亲是一个极有天分的人，只是命运没有给她更多展示的机会。她十五岁才走进小学课堂，直接进入三年级就读。如果老天垂青，让她经过专业的培训去外交部当发言人或电视台访谈节目的主持人，她绝对胜任而不会逊色。她从来不像农村有的女人，对孩子声嘶力竭地吼骂，也不会举手就打，她就是讲道理，循循善诱地讲，不厌其烦地讲，环环入扣地讲，让人心服口服地讲。

她的这些做法，在那些能打擅骂的女人那里，变成了"不会教育孩子"。但是母亲依然以她特有的方式教育我们要正直、善良、孝顺，尤其是要有做人的尊严。正是秉承了她的教育与性格，我才对自己的尊严有着极度的呵护。母亲告诉我，爱护名誉要像小鸟爱护自己的羽毛。在生活的具体体验中，我和母亲一样，在物质上可以吃亏，但是尊严不能有一点受损。为此，死要面子活受罪的事没少干。但是为了尊严的存在而注定要付出更多。

我入伍后，班长教育我们"老兵不动筷子不能先吃""见了领导进屋要起立""细小工作要主动"等关于礼节礼貌的事，我在心里一直认为太小儿科，太浅薄。在这方面，在我刚刚懂事起母亲就用故事加道理的形式对我进行了无比良好的教育。所以，很多时候我一直认为我是被母亲教育好才入伍，而不是部队给了我太多的教育。

到了部队以后，母亲几乎每周写来的信，是对我最好的教育。如今，手写的信几乎要绝迹了，而我保留了母亲当年写给我的上百封信，这已经成为我的一笔非常宝贵的财富。我的为人处世，上进、负责、好强、尊老、善良等能够呈现优点的地方，都折射着母亲的影子。我能够独立带兵之后，我给战士的教育都是一生受用的。这也就是我的战友为什么如此多，而且天各一方还在联系的道理。我从母亲的教育中早早地知道一个人的立身之本是什么。

在农村，依我母亲的年纪来讲，她是一个有文化的老太太。这不仅仅体现在她能认字，能帮助别人写信上，更体现在她能够把很多道理通过故事讲出来，而且还能够把许多故事写出来。

在六十岁的时候，她对于一件事实在按捺不住自己的看法，便写成稿投给了《辽宁老年报》，没想到从那之后，她接连几年收到编辑的约稿，隔三岔五就在报上发出文章来。起初村里的人是不信的，直到他们既羡慕又嫉妒地看着付老太太到邮局去领取稿费。

我相信她的文字能力。我的文学启蒙最早来自于她。在我四五岁的时候，她开始教我背诵毛泽东诗词。长大后，我发现我们那里的女人中，再没有其他人能够背诵毛主席的大部分诗词。

我以为她找到了写作的乐趣，曾鼓励她，没事就写一写。她却讲了一句让人笑得不着边际的话，"写那点破东西，人家报社还要给钱，怪不好意思的。总写好像冲人家要钱要习惯了。"后来，付老太太的眼睛不太济事，便也封了笔。

我做过编辑工作，也看过她写的文章，说句公道话，她的文章读起来有新鲜感，发出来是不会给报刊丢分的。现在，付老太太不再写了，但是故事在她的口里活着，无比新鲜，无比生动。和别人不同的是她总能看到事物的另一面，看得更远。

她的文化更体现在她的谈吐上，她的语言中从来没有脏话，而且她的话记录下来就是散文诗。一次我把她写给我的两封信原封不动地打下来，就组成了一篇小说，以《母爱》为题在报纸上发表出来。而我现在的小说创作主要以军营和乡土题材为主，乡土故事大多是来自母亲的讲述。每一次见面，她都能讲述出很多小说的创作素材，她认为她讲述的就是故事，而在我这里，却变成了丰厚的创作财富。尤其是发生在我们家中的故事，总是像在以小说的方式呈现与进行着。

我的付老太太实实在在是一个可爱的母亲。她用她善良的心包容着别人的缺点，从而把这些人聚在一起。她娘家的亲戚和父亲这面的亲戚没有人讲她的缺点，被她紧紧地团结起来。

在我小的时候，每年都有亲戚的孩子住在我家里读书，后来我探亲回家，发现又有几个与母亲隔着辈的孩子在我家里，她负责饮食起居。她这样的做法自有她的道理，她一直讲能帮人时且帮人，并把这种认知在我的思想中种植得根深蒂固。

有一年我当宣传股长，地方电台在除夕夜里到部队采访，非让我找一个军人的母亲接受采访，并且直播那位母亲除夕夜的心声。做了那么多年的宣传工作，我知道记者需要的是什么。可是这样的母亲让我去哪找呀，我也不能一句一句教人家，没办法，只好让我的母亲出头露面了。

我先打电话给她，告诉她电台记者要采访"军人母亲除夕夜的心声"，让她好好准备准备。她在电话那头笑了，这还用准备么。于是，那个记者目瞪口呆地听到了一个老太太说出了媒体在这个时候最需要讲出的话。付老太太讲得动情且朴素，有诗意，有道理。我知道她不是在唱高调给别人听，她这个老共产党员就是那样想的，也是那样做的。

我的父亲还在上班时，除夕夜从来都换成在单位值班；我在军校上学时，每个假期都留校护校。付老太太对这事最看得开，她说人人都想回家过年，但总得有人留下来。你们留下来是自愿的，心情就会高兴，而且我这个老共产党员能理解你们，也希望你们做出党员的样子。陪我过不过这个年无所谓，一家人在一起的日子多着呢。工作就要珍惜。

付老太太就是这境界，让人听得心生感动，但是一点也不矫情。我从内心里一百个佩服。

付老太太从来不在外人面前夸赞我。那年我参加全国青年作家创作会议，她正因伤住进了医院。有人在新闻联播中看到了我的"影子一闪"，告诉了她。她嘴一撇："他能有多大出息，赶上点儿了呗。"她觉得无论我做出什么样的成绩，得到什么样的名气，也还是她村子里当初的那个孩子，没有什么值得吹嘘。可是我知道她内心满足着呢。每次打来电话，都叮嘱我别累着身体，更不能犯了错误。

一次，家里一个亲戚应聘保安，急用一个中专文凭。我便在城里找做假证的办了一个。哪知付老太太一个电话打来，警告我这样弄虚作假得犯多大错误，要是让警察把我抓走她可就丢人了，以后再不可这样。我都不敢告诉她城市里每一个角落或者每一根线杆上都有做假证的电话，更不敢对她讲北京火车站外叫卖"发票发票""办证办证"的人比我家门口那个小集市上的人还多。还有一次，她又打电话问我，乡里搞普查，听说咱家有个军官来问你是什么职务？原来这么多年，父母都不知道我什么职务。他们只是在告诫我要努力上进，实际上他们和我一样没有一个具体目标。我理解母亲阐述的道理，只有做成了一个好人，才能做成一个好官的。

母亲是一个受人尊敬的人，这一点与我无关。从闯出老付这个名声开始，她已经把受人尊敬当成了习惯。可这里又得付出多少啊。

母亲也喝酒，白酒，适量的。有时我回家，忘了她喝酒的事，她就自己拿起一个杯，装作被人冷落后不高兴的样子，"咋不给我也倒点儿"。她的那个表情十分有意思，很天真。那时，我便感到，我在她身边就是一个幸福的孩子。

不是节日的日子，我喜欢回家。我回家的日子，会成为她心中的节日。真正的节日里，她把笑脸和忙碌都给了客人。

看得见的平凡
与看不见的深远

张宁宁
父亲的手艺

　　父亲行伍出身，十五岁参军，爬雪山过草地，一辈子戎马生涯，应该不会有太多的时间去学习各种手艺。但是，父亲的手就是巧，比母亲的手还巧。从我记事起，父亲就是家里的"修理工"，任何东西坏了他都会修。桌椅板凳坏了，他修理得比工匠还精细。补个车胎，装个半导体收音机都是小菜一碟。雕制一把"勃朗宁"木质手枪，或是找几块木头锯一锯、刨一刨打制成一个小书架，那都是我常能得到的惊喜。甚至，我们姐妹的衣服太肥大了，他也能拆了重新裁剪、缝纫，重新穿在我们身上的时候就非常合体了。更有我们冷天要穿的毛衣毛裤，竟也是他一针一线编织出来的。父亲无所不能。

　　我有时纳闷儿，他是怎么学会这些的？在哪里学的？没有答案。我只能说，是因为他聪明。他聪明到很多事情都能无师自通。当然，也是因为父亲一辈子都身在军队这个大学堂，战争年代艰苦的环境和求生的需求，使他学会了做所有的事情。

　　父亲做的活计都很精细，其中一件很成功的作品就是他晚年养鸟用的鸟笼子。

那是我上中学的时候。有一天放学回家，发现家里多了一个成员——一只小小的画眉鸟。父亲说，是他一个朋友送的。随着小鸟一起送来的，还有一个方形的做工粗糙的鸟笼子。父亲的朋友告诉他，画眉鸟要每天早起带出去遛，和其他的鸟挂在一起，它才能学会叫出各种好听的声音。于是乎有了小鸟的第二天，父亲一早五点就起身，拎着那个粗糙的方形鸟笼子去公园里会友了。

不知他第一天遛鸟的情形如何，总之遛完鸟回到家里，父亲就忙乎开了。他把自家小院中的竹子砍下了几秆，搬出他做木工活儿的全部家什。开始，我完全不知道他要做的是什么，他也不说，一副就不告诉你的样子。但是我看出来他要做的这个东西挺复杂。

他先是将竹子劈成条，接着根据不同的尺寸截成段，再劈成更细的条。然后还要把这些方形的条削成圆形条，活儿就开始朝着精雕细琢的方向走。有一道工序是将削成的圆形竹条放在火苗上加温后掰成半圆形，这是一道特别要掌握火候的工序。烤得不够就掰不弯，烤得过了又烤糊了，父亲在这道工序上颇费了一些工夫。有一些竹条子要被箍成圆形的圈，然后还要用小钻子在竹圈上钻一些孔。做这道工序时他要我帮他的忙，帮他稳住这个竹圈。我就问他："你究竟是在做什么？"他还是说"我做好了你就知道了"，总是要保守着秘密来个一鸣惊人。

不过到了这会儿，我也看出了一些端倪，他应该是在制作一个鸟笼子，那个我帮忙做的竹圈子就是笼子的腰线。我没有想到的是，这个鸟笼子做好了之后是那么的精美，开门的部位还被雕成了如意的形状。

做第一个鸟笼子耗时大约一个月，完工之后又上了一层桐油，黄亮亮的色泽特别好看。父亲的画眉鸟住进了这样的新居后也变得格外精神，每天清晨跟着父亲出去显摆一阵子，回来之后就会把它学会的叫声一遍一遍地重复唱给我们听。它会学各种鸟叫，最后还学会了猫叫。

这样消停了个把星期后，父亲又开始砍竹子做鸟笼。做第二个鸟笼子时他已有了经验，而且购置了专用工具。那一天我放学回家，看到他的手在用专用工具拉竹条的时候弄破了，我用酒精给他消毒时发现他的手因为做这些东西变得好粗糙。我说："你还要养第二只鸟吗？"父亲说不是，这个笼子是为他遛鸟时认识的新朋友做的。我从他拉出来的竹条子的数量上判断出，他要做的不止一个鸟笼子，而是两个，甚至是三个。他有那么多的朋友要送。

可是他的朋友们知道吗？做这样一个鸟笼子，其工艺的复杂程度完全不亚于打造一个传统式样的五斗橱。

送给朋友的鸟笼子，父亲做得格外精细，笼身上雕琢部位的形状也更加漂亮。父亲也是个喜欢戴高帽子的人，大家夸赞他做鸟笼子的手艺好，他就不辞辛苦地做了好多鸟笼子。

有一次我好奇他那个遛鸟的群体，下决心起了个大早跟他一起五点钟就出门遛鸟。那是一处闹市取静的地方，也就是大马路边上的一处小树林。我们到的时候，已经有不少鸟友在那里。每棵树上都挂着一个鸟笼子。我不懂鸟，只看那些鸟笼子。凡是父亲做的鸟笼子，我一眼就能认出，因为父亲雕出的如意，有着独特的韵味。

父亲在这里很受欢迎，大家见他来了，都会围过来和他打招呼，他们称他为"张老"。张老和大家相处很融洽，在一起交流养鸟的经验。每个清晨，他们就这样，听着各种鸟语，说着各自的故事。

以后的日子里，父亲又做过一些鸟笼子，形状各异，精美无比，但留存下来的只有这一个。

父亲的画眉鸟在这个笼子里住了十年，它在父亲生病住院的时候死去了。我们姊妹相约不要告诉父亲，怕他难过。但是在去医院看他时，父亲却突然问起了鸟儿的事。父亲说："家里都好吧？"我们说好。父亲就又问："我的画眉鸟怎么样了？"我们说挺好的。父亲就笑了一下，说："恐怕是死了吧？"我心里那个惊啊，无法用语言形容。父亲怎么就能知道鸟儿已经死了呢？我们不作声，看父亲的脸。父亲沉默了一会儿，慢慢地说："十年了，它也算寿终正寝了吧。"

父亲后来没有再养过鸟，这个鸟笼子就一直挂在廊檐下，空着。

张泽锋
读懂爸爸的过程就是成长的过程

儿时懵懂无知的年纪里，总觉得自己的爸爸不够光鲜、不够厉害，没有令我引以为傲的工作，也不像邻家爸爸那样喜欢陪孩子去游乐园玩耍。

印象中的爸爸，长年累月都是独自坐在小破屋里饶有兴致地玩泥巴。爸爸的全身心投入，让我很是费解，我真的不知道，那堆脏兮兮的泥巴有啥好玩的。每当他拿着自己新出窑的壶眉飞色舞地欣赏时，我都甚是不屑：买个玻璃壶不也同样能烧茶喝，何必那么费劲儿非要自己捏一把？

在我 12 岁生日那天，爸爸郑重地告诉我，他不是在玩泥巴，而是传承"裕德堂"的祖业！未来，希望我也能子承父业。我摇头求饶说不要，我要去做生意赚大钱，咱们祖辈原本不都是成功的商人吗？

但是，从那天开始，"裕德堂"像颗神奇的种子，被爸爸种进了我心里，耳畔时不时就会响起这三个字。初中毕业那个暑假，爸爸让我开始学习拉坯。每天完成爸爸规定的作业后，我都是腰酸背痛浑身汗。那一刻，我深刻体悟到了爸爸的辛苦。但是，依然不想子承父业。我认为手工业者挣钱太慢。

坊间传说，我家的祖辈，在十九世纪末至二十世纪初，便是活跃于潮汕及东南亚商界的儒商了。我相信自己骨子里流淌的是商人的基因，自认为在我们学校门口开个奶茶店，都比爸爸做壶赚钱快。

读高中时，爸爸的工作室已经初具规模。虽然，按照地方族规习俗，"裕德堂"制壶技艺不得外传，但爸爸却以一个老兵的情怀，突破家规，收徒传艺。我作为他唯一的儿子，不管情愿不情愿，都理所当然地成了爸爸的徒弟之一。

徒弟就是徒弟，最初学徒的日子里，我丝毫没有优于其他徒弟的福利和特权，甚至会被更加严格地要求和管教。这让我委实有些反感。

寒暑假里，爸爸会让我跟其他学徒一起，每天周而复始地练习拉坯，而且只能重复拉葫芦状、仿古型、自我创作三种壶型，不准超出这三款的范围。我把爸爸的话左耳听进、右耳溜走，压根没往心里去，自认为自己是张老师的亲生儿子，从小见爸爸拉坯做壶，是有足够资本可以任意拉坯的。于是，就胸有成竹地在爸爸规定的三个壶型之外，额外拉了几个自认为很有个性的壶坯。

本以为爸爸会表扬我有创意，可是，爸爸的一顿训斥，让我心中仅存的那一丝优越感，在他的众位徒弟面前丧失殆尽："做壶是件手艺活儿，要静下心来下慢功夫。世上没有一步登天的好事，要成为一个真正的壶艺大师，就要有扎实的基本功。让你重复拉壶坯，就是锻炼你的基本功。你要从不同角度去揣摩自己拉出的壶坯，通过感悟每个壶坯的一个个微小差别，不断完善壶型。通过观察，提高心、手、眼的协调性，提升审美观，继而完成一件成熟的作品。"

虽然倍受打击，但父亲的严格，倒是让我想起了课本里达·芬奇学画初始阶段的画蛋经历。我理解了父亲的一片苦心，他这是想把我往艺术高地引领啊！

可我觉得，爸爸的技艺我实在难以企及，我还是希望自己能另辟蹊径，走出一条与父亲不同的成功路。爸爸倒也不强求我非要做家族产业，他只顾自己潜心创作。而我课余时间，有兴致玩泥巴做壶时，就去爸爸工作室拉一把壶出来欣赏把玩；不喜欢玩泥巴时，就由着性子跟小伙伴们一起去追逐诗与远方，寻找商机开店做生意。

高考结束后，那个暑假特别长，与老爸朝夕相处的时间多了，我才从爸爸的言谈举止和作品中，开始慢慢读懂老爸。

他是一名海军老兵，身上深深烙着兵的印记。曾有业内人士惋惜，爸爸当兵4年，耽误了艺术创作的最佳时段；而老爸却认为，正是那段军旅生活，为他后期的艺术创作夯实了基础；一身的军事素养也令其作品更具内涵，更有家国情怀。爸爸的作品中，《劲节》蕴含的就是军人百折不挠的英武气韵。而《民族魂》《大潮》，更是彰显了爸爸的一腔民族情和爱国志。

在老爸看来，唯有国家的繁荣昌盛，才能促进家族企业蒸蒸日上；唯有国泰民安，才能保障收藏业兴旺发达；唯有收藏业红火，他的壶艺才能传承发扬。

他在自己的从艺路上，一直用军人特有的坚韧和执着在坚持。他是纯粹的艺术工作者。他用不停地阅读滋养着匠心，用精益求精的技艺弘扬工匠精神。

高考后，在填写各种表格时，校领导看到我在父亲一栏填了"张瑞端"三个字，突然眼光发亮、嘴巴大张："你是张瑞端的儿子？张瑞端是你爸？他是我的偶像啊！"我挠了挠头暗自揣度："张瑞端是我爸，他跟别人没什么不同啊？我爸竟然也有粉丝，而且还是我的老师！"

当天，我上百度搜索了父亲的姓名。呵呵，这一搜才发现，爸爸除了摆在工作室里的各种获奖证书，竟还有数不完的各种头衔：正高级工艺美术师、中国工美行业艺术大师、广东省工艺美术大师、中国工艺美术协会常务理事、广东省工艺美术协会副会长、广东省工艺美术研究所紫砂艺术中心主任研究员、广东省工艺美术协会紫砂朱泥壶专业委员会执行主任、潮州市工艺美术协会副会长……

可是，爸爸在家里，就是一个最普通的老爸了。他不问钱事，一心只顾壶艺创作，用壶痴形容他一点儿不为过。他潜心创作时，经常达到废寝忘食地步，喊他几声吃饭他都不会理你。待他做成一把心仪的壶时，不管是否吃饭时间都会大呼："拿酒来，喝两杯庆贺一下！"

普通人在酒精的作用下，仅仅是酒后吐真言抑或是"酒逢知己千杯少"，无非是多喝几杯酒、胡说几句话，而老爸则是遇到知己就酒后送壶。妈说他每次都是在酒后把多年的心血送出去了。爸却说，把壶送给了懂壶爱壶之人，才是物尽其用，才是传承发扬非遗文化。

老爸只知道潜心创作和友情相赠，却并不知道他自己的作品在市场上的行情。从艺路上30多年，他从来也不曾卖过一把自己的壶。每次有发烧友咨询壶的价格时，他都一脸懵懂地指指我妈："问老板！"因此，我常常想，如果没有妈妈的精心守护和打理，仅凭我爸的"匠心"，是否可以令"裕德堂"牌匾如今天这般金光闪闪、光芒四射？

这个问题想多了，渐渐地，我便有了家族责任感！于是，我真正开始潜心学习壶艺制作了。

大学里，我学的是服装设计。我把服装的时尚性和飘逸感融合到了自己的壶艺制作中。如今，我的壶艺制作已经小有成就，曾在2015至2018年中国（深圳）文博会"中国工艺美术文化创意奖"上获得四连冠金奖，还取得了工艺美术师职称，顺理成章成为"裕德堂"第五代传人。

爸爸的内心是一个盈满了爱的人，他爱壶，爱祖传的"裕德堂"牌匾，便全身心投入创作，弘扬壶艺；他爱爷爷奶奶，把见爷爷奶奶当成他最大的"日常享受"——爸爸除了做壶，在日常里花费时间最多的事情，就是陪伴爷爷奶奶吃饭聊天。奶奶生病住院，他会立马放下手中的壶艺，赶去医院陪床。

爸爸只知道创作，却并不知道，自己的双手为家庭和社会创造了多少财富。家中的财政大权统统交由妈妈打理，即便是妈妈给爸爸专门开一张银行卡，当爸爸外出必须单独支付款时，还是会急匆匆地打电话求助我妈："这张银行卡的密码是多少？"输完后便又把密码遗忘了，下次用时再找我妈问。

爸爸对妈妈，既有百分之百的信任，也是真心奉为绝对的领导。家中买第一辆轿车时，爸爸让妈妈先用，他则捡妈妈用过的摩托车当交通工具；随着家庭条件日渐好转，家中又添置了新车，爸爸便主动提出用妈妈的二手车，坚持让妈妈常开新车；出国参观回来时，他给妈妈带回一堆护肤品和一个名牌包，却没为自己购置任何物品。

爸爸不仅挚爱壶艺和家人，平日里，还很积极地参加省工艺美术协会举办的各项慈善活动。2008 年汶川地震发生后，爸爸立即拿出心爱的作品《傲梅》壶参加义拍，所得善款全额捐赠灾区。他是以此祈愿灾区军民能以梅花凌寒怒放的品格傲然挺立，抗震救灾！

2010 年玉树地震发生后，爸爸把收藏多年的作品《晨曲》拿出来参加广东省工艺美术协会组织的义卖活动，把款项如数捐赠给灾区，鼓励灾区人民迎着晨曦，重建家园！

2015 年，爸爸把作品《寿壶》的义卖款，全部捐赠给了潮州市公益基金会……

尽管爸爸对社会、对家庭付出的都是满腔的热情和真诚，但却低调内敛到恨不能把自己揉搓进泥土里。

《广州日报》记者采访时问他："您热衷公益事业，曾经都有哪些善举？"他答非所问："记不得自己具体有过什么善举了，只知道，平日里与邻里和睦，与自己和解，与家人唯亲，与同行为师，与自然和谐。"

所有人都以为我的大师老爸在家是不接地气儿的"男神"，其实他也有很家常的一面。妈妈辛苦时，他也能偶尔入厨烧菜煮饭，他做的炒粿条很正点哦。今年他的生日，我让他对着蜡烛许愿，他竟然祈愿："让我家阿锋早日娶个称心如意的儿媳回来，开枝散叶！"

呵呵……我才刚刚24岁，老爸咋就跟其他人一样有着这样的小期盼、小欢喜，急着当爷爷了？他的大师格局呢？

我爱我的有血有肉有情感、有爱有为有担当的多元化老爸！能与他为父子，是我此生之幸运！

彭化义
帽檐下的目光

　　在我的记忆里，父亲最喜欢的帽子有三顶：一项是他年轻当工人时戴的鸭舌帽，一项是"文革"时期的解放帽，再就是晚年戴的毡帽。而在我的记忆中，这三顶帽子，每一个背后都有几个挥之不去的场景和故事……

　　那项鸭舌帽，代表的是父亲人生的辉煌，帽檐下闪出的多是年轻时固执和倔强的目光。

　　30多岁的他，处在充满梦想和憧憬的岁月，他喜欢唱戏，会唱豫剧、两夹弦等剧种，是戏班里的骨干，出演过许多角色；在公社砖窑厂当过工人，还是个"问事"负责的小工头呢；当过马夫，曾为城里的工厂赶过马车……然而，由于年轻好动的他不是很乐意始终做一种事情，让人感觉不扎实、不长远，这几项工作做的时间都不长。许多与他一起干的人后来留在原单位都转成了正式工人，而他最终却回到村里继续种地。

　　那时我清晰地记得两个场景：

　　一个是有天晚上在家西戏园子里演戏，父亲饰演一个被发配的犯人。长长的头发缕子甩在背后，被捆在戏台与乐队之间的柱子上。当时我就趴在柱子下玩。

另一个是有天我到十多里地外的公社所在地闫什口去找父亲，他当时在公社工厂做工。他穿着蓝色的工作服，头戴鸭舌帽，领着我到厂子旁边的河沟里洗碗，当时农村里大河小坑的水都很清澈，可以用双手捧起就喝。夕阳的余晖照在河沟的水面上，折射出淡淡的红光，河沟不宽，水却不浅，水中泛起的夕阳倒影，在我们刷洗过碗筷之后，随着波纹的晃动慢慢散去。

那顶解放帽，对父亲来说代表着苦难与艰辛。在艰苦的岁月里，解放帽下射出的，是对艰苦日子无奈和抗争的目光。

当时正值"三年困难时期"和"文革"时期，村里人都吃不饱饭，连树叶、树皮、棉花种子、白薯秧子都是填肚子的好东西。为了养家糊口，父亲拉过脚，用地排车给人家运输东西，装满棉花的地排车高似小山，在父亲双肩拉力下慢慢移动，几十里地的路程就是这样走过的；父亲打过油，在连冬天也让人热得满头大汗的油坊里，他光着背，陆续将五六个十至五十斤重的铁锤，一次次地举过头顶，一次次地砸向木桩，硬是把花生、黄豆、棉花籽里的油汁给榨出来，有几次都累得吐出了鲜血；父亲给人家盖过房子，不是从数米深的大坑里往上拉土，就是和泥和打墙，双手的老茧变得很厚很厚，手指都变成有棱有角了。

那顶本来是深颜色的解放帽，后来渐渐变成了白色，再后来又被汗渍和黄土染成了黄色。

那顶帽子在我心中定格的瞬间，就是母亲生过四弟后，于1966年秋天到菏泽城里时，与父亲照的一张合影。那时他们30多岁，看上去很年轻，只是眼神里充满对困难生活和家庭负担的忧虑。在那个年代，父母能把我们兄妹五个养大，真是不容易。

1982年我调到北京工作后，父亲来过一次。那时的父亲，戴的还是那顶解放帽，不过是洗得干干净净了。我发现，父亲与我当兵前已发生了很大变化，头发花白了，脾气也小了。有一天我带他去颐和园玩，在石舫前照相时，让他摆什么姿势他就摆什么姿势，很是听话。父亲摘下帽子时，微风吹拂，整齐的头发向后梳着，抬头目视着远方。他那若有所思的样子，很有风度呢。

到了晚年，父亲常年戴的是一顶酷似礼帽的毡帽。老人家顶着这毡帽，眼睛里放出的是慈祥和幸福的目光。

父亲年轻时脾气很倔，说话也难听，常常得罪人，很少能说出让人感到顺耳的话来。在外面遇到不顺心的事，回到家里就拿我们出气，动不动就脱下鞋用鞋底子打人。可是，自从我当兵那年之后，他变了。听说我在县城换上军装随部队出发后，他回到家一个人哭了好久。他觉得让我从小受了不少苦，对不住我，主要是在上学时经常让我请假去拉脚和推磨，我不干就打骂。以后，三弟当兵、四弟上学，每当有人离开家时他都会掉眼泪。慢慢地，他人老了，头发白了，身子骨越来越瘦，感情越来越脆弱，动不动就爱哭。

后来，认识父亲的人都有一个共同的感觉：老爷子变得十分慈祥和友善。他虽然没文化，从没进过学校的门，但在乡里乡亲面前说起话来却有板有眼。他担任村里的"大执宾"（红白喜事的张罗人）后，谁家有人故去，无论是白天还是半夜，不管是刮风还是下雨，更别说是春夏还是秋冬，只要得到事主通知，父亲总是戴着他的那顶破毡帽，第一时间赶到现场，帮助料理后事，并主持殡葬事宜。父亲说："这是积德的事儿，人家有求，咱就得帮忙。"

对生活的观察，使我有了这样的想法：世界上的恨有各种各样，但心底的爱是一样的，只不过是表现的形态不同而已。父亲不同时期的目光，不正是他抗争困难、挑战艰苦、感激幸福的自然流露么！

周大新
我的母亲

母亲长住乡下老家。

老家所在的那个村子，位于南阳盆地南沿的丘陵地段上。村里除了房舍、水塘，就是高高低低的树木；村边便是沟渠和田畴。母亲喜欢这里的一切，不愿意离开。

让她来城里住，总是住不了几天，就坚决要回去。母亲的理由是：我命薄，享不惯城里的福。如果坚持让她在城里住，她便总是要生病，而一回到乡下，她的病常常就好了。母亲这样解释这种现象：我是乡下人的命。

母亲不识字，对她遭遇到的一切事情，都用"命中该有"来解释。这种解释有一个好处，那就是面对变故时能够平静待之。

她十几岁时就遭遇了一次很大的变故：她的母亲，也就是我的外婆突然病逝。面对这变故她当然要哭，可哭了几天之后，她还是抹抹眼泪起身去挑起了外婆留下的家务担子，照料妹妹也就是我的姨妈，洗衣、做饭、缝补，帮助父亲也就是我的外公照料庄稼。对这份过早降临的劳累，她没有抱怨。只有两个女儿的外公担心女儿们将来出嫁后会造成绝户，想抱养一个儿子，身为长女的她当然知道这会给她肩上的家务担子增加分量，但她还是坚决地支持了外公。当那个抱养的很小的舅舅来家之后，母亲给了他无微不至的关照。

母亲嫁到我们周家也并没有过上好日子。曾经有点富裕的我们周家，那时已经破落，家里除了几间破房子再无他物。她又开始了新的操劳。据说我出生后母亲常要把我背到身上下地干活。我记忆里关于母亲的最早的画面有三个：一个是母亲在锄地，我跟在她的身后在田里逮蚂蚱；一个是母亲在摘棉花，我躺在她采摘下的棉花上看天空；再一个是母亲在擀面条，我端着小木碗站在她的腿边叫肚里饿。在这些零碎的记忆片断里，母亲总在忙碌。

长大以后，母亲的忙碌更给我留下了深刻印象，她的一天通常是这样过的：早晨，她先起床生火做饭，然后把饭温在锅里，再下地干活儿去挣工分；全家人从地里回来吃过早饭，她要刷洗锅碗瓢盆，要喂猪喂羊喂鸡喂狗，之后，又要下地干活儿；中午回来，她坐在树荫下稍喘一口气，就又要下灶屋做饭；下午，她仍要到田地里去干活儿；傍晚收工后，她通常还要在回村的路上要么拾点柴草、要么捎点野菜；她的歇息时间通常是安排在做好晚饭之后，其他家人开始端碗吃饭时，她则坐下歇息，我常听见她长吁一口气，坐在一把小木椅上缓缓摇着扇子驱赶身上的汗水，那大概是她最舒服的时候；待大家都吃完了饭，她才端起碗去吃，剩多就多吃，剩少就少吃。

逢到下雨下雪的日子，照说母亲可以歇息歇息，但她照样要忙，要给我们缝衣做鞋、要磨面、要把苞谷棒上的玉米粒抠下来、要纺线、要用麦秆扎筐子、要用高粱的细秆做锅盖，活路多得她永远也做不完。但她从没有怀着不满去忙碌，她总是心甘情愿地去干这一切。

我很少听母亲说她累，更少听见她抱怨日子苦。她认为这一切都是她命中应该干的。她常说："我不忙这一家人怎么办？人不干活那去做啥？"

母亲虽不识字，但却是村里的接生婆婆。村里的好多孩子，都是她用双手接来这个世界的。哪家的媳妇到了要生的时候，男的一来叫她，她便立马停下手中的活儿，拿一把剪子笑容满面地去了。我知道她没有这方面的科学知识，因此总为她担着一份心，怕她接生接出问题，不过还好，一直没出什么事，凡她接的孩子，大都平安地降生了。每次接生完，主家会给母亲两个煮熟的红鸡蛋，那一是表示喜庆，二是表示慰劳，母亲总是满脸喜色地把鸡蛋拿来给我们吃了。

母亲对生命怀着一份天生的善意，就连家里养的鸡鹅牛羊猪，她都不许我们打；哪一种家禽、家畜病了，她都很着急，忙着为它们治病；倘若其中有不治而亡的，她便很伤心；她从不看宰家禽、家畜的场面，逢着家里要宰鸡杀鹅，她总躲得远远的。

母亲信神，而且信的神灵很多。每年的大年三十晚上，她要在院中摆上一个小桌，在桌上摆了馍馍和供果，点上香，以敬天神；逢年过节，她要在灶屋的锅台上摆了供品，以敬灶神；我们兄妹倘若有了病，她就在佛祖的塑像前磕头烧香，祈求佛祖保佑我们平安；若是家里出了大祸事，她一定要到武当山金顶去给祖师爷跪拜烧香。有一年我们家出了很大的祸事，我在外边奔波着企望事情能得到公正解决，母亲则冒着大雪，挎着装了供品、香表的篮子向武当山走去。武当山离我们家还有一百多里路，要坐车到山下才能往上爬，平日里年轻人从山下爬到金顶都累得要命，可母亲硬是在纷飞的大雪里爬了上去拜求了祖师爷。事后想想我都害怕，万一她在那陡峭的石阶路上滑倒了可怎么办？家里那件祸事过去之后，母亲每年还都要去武当山还愿以向祖师爷表示谢意。我曾劝她不要再跑了，在家事上一向看重我意见的母亲，唯独在这事上十分执拗，坚持着要把"愿"还完。

母亲对我们兄妹管束很松，她常说，"人该长成什么样子就长成什么样子"，对我们很是放任。母亲绝少打骂我们，遇到我们做了什么错事惹她生了气，她也至多是把巴掌高高扬起恐吓一下，并不把那巴掌真打到我们身上。她最常告诫我们的是三件事：

第一，不说"过天话"。意思是不说那些比天还高的大话，要说一是一，说二是二，说了就要做到，别让人觉得你没信用。

第二，别看不起比自己穷的人。母亲说："人穷了本已够可怜，你再看不起人家，不更伤了人家的心？"母亲还说："你今儿个日子好过，难保你日后就不受穷，人前边的路都是黑的，谁也不知道自己前边会遇到啥灾啥难，人与人的穷富也可能很快就会颠倒过来。"母亲在这方面为我们做出了榜样，不管穿得多么破烂、身上多么脏的讨饭的人，到了我们家都会得到母亲的善待，家里再困难，她都不会让人家空手离开。

第三，不要浪费东西。母亲说："这世上没有能经得起浪费挥霍的人家，家里有金山银山，也不能浪费。"她特别心疼粮食，绝不许我们把吃剩下的东西扔掉，每当我们要扔掉什么吃食时，她都要说："你要扔的这点吃食，在六〇年就能救活一个人哩。"有时锅里剩了饭，她总要我们把裤带松松，尽力把剩饭吃下去。她说："只要吃到肚里，就不算浪费。"

母亲没有什么金钱意识，她从不管钱。家里的那点钱，一向由父亲来管。偶尔有人来家门上收购什么，给几毛钱在她手上，她也是立马交给父亲。家里要买布买油买盐，都是父亲去办。她从没有为钱的事和父亲或儿女们生气。她的生活标准很低，吃饱穿暖就行了。有一年她和父亲来北京，一个朋友请我们吃饭，上的菜她都没见过，她悄悄对我说："吃饱肚子就行了，花这么多钱吃这么好干啥？"家里过去穷，一般买不起猪肉羊肉，过年时买一次肉，母亲每顿只切一点，做好后，她把肉片都挑在我们碗里，坐在那儿看着我们兄妹吃，我们让她吃，她总是说："吃到你们肚里也就等于吃我肚里了。"

母亲平日的活动范围，就在我们村子四周，也因此，她特别渴望了解外边的世界。她了解外边世界的主要渠道就是看电视。我有了孩子之后，她到城里来照看孙子，最让她感到高兴的是能天天看电视。几乎每天，她都要抱着孙子坐在电视机前看，以至于我都担心会损坏她的眼睛，但看着她那副兴趣盎然的样子，又不忍心打断她。母亲看电视很少选择频道，什么频道的节目她都能看得津津有味，常常是我那尚不懂事的儿子随便按一个频道，祖孙俩就认真地看了起来。

以母亲今天的年纪，我们都不希望她再忙碌，我们都有能力养活她，只愿她好好歇息。可她依然闲不下来，要下地摘棉花、摘绿豆、掰苞谷，要照应家里养的猪羊鸡鸭。也许正是因为她不停地劳作活动，她的身体到今天还很硬朗，还没有什么大病，还能不歇气地从村里走到六里外的镇子上。我们都希望她能活过百岁，能使家里四世同堂。母亲笑着说："只要你们不嫌我拖累你们，我就尽力活，直到人家来叫我走的那一天。"

每当我们回家要走时，母亲总是站在村口，目送着我们向远处走，直到看不见我们的身影再回屋。我不论走到哪里，都能感觉到她注视的目光。我知道，母亲脚下的那块故土，永远是我们可以停靠歇息的码头；有母亲目光的牵引，我们就不会在喧闹繁华的地方迷失，我们会找到返回家园的路径。

姚小红
和母亲在一起的那些细碎时光

每年春节前夕，都是母亲最忙碌的时候。

腊月二十四是除尘日，每户人家都是"竹竿笤帚紧缠绳，灰塔浮尘扫纵横"。我和哥哥帮忙将房间和厨房里的所有物什都搬出来，放在院子的空地上。妈妈围着围巾，穿着一件旧外套，手里拿着绑有长木棍的扫把，清扫着各个房间。

厨房特别难扫，母亲使出浑身的力气，抬头清扫着高墙角上的蜘蛛网和被烟熏黑的墙壁。灰尘落在母亲的睫毛上、脸上、手上、身上，把她变成了一个灰扑扑的"土人"。

母亲在屋里扫灰尘，我和哥哥在院子里洗锅碗瓢盆。那些只有过年时才会用到的罐子和碗，上面灰尘很厚，手轻轻一抹，就变成了黑爪子。

除尘过后，母亲又忙着拆洗被褥。天气晴朗时，她很早就起来了，同时叫醒我和哥哥，帮她拆线和晾晒。等被褥都拆成一片片花花绿绿的布时，母亲将它们放在一个特大铝盆里，摆上搓衣板，撒上洗衣粉，开始用手清洗。

我们俩按照母亲的吩咐，分别将被褥的棉絮轻轻摆放在木架上晾晒，再用鸡毛掸重重拍打，好像要拍走沉积了一年的灰尘。

我和哥哥将清洗好的被褥里子、面子分别晾晒在门口的柴垛上和低矮的麦圈上。那几天家家户户的门口像飘起了"万国旗"，有红的、黄的、蓝的、绿的、黑的、白的、花的，村庄被"万国旗"装点得格外妖娆，格外喜庆。

冬日的阳光温暖地照在"万国旗"上，它们迎风招展，迎接着每一位母亲的爱抚，迎接着孩子们欢快的笑声。

等它们晾干后，母亲一刻也不能停歇，又要开始缝棉被了。

母亲先将里子铺展开来，再将带着阳光味的棉絮摆放在上面，最后盖上大紫大红的被面。这时候，母亲就要将里子折起来，盖过棉套，紧挨着面子，然后轻轻地蹲在上面，一只手压着，另一只手一针一针细细缝制。四个边四个角缝好，再缝中间。缝好的棉被针脚和针脚之间均匀有致，直线就跟尺子画上去的一样，不偏不倚。

腊月二十六、二十七，母亲会蒸大小馄饨馍馍和白面馍馍。走亲戚时带大馄饨，和亲戚们一起大团圆、拉家常；回家时亲戚回的都是小馄饨，希望我们的小家庭和和睦睦、团团圆圆。一个个小圆白面馍馍主要是自家吃或者亲戚们来的时候吃。

制作馍馍时，母亲会在前一天下午，将面粉和自己做的发酵粉加上水一起和好。和好的面放满两大搪瓷盆，上面用白色塑料膜封好，再用干净的搪瓷盆盖着，放在炕头最热的地方，最后盖上厚厚的棉被。

此时的炕头就像躺着两个快要临盆的妇女，肚子鼓鼓的、圆圆的。

晚上，母亲为了方便查看面团有没有发酵，只能和衣而睡。等平平的面团顶着大大的伞状蘑菇时，面团就发酵好了。

这时候天还没有亮，母亲舍不得叫醒我们，她独自开始揉面。等我们睡醒时，她已经将一盆面揉好，并且分成大小均匀的一个个面团。

开始做馍馍了，大小馄饨馍馍里面还要包裹馅，大馄饨包大的，小馄饨包小的。包好馅后，将面团揉成光滑的球形，再勾边，边的中间镶嵌一个核桃或者一颗红红的大枣，最后在馄饨最外面的边边上用手轻轻捏出波浪花纹 ——大小馄饨就做好了。

哥哥负责在厨房烧火，我负责在炕上摆馍馍。

等炕上摆了一大笼时，就可以上蒸笼了。一笼可以蒸六层，大馄饨八个一蒸屉，小馄饨十二个一蒸屉，小圆馍馍十六个一蒸屉。

蒸熟后的馄饨馍馍，一个个喜笑颜开。小圆馍馍白白胖胖，软软嫩嫩，加上红红的油泼辣椒，咬一口，唇齿留香。

吃饱喝足后，接着干活儿。我和哥哥把蒸熟的一屉屉馍馍倒在准备好的单人床上，床上铺着光滑的席子，热的馍馍放冷后，席子上留下了大大小小的圆形。

腊月二十八，母亲开始炸豆腐。

那时候肉贵，过年买上 10 斤就足够了，但是豆腐绝对不能少。我们拿自家产的黄豆到村里制作豆腐的人家换，40 斤黄豆可以换回 20 斤豆腐。豆腐拿回家后,母亲把它切成厚薄均匀的片状,放在大锅里面炸,等到表面变成金黄色时,豆腐就炸好了。

炸好的豆腐被我们称为"油豆腐",它可以烩菜,可以凉拌,也可以蒸煮。

烩菜有麻辣豆腐粉条,凉拌菜有油豆腐凉拌白菜心,最后是蒸煮的品碗菜。

品碗菜中油豆腐可是主角。先将八片切薄的猪肉放进品碗,再抓一把切成条状的油豆腐摆在猪肉上面,撒上蒜瓣、大葱,再扔几粒花椒、两个八角,最后淋上酱油再上锅蒸,品碗就做好了。

将 20 多个品碗一起放在蒸笼上蒸熟后,储藏着,待亲戚来时,只要和馒头一起蒸热即可食用,非常方便。

等一切准备妥当,新年就来了。一年四季忙碌的母亲,只有在过年那几天,才能彻底放松。我和哥哥走街串巷找小伙伴儿玩耍时,母亲忙中偷闲可以好好休息一会儿。

我一直庆幸,自己在母亲身边的日子最长。

陪伴母亲在田地里锄地割草,陪伴母亲摘槐花菜、拾地木耳,陪伴母亲烧火做饭,等等。

那些美好的时光伴随我度过快乐的童年、惆怅的少年,还有意气风发的青年。

如今,我已步入不惑之年。虽然母亲不在了,但是那些和她在一起的日子,经常会出现在我的梦里,就像放电影一样,一幕接着一幕,让我慢慢回味,细细品尝……

赵晓燕
我的公公孙辅臣

我的公公孙辅臣，1941年16岁参加新四军，同年加入中国共产党，曾任原第42军、原第55军副军长，解放军体育学院副院长等职务。

在抗日战争中，他参加了解放阜宁、清江，攻打淮安城等战役；在敌后还参加了数十次游击战、伏击战、攻敌据点等战斗。在解放战争中，先北上参加攻打农安、保卫四平、攻打锦州、天津大决战等多次战役；后又过黄河，跨长江，参加衡宝战役；进军贵州独山，直插敌后；攻打柳州，追南逃之敌直到友谊关。1979年，对越自卫反击战中，已是55岁的公公，受命奔赴凉山前线亲自指挥作战，胜利完成了上级赋予的战斗任务。

公公在历次战斗中曾负伤七次，在解放柳州的战斗中还险些失去左腿。

那是1949年11月25日，解放柳州的战斗正在进行，时任某团一营营长的公公，发现敌人欲乘飞机逃跑，即带领一个机枪组飞快地越过路基占领高地,给欲逃之敌以猛烈射击。

此时,敌人看到高地被占、阻击很大,便企图抢占附近一个交叉路口。那个交叉路口是敌人往南撤的必经之路,在轮番冲击失败后,敌人集中兵力以人海战术一大片一大片向我军阵地发起冲击,战斗异常激烈。在这千钧一发的时刻,我军一个机枪手不幸中弹牺牲,敌人乘火力减弱之际,疯狂向我军前沿阵地扑来。

眼看敌人就要冲到阵地上来了,公公迅速从牺牲的战士手中拿过机枪猛烈地向敌人射击。狡猾的敌人分成两股由正面和侧面向公公所在的阵地冲来,就在公公全神贯注地、猛烈地向前方射击时,他的左腿却被侧面来的敌人射中了。他迅速调转枪口,射向侧面冲来的敌人,直到晕倒在血泊中……

当柳州人民载歌载舞欢庆胜利时,公公因大腿骨折只能躺在病床上接受治疗,无法亲自参与庆功会。

半年后,重新站起来的公公左腿明显比右腿短了2厘米,走起路来一瘸一拐的。后来,组织上考虑到公公的伤残情况,照顾性地把公公安置在原广州军区机关工作。可是,从战场上走下来的公公,却嫌机关工作太安逸,主动向组织上申请驻守边防海岛。

领导问:"想去海岛?目前南澳岛某驻军正缺一主官,可岛上多是山地,你确认自己的残腿能带兵徒步爬上580多米的最高峰?"

公公拍着胸脯说:"枪林弹雨我都闯过来了,还会惧怕一座山吗？"就这样，公公如愿驻守到南澳岛。

岛上终年潮湿的气候是很摧残身体的。每到阴天下雨时，公公浑身上下的伤痕都会钻心疼痛，大腿根的战伤甚至时不时地会化脓。但他却从不喊一声苦，发现有随脓排出的骨茬，便悄悄随手拔出扔到大海里去喂鱼。

他认为，跟那些牺牲的战友们比起来，能活着守卫祖国的海岛，已经是很幸运的事情了。身为军人，就要有坚强的意志与天斗、与地斗，与自身的伤残抗争。

我的婆婆安翠云，曾是公公的战友，1955年转业到地方后，曾任南澳县共青团干事，县卫生科副科长，县人民银行副行长，县邮电局副教导员。但公公认为婆婆所从事的这些工作都太安逸，最终婆婆接受公公建议调到汕头地区公安局工作，公公才欣慰地笑了，他说："中国刚刚解放，一个军队转业干部，就要到这些保卫人民安居乐业的部门，充分发挥能量才好。"

我的姑姐孙安妮1974年高中毕业时，公公鼓励她跟同学们一起到农场接受贫下中农再教育。姐姐在农场锻炼了3年，1977年回城时，因能力出众被多家单位争相拟用。姐姐自己想入职市文化宫当一名文员，可公公背着手在客厅里踱着方步说："那些舒适安逸的工作，要留给普通百姓家的孩子们去做，你是军人的女儿，你还是去公安局为百姓守安宁吧。"姐姐工作后，年轻貌美的她身后跟随了一大批追求者，可公公最终选了一位警察来做女婿。

1980 年，我爱人孙安东从野战部队复员后，因为对于自己父亲的家训已经了然于心，所以自觉地避开了那些轻松安逸的工作，选择了刑警这一职业。公公得知后欣慰地竖起了大拇指："不错，不愧是军人的儿子，有担当，肯奉献，能把保家卫国视为己任！"

2005 年，我从部队转业到地方时，选择到交警支队当起了一名普通交警；同年，我公公的堂孙大学毕业后，也在"远离安逸，勇于奉献"的家风影响下，以优异的成绩考取了广州市海珠区特警中队，当上了一名特警。

至此，老爷子自豪地说："如今我们这一家人，不仅有我一个当年浴血奋战打江山的老兵，还有反恐防暴的年轻特警，有维护交通秩序的交警，有维护社会治安的民警，有打击违法犯罪的刑警……薪火相传，维护国家长治久安。"

公公得知我在写"传承红色基因"的优良家风，语重心长地嘱咐道："千万不要宣传我个人，你若非要宣传，就宣传那些战死疆场为国献身的烈士们吧！他们来不及结婚成家，来不及看看祖国的繁荣昌盛，就献出了年轻的生命。若要弘扬，就弘扬当年的军民鱼水情吧，如果没有后方百姓的支持和拥戴，我军是无法取得最后胜利的。我只是革命队伍中的一分子，就好比大海里的一滴水，真的不值一提。我是战争的幸存者，我见证了中国的解放，赶上了改革开放的好时代，享受着人民和社会的优抚。比起那些牺牲的战友，我是何等幸运！希望后人在享受幸福和繁荣的时候，不要忘记那些为共和国的解放而献出生命的烈士以及烈属们！"

长期以来，公公就是这样坚持用红色历史教育后人，用红色信仰引领后人。

我24岁走进夫家后，有幸得以在生活的细枝末节中，真实触摸老一代革命者的精神高度，时刻能感受到他那颗滚烫的爱国之心。他以一个老兵特有的坚韧和无私境界，净化着后人的心灵，润泽着我们的精神，引领我们一路前行。

我们的国家，正因为有了像公公这样勇于牺牲的革命者，才有了我们今天的幸福生活！

作为儿媳，我有责任去传承这红色基因血脉，也有义务来书写一个老兵的忠诚与担当，在强军时代砥砺奋进！

邢大鹏
一位农村老太太留给儿子最宝贵的财富

我正在福州出差，母亲突然打来了电话——母亲很少主动给我打电话，除非家里有事。

带着"家里发生了什么事"的疑惑，我接听了电话。母亲说的第一句就是："你爸爸早上四点……"

听到这，我一下子懵了，以为父亲发生了意外。心想：不会呀，爸爸虽然腿脚不好，但身体还健康……

听母亲把话说完，我才大呼虚惊一场。原来事情是这样的：

那段时间，南方持续暴雨，北方却大旱。前一天正好下过雨，母亲跟父亲商量要他从工地回来，补种玉米。于是父亲起了个大早，凌晨四点就往家里赶，没想到出了小区门口竟捡到一个钱包。

当时他也没看到周围有人，加之又急着赶路，便没有顾上细看。回到家拿给我母亲一看，里面有2600多元现金，另外还有身份证、社保卡、银行卡等20多张卡片。

母亲当时就想，钱包里有这么多重要的东西，失主一定很着急。唯一的信息全在身份证上，可身份证上的地址却不在捡钱包地点附近，且跨市了。

无奈之下，母亲想到我，想问问我有什么办法能得到身份证上这个人的联系电话。

面对这种情况，我能有什么办法呢？

左思右想，我给母亲出了个主意："试着按身份证上的地址去封信，留下我们的电话，等着失主联系我们吧。再不行，就交到我爸捡钱包那一片辖区的派出所。"

"我就怕失主急……"听了我的办法，母亲急切地说。

结束了通话，我想：这捡钱的倒比丢钱的还着急。

下午又接到了家里的电话。电话一接通，母亲就高兴地说："刚刚失主过来把钱包领回去了。"

我问："不是说联系不上吗？"

"上午和你打过电话后，我心里还是放不下，怕别人着急，后来看到钱包里有一张超市购物卡，和我们家里的超市卡一样的，我记得办卡时都有电话登记，结果还真联系上了。"

听到这，我不由得暗生赞叹：这个农村老太太咋这么有智慧！

我的母亲是一个典型的农村老太太，或许受遗传影响，她和我的大姨都患有哮喘，随着年龄增长，身体越来越差，加上长年劳累，腰椎间盘突出使得她的背弯得更加厉害，远望去显得十分瘦弱。

我 19 岁当兵，后来考取了军校，再后来异地结婚，一晃 14 年过去了，一年难得回家几次，回去也只能待几天。

在家时，我的行程就是探亲访友，看望长辈、见见朋友，这就更缩短了与母亲相处的时间。好在晚饭后，我是不出门的。这时多半是一家人坐在电视机前，父亲看着电视，母亲和我唠唠嗑。

母亲聊的都是家长里短，村子里的事、邻居家的事，很多在电话里都提到过，又被母亲"炒冷饭"，但我都很认真地听。因为我知道，一个农村老太太能获得的信息很少，我理解儿子远在外地的母亲内心的孤独，当然更多的则是我这个做儿子的对不能陪伴父母的愧疚。

然而，有时我对母亲的行为也很"恼"。

就比如，每次陪母亲去逛超市或者赶集，母亲似乎总是没有目的性，要整个转一圈后，再折回去买打折的商品；或者为了省几毛钱，和别人讨价还价半天。我跟着走半天，既感到累还感觉脸上挂不住。还有，如果我想吃啥用啥，母亲都会给我买，而我要给她买点东西，即便她喜欢，可一看价格，就坚决不让我买了。

对此，我颇有埋怨："妈，现在生活条件好了，您需要啥就买，别舍不得。还有，别再图省几个钱，又是货比三家，又是讨价还价，还不够辛苦的。"

要是早些年，母亲听了这话肯定会给我上教育课。但现在，她只是默默地听着，不说话。可下次买东西还是一如既往，毫无改变。

其实，我知道，如果没有母亲的节俭，家里哪能供我读书，并不时资助我？

我上高中那会儿，从事室外装潢的父亲突然怕登高，有两年时间闲在家里。后来他又折腾着搞养殖，却再一次赔了钱。那几年，母亲跟着父亲吃过不少苦、受过不少累，家里的生活却没有丝毫改善。所以，母亲的节俭是刻在骨子里的，在外人看来，显得小气甚至抠门。

我的母亲是一个农村老太太。她生活俭朴，平日里不舍得花钱，恨不得一分钱掰成两半花，可面对捡来的钱包，她不为所动，不找到失主心神不宁，又足见她的纯朴善良。也正是因为有这样的母亲，让我矢志军营、踏实工作，多次立功受奖，成为同年兵中的佼佼者。

我的母亲没有给我一个富裕的家庭，但她的优秀品格以及言传身教是赐予我最宝贵的财富。

李学志
虎头鞋

麦扬花的时候，妈妈在院子里打起了袼褙。一片一片的碎布，拼贴着妈妈的唠叨——这块细棉布是你姥姥亲手纺线织的，那一年还送过来一头小猪娃；这个士林布料，新的，你爸一回都没穿，被老鼠呷得窟窟窿窿的；这块儿条绒是你小时候的鞋面布，沾上红薯筋了……一层又一层，过去的年月在妈妈手中上浆、伸展、叠起，服服帖帖地躺着晒太阳……暄乎乎、暖和和的。

妈妈比着发黄的鞋样子，从袼褙上剪下一模一样的一双，白棉布包底、绲边，一把针锥，一个顶蛋儿，一根大针拖着粗棉线——妈妈要纳底子啦。

针锥捅下去，有点吃力，妈妈像舞动钢钻的勘探工人，边旋边扎。针锥拔出来，大针扎下去，顶蛋儿一用劲，透了。妈妈一点一点地拔着，怕拔痛了似的，拔一点歇一会儿，望着门口的大路出神，像好多年前等我们放学回来。一声鸟叫，妈妈回过神来，一股气把针拔出来，那线便疼痛得喊了一声"哧啦——"，妈妈吐口气，把线缠在右手上好几圈，再使劲拽，"哧啦——"一声，又出来一截……妈妈纤夫般地一截一截地前行，一个针脚一个针脚地走啊走啊，背着身后的重负和希望，像她为生活所坚守的日日夜夜。手勒出血了，就用胶布裹上——生活中有什么是不能忍受的呢？！

鞋底就是妈妈的世界，她把它装扮得质朴而诗意——纳上"波浪纹"是希望穿鞋的人"顺风顺水"吧，豆腐块是取其平安的寓意吧，梅花是吉祥永久的象征……白色的鞋底变得生动起来，每一针都是妈妈轻声说出的祝福。

妈妈的身体日渐衰弱，她却坚持纳底子，做她的虎头鞋。时常，纳着纳着就出半天神，好像所有的日子又从她眼前走了一遍。

麦子灌浆时节。妈妈买来细如毛发的绣花针、五彩绣花线，摆放在簸箩里，预备在鞋前绣"虎头"了。午后，太阳从杏树上泼洒下来，青杏被冲洗得发亮，细白的绒毛像笼着一层光环。太阳光滴漏在妈妈手上，渲染着明暗。妈妈左手捏针，右手拿线，想从那针眼里穿过去——到底不年轻了，妈妈眯着眼瞅了好一阵子，不甘心服输似的叹口气，让我替她穿线。"哎！一年不如一年，这可不就老了吗？"一旁绲边的婶子嬉笑着说："你以为你才十八？"妈妈扑哧笑了一下，拿针在头发里抹了抹，开始绣花。

虽然骂着自己不中用，银白的绣花针却还像以前一样，格外乖巧地随着妈妈的手翻飞穿梭，像一条拖着长尾巴的小鱼。

那鱼儿扎猛子似的钻下去，吐泡泡似的钻上来，拖着水草似的丝线，勾勒出黑色的"虎头"轮廓，游出黑白的眼睛，点上红色的鼻子，描出黑色的胡子，涂上红色的嘴巴，最后在白色的宽阔额头上，一笔一画写了个"王"。

鱼儿倦了，妈妈的手累了——揉揉发酸的眼睛，捶捶生硬的后腰，妈妈把手吊在杏枝上歇息。顺着阳光，枝叶的影子悄悄溜下来，爬满妈妈的手臂，再顺着枝干溜到地上。风吹到哪，它就飒飒飞到哪，像一群黑色的蝴蝶。墙边的石榴树，着了火的明艳，小茶盅似的石榴正鼓着腮帮子吐着红色的火焰。另一侧的丝瓜花爬上了墙头歇息，一只蜜蜂嗡着久别的问候，像一团黄雾浮在空中。硕大的倭瓜叶下护着一对呼呼睡觉的瓜宝宝，原来是几声鸟叫丢了过来……妈妈笑了，再次捏起针，在那鞋帮上绣下了一个小小的热闹的院子：石榴的橙黄、丝瓜的碧绿、杏子的明黄、眉豆的淡紫……妈妈把这个泛着麦香的夏季，都绣到了鞋上的一针一线里，妈妈恨不得把她喜欢的每一天都绣上。

六双鞋虎头虎脑地挂在墙上，雪白的鞋底上均匀的针脚像妈妈撒满种子的土地。妈妈把她最后的两年时光都纳进了鞋底，绣在了虎头鞋上。"你们姐妹仨一人两双，"她说："等你们有了孩子，就不打饥荒了。"妈妈说这句话的时候，无比轻松，像完成了人生中顶重要的一件大事。

我虽没说出口，心里想的却是，谁还穿这种鞋！那鞋子在墙上似乎挂了好多年，几乎被我们忘记了。

妈妈去世多年后，我们姐妹陆续结婚生子。有一年的冬天特别寒冷，几个月大的儿子穿着连脚的棉裤，手脚仍是冰凉，买的鞋子好看不中用。忽然想起妈妈的虎头鞋，套在儿子脚上，暖和又合脚。抱着儿子出去，总有人对精致的虎头鞋赞赏不已，问是哪个好手做的。一听说是妈妈，他们免不了慨叹：你妈真有心，病那么重还记得给外孙做鞋穿。

可是那么工整的针脚，得耗费妈妈多大的心力啊！我仿佛看到，她打满胶布的手，她被针刺伤手指的血滴，还有做好鞋之后舒展的笑容……

穿着这双鞋，儿子学会了说"姥姥"这个词，尽管他永远也不会见到姥姥了。妈妈做的另一双虎头鞋，最终也没舍得给儿子穿，被我当作压箱底的宝贝收藏起来了——每年晾晒衣物的时候，儿子总会自豪地对小伙伴儿说："那是我姥姥给我做的虎头鞋！"

倪朱雷
卖鱼的母亲

我出生在苏北的一个贫困小村庄，家里老人和小孩多，我和妹妹的上学费用是家里一笔很大的开支。

开学前几天，父母会四处奔走到处借钱，可能亲戚们的生活也不是很富裕，往往心有余力不足，所以父母吃了不少"闭门羹"。

后来母亲一咬牙，把屋后竹林里最大的几棵竹子砍了，做了几个筐子，倒卖起了鱼。

"卖海鲜了喽，新鲜的带鱼、小黄鱼、马鲛鱼哟！"

每天天没有亮，母亲骑着那辆她陪嫁过来的凤凰牌自行车到四五十公里外的启东吕四小渔港码头进货，然后一路返回穿梭在农村的大街小巷，开始叫卖。

夏天，室外气温经常三十七八摄氏度，母亲戴着凉帽，脖子上挂着一条满是汗渍的湿毛巾避暑降温，但还是难以抵挡毒辣的太阳。

可母亲坚持出门卖鱼，用她的生意经讲："天气越热，出门上街买菜的人越少，她的生意也会越好。"

有时，也会碰上生意不好的时候，母亲又舍不得贱卖剩下的鱼。

当时，家里没有冰箱，母亲便用绳子吊着筐子把鱼放到井里过夜。半夜，母亲还时不时起床照看，怕猫想吃鱼掉进井里。

冬天，凛冽的寒风刮在脸上跟刀子割一样生疼，母亲仍走街串巷卖鱼。母亲从来都不缺斤短两，她的鱼也卖得很快。

当时卖一筐鱼，母亲能赚10元钱，而我初中和高中一共2万多元的花费，就是母亲风吹日晒，不知道走了多少公里，卖了2000多筐鱼攒出来的。

读高中时，我第一次走出农村，来到20公里外的县城，同学们一个个衣着光鲜出手阔绰，还有吃不完的零食。

而我，口袋里每月只有母亲给我的150元生活费，一年四季身上穿着母亲从堂哥家拾来的那几件早已磨破了袖子和领口的蓝领工作服，还有脚上穿着母亲卖鱼闲下来后给我纳的布鞋。

强大的现实反差，让我心理异常敏感，常常怀疑同学们的异样眼神带有某种歧视。

高一第一次期末考试，我考了全班第4名，排在全校第16名，红纸打成的喜报贴在了学校的大门口，被家长们围得里一层外一层。

那一天，我的自卑被优异的成绩赶走了，内心的喜悦早已挂在了脸上，急盼着让母亲能看到喜报上有我的名字。

于是，我一大早便在学校门口焦急地等着母亲，而直到中午，母亲才风尘仆仆地骑着自行车来到了学校。母亲见到我就说："小雷，今天鱼不好卖，妈妈来晚了。"

当我拉着母亲的手往人群里挤的时候，人群都散开了。原来，母亲身上的鱼腥味、汗味搅动了周围的空气，让家长和同学们都捂着鼻子纷纷躲开了。

我这才发现黝黑清瘦的母亲，今天身上还是穿着那件打着补丁的衬衣，而且衬衣早已被身上的汗水浸透了贴在身上，里面的内衣也一览无余。母亲脸上的汗水还不停往下滴。

看到身边人如此的反应，我的自卑心又一次强烈发作，放开了母亲的手，后退了几步。

母亲看完了喜报，并没有进学校，而是悄声对我说："小雷，妈妈要赶回去做午饭，你跟老师说一声，改天母亲再单独过来见一下老师。"

说完，母亲给了我一把票子，一张 50 元的，其他全是 5 块 10 块的，钱被汗浸得软不拉叽，汗渍味很浓。

望着母亲骑车消失的背影，想起母亲是没舍得坐一块钱的公交车而来回骑了近 50 公里自行车，我顿时感觉鼻子酸酸的。

后来，我考上了军校，毕业分配到了繁华大都市，又在城市安家落了户，母亲还是和以前一样，很少来城里和我们一起生活。

我知道母亲舍不得从南通到连云港来回的 300 块车费，也担心让生活在城市的亲家和儿媳对她有"看法"，好几次都是我拖着母亲来到我们的小家庭做客，但母亲没待几天，就借故回了老家。

有一天，我对母亲说起高一期末考试开家长会那件事，并聊起了那时候因为我不懂事、不成熟，心里装不下别人的歧视。

母亲听后笑了笑说："其实那一天妈看出来了，后来妈为什么没有再到学校去开家长会？那是因为我之后都是傍晚卖完了鱼单独去老师家里了解你在学校的学习情况。"

我的眼睛湿润了，母亲没有文化，却懂得维护我脆弱的自尊，而我却曾经因母亲缺席家长会而沾沾自喜。

后来，农村的经济条件好了，走街串巷卖鱼也成了历史，母亲在菜市场承包了一个小摊位继续卖鱼。

而我，这些年不管走到哪里，始终会想起满头白发的母亲骑着自行车穿梭在大街小巷的身影，还有响彻农村街道的那句"卖海鲜了喽，新鲜的带鱼、小黄鱼、马鲛鱼哟"的叫卖声，和那卷被汗浸得软不拉叽的钱。

我知道这些都是母亲给我的爱以及背后所付出的辛酸，这些成了我一直不敢懈怠、不断奋斗的理由，助推我向更高的山峰攀登。

金红雨
一本小算草

从小到大，我用过无数本子，大多数都随用随丢。只有一本我小学三年级时用的小算草（现在的小孩子怕是都不用这个名字了吧），快40年了，一直保留至今。里面的字迹都已经模糊了，可关于本子的那段记忆却清晰如昨，和本子一起，鲜活地存在于我的记忆中。

乍看，这只是个普通的小算草本，B5纸一半大小，蓝色的封面，右上部带一个那个年代经典的黄色小人儿图案，是那时小学生再普通不过的标配。但近观，才能发现它细微的不同：蓝色的封面虽然平整熨帖，但质地略显厚重，颜色也偏深色，小人儿图案也是精致裁剪后粘贴上去的。

准确地说，这是一个特制的本子，为当时的我"私人定制"的。这背后，有一个特别暖心的小故事。

我小学三年级就读的学校，是家附近一个半日制的子弟小学。也就是那种由于面积有限，不得不采取不同年级共用一个教室分别上下午上课的学校。除去上课的半天，其余半日就跟着爸爸妈妈到处打游击。

那是一个临近期末的夏天，我跟着爸爸到单位等着下午上课。游荡了半日，临近中午我才想起数学作业没有写，打开书包掏了半天才发现，算草本子比我还没心，早就不知去向。

爸爸牵着我的手顶着骄阳急火火跑了附近好几个商店，也没有买到老师要求的那种蓝皮本子。眼看要到中午了，作业没有写，本子也没着落。胆小的我急哭了，既不敢与众不同地随便买一个另类的算草本，更不敢冒死不写作业。

小时候的我虽然有小小的惰性，但却拥有浓厚的"怕老师"的优良传统，尤其作为体制外的子弟在那个体制内的小学里，有着天然的胆怯和谨小慎微。

爸爸看到我这副模样，哑然失笑。他仔细地询问了我，老师对算草本的要求，又对着柜台陈列架上的本子一阵端详，然后自作主张地买下了一本小算草和几个其他的本子。回到他办公室，他撕下小算草的本皮，嘱咐我先写作业，然后拿着那几个本子鼓捣起来。

等我写完作业开始吃他帮我打来的午饭时，他便拿着我的作业本开始另一番工程。等我吃完午饭，一个神奇的蓝色算草本魔术般地出现了，不仅颜色和老师要求的基本一致，更让人叫绝的是连封皮上的装饰图案都相差无几。

原来是能工巧匠的爸爸利用几个本子上的元素拼接组合成了这个作品，几乎达到了以假乱真的地步。我雀跃着把本子塞进书包，一路蹦跳着跑去学校。

那个中午留给我的唯一印象就是：有一个神一样的爸爸真好！

自始至终，爸爸都没有责备过我一句，甚至连一个怪罪的眼神都没有。我却无比清晰地记住了这个教训，甚至长大后逐渐养成了做清单备忘管理，规划自己工作生活的习惯。而这个本子，历经数次搬家，始终跟随着我，不舍丢弃。这里面不仅有爸爸智慧的匠心，还有他对我无限的包容、宠爱和教诲。无须言语，却让我受用终生。

我一直觉得，匠人这个词于爸爸，无敌匹配。我们原生家庭的点点滴滴，无不弥漫着爸爸的匠心之作。

小时候家住体育大院，院里自己加工了一批体操队训练用的垫子。边角余料被妈妈带回，在爸爸手里幻化出了神奇。一块海绵，一把剪刀，不出半晌，一个小动物就能奇迹般诞生在他的掌心：软绵绵白胖胖的小兔子、狗熊、骆驼、大象……渐渐地，我和弟弟竟有了自己的动物王国，每天乐此不疲地流连其中，常常沉醉，忘了时间。

在那个没见过电玩、ipad 甚至没有电视的清贫年代，我和弟弟竟拥有了国王般的快乐。

金宏山
犀牛牌刀片

　　因为一次会议的原因，我在西宁的索菲特酒店连续住了 5天。源于一天在早餐厅等候煮面的不佳体验，我向餐厅经理提了一个"合理化建议"。

　　餐厅经理不仅愉快地接受了我的建议，还殷勤地亲自为我端菜、倒水。这不禁让我想起了儿时父亲给犀牛牌刀片提出"合理化建议"的故事。尽管尘封许多年，但当这段往事重新浮现脑海，给我带来的不仅有欣喜，甚至充满感动。

　　30 多年前，生活中小家电产品非常匮乏，电动剃须刀在家庭中是极少见的，成年男子刮胡子时使用最多的是一柄刀架配上定期更换长方形刀片的剃须刀。当时，互联网的力量完全没有显现，但电视广告已经非常普及。每天观看电视节目时看上几则广告，也是充满乐趣的事，一则"犀牛牌刀片"的广告成了我们讨论的话题。

　　广告画面中一位帅气的年轻男士剃须后神清气爽，画外音则说道："犀牛牌刀片令你仪容出众，焕发自信……"爸爸看后说，这个"仪容"和另一个"遗容"谐音，实在不好听。说心里话，那时候上小学的我甚至都不知道有"仪容"这个词，但我和姐姐确实觉得爸爸说的有道理。谁知爸爸还真是个行动派，居然拿出纸和笔，给犀牛牌刀片厂写了一封信。大概意思是说，广告词中的这个"仪容"和"遗容"谐音，不仅对厂家推广产品不利，更让已经使用犀牛牌刀片的用户听起来心里会不舒服。如果可以，最好还是换一个词，比如"容貌出众"……

这件事过了不久，竟然有了下文。

一天，爸爸下班回来，说收到了犀牛牌刀片厂副厂长的回信。信里说非常感谢爸爸的合理化建议，厂家已经和电视台沟通，从下个月开始广告词将进行更改；同时，寄来两盒新款犀牛牌刀片作为礼物。另外，厂长还热情地邀请爸爸去山东厂里参观访问。

那时候爸爸是报社的副总编，也经常出差到各地。我问爸爸是否会应邀去参观，爸爸的回答让全家啼笑皆非。爸爸说："厂长看我的名字叫金英，一定以为我是个女的。我要真去了，人家看着是个老头子，肯定会失望的……"

几天后，当全家端坐在电视前观看犀牛牌刀片的广告时，我们发现广告词确实已经更改成"犀牛牌刀片令你容貌出众"。这时，全家报以热烈的掌声。接下来的一年里，爸爸也都乐呵呵地用着犀牛牌刀片刮着胡子。

小小"犀牛牌刀片"的故事诠释了父亲正直、磊落的性格，也更让我体会到了一个朴素的道理：只有更多的人愿意积极地提出和接纳一个又一个"合理化建议"，人与人之间的信任才会加强，我们周围的环境和我们生活的社会才会更加积极、更加健康、更加和谐！

转眼是微笑，
回眸是幸福

曾颖
偷嘴

　　我要讲的这件事发生在二十世纪七十年代中期，那时物质供应虽然也紧张，但已不至于饿死人了。那时的母亲，已有了两个儿子，大的我五岁，小的弟弟一岁多。

　　在那时的母亲眼里，食物是对她的儿子们最实在最真切的爱。她像很多母亲一样，宁肯自己少吃，也不要儿子饿着，不！准确地说，是宁愿自己饿着，也不让儿子们吃得不满意。

　　在我幼小的记忆里，每当家里吃肉，母亲总是选个没肉的骨头一直啃，就像经典故事"妈妈只爱吃鱼头"里那个老是抢着没肉的鱼头啃的妈妈那样。这里面的奥秘，直到多年后我当了父亲时，才恍然大悟。

　　偷嘴事件，就发生在这个时候。

　　那一年，我母亲打零工的雪茄烟厂来了一位新同事，这位被叫作青姨的阿姨因为和我家住在同一条街上，自然与母亲同路上下班，故事就发生在她们同行的第三天。

　　工厂在小城的东北方，家在小城的西北方，通勤路线恰好是穿城而过。那时虽然没有小贩或个体户，但县城仅有的几家国营商店，都在她们的必经之路上：米粉店里冒着酸香味的臊子米粉，小食店里辣子汪汤宽的合脂粉，综合食堂高耸至屋檐的蒸笼里的牛肉和肥肠，工农茶馆门口香糯澄黄的油茶上面的馓子和花生，还有文明店门口临时支起大锅煮起的烩面，上面酥酥的响皮滚滚的圆子和青绿的葱花下黏稠稠香喷喷的烩面和汤，还有三八副食店那些要票才能买到的红糖糕点和棒棒糖，都像一个个可爱的尤物，施尽魅力勾引着人们原本油水不多而常有疯狂想象力的味觉。

对于每天只就着一个菜吃点饭，半个月左右才吃一顿肉的人来说，这种香味既是诱惑，也是折磨。特别是口袋中的钱与肠子里的愿望不匹配的时候，就更是令人难受了。

在香气和诱惑扑面而来又缱绻而去的街头，青姨忍不住了，提议吃点东西。妈妈虽然也想，但一想着上午只挣了四五毛钱，就有些舍不得。而且，背着自己的家人一个人在外面吃东西，是她近三十年人生中从没有干过的事。作为一个贫苦之家的女子，从七八岁起，她就从自己的饭碗里捞一小撮米，以作家里月底无米之时的口粮。这种独自在外吃东西的事，完全不符合她的道德观，特别是此时她已成为两个孩子的母亲。

青姨是个善于做思想政治工作的人，听了妈妈的话后，她讲了一个故事。说是"粮食关"时期，她老家乡下有两家人，一家父母把分到的所有食物都给了孩子，而另一家父母则是把自己顾好，然后再照看孩子。最后的结果，前一家父母死掉了，孩子自然也没落个好，而后一家则全家保全了。由此得出结论，大人自己吃，也不完全是为了自己。

这则不知是真事还是为了安母亲心的段子确实起到了让她放松警惕的作用，而这时，她们恰好走到县食品厂的热卤摊前。

热卤的汤锅里煮着排骨、猪蹄、尾巴和下水。这些可爱的小家伙在冰糖、酱油和香料炒制的卤汁里被煮得金黄锃亮、松软入骨、香气四溢。这色香味十足的场景，再加上青姨的思想政治工作，彻底摧毁了母亲最后一道防线。她终于忍不住了，拿出8毛钱和半斤肉票，和青姨合伙买下一个油光闪闪的猪蹄。

荷叶中包着的半个猪蹄，如同一件绝美的艺术品。青绿的背景下，白净的骨头、透明的蹄筋、莹洁油亮的白肉被一层金黄的肉皮包裹着，散发着丝丝缕缕若隐若现的香气，宛如刚从仙洞里取出的宝物，让人的胃忍不住一阵痉挛，恨不得立即伸出一只手来，将它纳入腹中，直接闯过口舌和牙齿的关口，连骨头都不吐。

青姨几乎就这么干了，拿起猪蹄，到摊后一处无人的电桩下，脸背着大街，狼吞虎咽起来。显然，她是老手，一副轻车熟路的样子，不一会就把那半个猪蹄给干掉了，不仅把骨头嚼得稀烂咽了下去，还意犹未尽地舔着荷叶上面的卤汁和油水。

我的母亲，却远没有那么潇洒和自在。她捧着猪蹄，却犹如尿急了在集市上找厕所的感觉，东找也觉得不合适，西找也觉得不自在，整个大街上所有的人，包括卤肉摊上的猪头，仿佛都是在嘲笑她，让她觉得自己的额头上写了大大的两个字——偷嘴。

其实，集市还是那个集市，人们各自忙着自己的事，根本没有空搭理这个捧着猪蹄被自己内心的价值观折磨得一脸惶惑的女人。这让母亲的心情稍稍放松下来，怯生生小心翼翼地对着猪蹄啃了一口。这是她这辈子第一次也是唯一一次比家人更先下口吃某样好东西，是她觉得歉疚和不可饶恕的偷吃。

那一口与其说咬的是猪蹄，倒莫如说是咬下了一个装满了羞愧的气球，惭愧和自责瞬间传遍她的全身，猪蹄上留下的牙印仿佛也在嘲笑她，令她不安，令她无法再下第二口，令她忍不住丢下青姨，飞快地跑回家。那天中午，我们全家每个人热气腾腾的饭碗里，都有了一块香气扑鼻的猪蹄，谁也没有如母亲担心的那样，发现牙印。

之后，母亲再没有和青姨同路，但偶尔会看到青姨背对着大街狼吞虎咽的背影，她还看过青姨的丈夫同样姿态的身影，还听过青姨的儿子偷东西换吃的，没吃完绝不回家的事情。她觉得，一家人不应该这样。她也暗自庆幸，那个猪蹄，没有啃完。

这件事是在我四十七岁生日时听母亲讲的，虽然事过四十多年，母亲的愧意仍溢于言表。这时，我们全家都因血脂原因而与猪蹄绝了交，但大家仍为那一口堵在母亲胸口近半个世纪的猪蹄，默哀三分钟。

冯卓怡
我的聪明婆婆

我的婆婆，我丈夫周南的妈妈，是一个很"劳道"（新疆话：很犀利）的女人，就是比较强势的那种。我呢？虽说是土生土长的广东姑娘，但是我自问也是个脾气比较大、个性比较张扬的"粗线条""非典型"南方姑娘。一山难容二虎，你们说家里有两只"母老虎"，这日子可咋过啊？

我爱人周南常年不在家，他的单位在喀什，而婆家在乌鲁木齐，由于之前我的工作单位也在乌鲁木齐，所以婚后我一直在婆婆家里住着。家里除了我和婆婆，还有一个比我小六七岁的小姑子……俗话说，三个女人一台戏，这台戏要上演得和谐、温情，真的得很讲究艺术。

我跟丈夫志同道合，感情十分要好。虽然长期分居两地，但是我们每晚都必须保持通话，通常打电话的时间都是晚上部队熄灯之后。我在房间里打电话。因为一些工作上的话题，我们俩会你一言我一语地争论不休。当我气头上来了，嗓门儿就会不自觉地提高八度。房间隔音效果不太好，有时候婆婆还没睡的话，也会听到我在电话中与丈夫"争吵"……

我婆婆常评价我是丈夫的"狗头军师"，因为我在机关单位工作一直都比较游刃有余，加上多年来为人处事积累了丰富经验，所以婆婆很支持我在工作的问题上多给丈夫做"参谋"。

丈夫刚上任连主官的时候，对新连队很多情况都不熟悉，把握不准，所以有的问题我私下会给他分析，有时也会虚心地向领导前辈请教一些管理的经验，回头再与丈夫一起分享。当然，我们当媳妇的给男人参谋工作并不代表要指导他们去工作，更不能插手干涉其"内政"。我平时做得最多的不过是通过一个"局外人"的角度来提一些"旁观者清"的意见，拨开他作为当局者面对的迷雾，最终决定要怎么做还是得由他自己拿定主意。

但有些时候，戳到他的痛处，男人往往还是会因为自尊心作祟而跟你"犯浑"，我顿时觉得自己好心被当作驴肝肺，加上我这样直来直去的"暴脾气"，就会立马忍不住跟他急。

要换作别的妈看见自己儿子被这样"欺负"，估计早就跟儿媳妇没完了。不过，我婆婆非但不责怪我，而且还跟我站在同一条战线上共同谴责她儿子这种"犯浑"的不成熟行为。每次在雨过天晴之后，老公总会不服气地调侃："媳妇儿，你说我怎么娶了你这么一个聪明媳妇儿呢？统战工作做得不错嘛！"

其实我婆婆才是最聪明的妈妈！

因为她看出来我所做的一切都是为了丈夫好，纵然偶尔在方式方法上有点简单粗暴，但她还是会选择力挺儿媳妇到底。

我对婆婆的这点肯定和支持心存感激，所以更会全心全意理解和支持丈夫工作，不遗余力地为丈夫出谋划策。

虽然，我与丈夫同龄，但是婆婆总夸我要比丈夫更老成、稳重一些。婆婆总是能够如此支持我也是出于对我的信任，放心我不会给自己丈夫捣鼓什么幺蛾子来。

当然，作为一个同样聪明的儿媳妇，婆婆给面子，我也不会就此蹬鼻子上脸。即使知道自己丈夫有这样那样的缺点，在婆婆吐完槽以后表示一番认同之余，我还是要给予丈夫多一点正面的评价以及坚实绝对的肯定。

话说回来，丈夫在经历连队一系列事件以后，已经快速成长起来，想事情也不再像以前那样过于单纯、片面，有时候对一些棘手问题的处理方法，甚至连我都感到自愧不如。

我相信不久的将来，老公会成为我和婆婆共同的骄傲！

这个世上没有无缘无故的恨，也没有无缘无故的爱，一切皆有其因缘。感谢当时的准老公宣传舆论引导工作做得到位，早在我嫁入门之前，婆婆对我的各方面素质已略有耳闻。

我和婆婆都有类似的经历，年纪轻轻就远离家乡、只身入疆，所以从一开始我俩就比较投缘。后来婆婆更是对我说，她打心底里欣赏我的勇气和魄力，从重点大学毕业以后，居然可以放弃内地优渥的条件，毅然奔赴南疆从事志愿服务工作。而我更是对当年那个挣脱家庭束缚，抱着大无畏精神出来闯世界的婆婆充满了敬佩。说到底，两个强势的女人组成的一对婆媳能相处好，当中的奥妙就在于我们彼此都"识英雄重英雄"。

大家都说两夫妻闹别扭的时候长辈最好都别插手，否则会越搅越乱。有时候我和丈夫冷战上个两三天，婆婆看不下去，就会亲自打电话给她儿子进行"远程教育"。在情感这种"大是大非"问题前，我婆婆永远都是毫无原则地偏袒我，她就一句话："我是女人，我特别能理解你的感受！有时候嘛，他们这些男人就是不懂得换位思考！"

　　在这个家里真正做到换位思考的人是我婆婆，她能够将心比心、推己及人，体谅我作为一个军嫂，与丈夫分居两地的难过和不易。

　　一天中午，我在房间里午休，无意间听到她跟我丈夫的通话："你媳妇儿是个很坚强的女人，但是你也要多关心她多疼疼她，有能力的人脾气都大。她是你媳妇儿，你就有义务包容她。天下最有能耐的男人不是凶媳妇的男人，而是爱媳妇的男人……"

　　虽然他们是用老家话在说，但我还是大致明了其中的意思，心想我的婆婆是多能理解我啊！感动得我泪水打湿了枕头……

　　俗话说"相见好，同住难"，长期住在同一屋檐下，我和婆婆也难免会发生一些小矛盾小摩擦，但是最终都以我们各退一步、相互妥协而欢喜散场。婆婆经常说，娘家培养我这么多年，培养得这么好这么优秀，嫁过门来，让她白捡了这么个大闺女，可千万不能让我吃苦受委屈了。甚至连小姑子都能明显觉察到婆婆对我的偏爱，小丫头有时也会吃醋："妈妈，为什么嫂子想吃什么你就给做什么，我想吃个汤饭你都不能满足一下……"婆婆就反驳她说："你嫂子家在那么远，人家嫁到咱们家来，离妈妈那么远，我们不该对你嫂子好点么？你天天在妈妈跟前呢，你能比吗？"

"那我好歹是你亲生的啊！"小姑子继续不依不饶。

"你有本事就找个能惯你宠你的婆婆去。"

小姑子无言以对，我和婆婆对视了一眼，同时哈哈大笑起来。

家里三个女人的关系就是这么微妙，婆婆对我好，我自然也会对我的小姑子好上加好，我就把小姑子当作自己亲妹妹一样。

丈夫偶尔也会跟我抱怨，他在家里严重没地位啦，我和婆婆老是联起手来打压他啦，小姑子被我"策反"了也跟着欺负他啦诸如此类。话是这么说，其实他才是最身在福中不知福的那个呢！我和婆婆再怎么强强联手，也总比两方对阵让他夹在中间当"夹心饼干"要强吧？

总的一句，家和万事兴，婆媳关系能处好，离不开三方的努力：懂得理解和包容的聪明婆婆是关键，还要有一个经常傻乎乎在中间和稀泥的"笨老公"，自然也少不了一个常怀感恩之心的机灵儿媳妇。

张清强
娘的那些抠门儿故事

我出生在鲁西北的偏远农村。说偏远，是因村子南北都是农田，村西被漳卫河堤拦截，仅有村东那条既窄又滑的土路可以出行。因此，除非万不得已，村民很少出去，村里好多老人一辈子都没去过县城。

俺娘就生活在这样的村子里，忙忙碌碌过了大半生。

提起俺娘，首先想到她经常挂在嘴上的那句口头禅。就在刚刚跟家人视频时，娘还不停地絮叨："老话说得好，勤俭持家家家富、艰苦创业业业兴。如今生活好了，也得节衣缩食过日子。"

俺娘兄妹三个，一个哥哥一个姐姐。1956 年，俺娘出生不久，姥姥就撒手西去。姥爷既要忙农活，又要照料舅舅、大姨和嗷嗷待哺的俺娘，困难可想而知。"三年困难时期"，姥爷还曾用担子挑着俺娘外出讨饭。

或许，正是由于童年的凄苦，俺娘特别抠门儿。

那年夏天，俺娘带着我和姐姐去地里干活，回来时，姐姐远远看见有个卖雪糕的，高兴得手足舞蹈："娘，俺要吃冰糕。"

卖雪糕的发现我们，也立即提高嗓门："雪糕——雪糕，牛奶大块雪糕，一毛钱两块。"

俺娘不舍得买，走近了，反倒加快步伐，根本没有停下来的意思。情急之下，我一把搂住她的腿开始撒泼。卖雪糕的见状，喊声更大了。俺娘二话不说，拽起我来就是一顿猛打。姐姐见状，边拽我边哭着求饶："娘，俺不要了，别打俺兄弟了。"那一刻，我分明看到了娘眼角的泪水。

如今，每提及此事，俺娘总是一脸愧疚。

还有一次，客人来访，带了两袋牛奶饼干。我和姐姐馋得哈喇子直流，客人刚走出堂屋，便扑上去，一人一袋搂在怀里。

还没等我们拆开，俺娘匆匆走了进来，一把夺回去，生气地说："细水长流，哪能一下子吃完！"然后拆开袋子，给我们一人三块，又小心翼翼地把袋口折好，放在了悬挂在屋梁上盛馒头的竹筐里。

整整两包饼干，一人只吃三块，我和姐姐当然不甘心。我俩在篮子下面转来转去，边拼命嗅着饼干散发的奶香味边想辙。姐姐说可以用棍子把篮子捅下来。我不耐烦地怼她："还用你教！马蜂窝不就这样捅的嘛！我是怕挨打才不敢。"最终，我还是没能抵住诱惑……这个"马蜂窝"可捅大了！俺娘闻声而至，见馒头撒了一地，拿起笤帚就追着我和姐姐打。

从那以后，我们再也不敢提饼干的事。不知过了多久，俺娘再次拿出饼干时，饼干已经发霉变质，不能吃了。

穿衣也是如此，只有过年时，俺娘才会给我和姐姐添置新衣。平常，我们穿的都是亲戚家孩子的旧衣服——我还曾穿过很多用袜筒当袖筒的衣服。

后来生活好了，俺娘也知道我们有自尊心，便不再让我们穿旧衣服了。可她对自己却依然如故，衣服破了或缝或改，实在无法再穿才罢休。每次赶集置办家用，她都是快散集的时候才去。

俺娘虽然节俭，可是对长辈却很大方。

父母原是同村街坊，经人介绍喜结连理。舅舅在县城安家，大姨嫁到外村，照顾姥爷和大姥爷（姥爷的哥哥，因家穷未娶）的担子自然落在俺娘肩上。日常给老人缝缝补补、洗洗涮涮自不必说，逢年过节或有庙会时，俺娘总会塞给老人几十块钱，让他们买点喜欢的吃食。正是因为俺娘无微不至的照顾，两位老人都活到九十多岁，用老家的话说，都是无疾而终。

俺娘视奶奶如亲娘。爷爷过世不久，父亲和叔伯商量让奶奶在三家轮流居住，既方便照顾又避免老人孤独。最初，奶奶不管在谁家，都坚持自己开炉灶。后来，她意外煤气中毒，导致生活不能自理，随后逐渐神志不清、认不出任何人。每次奶奶到我家前，俺娘都会把奶奶的房间彻底打扫一遍，将所用的被褥晾晒铺好。期间，俺娘不仅特意给奶奶订购鲜奶，还每天端水给她洗脸、擦洗身体。奶奶虽然已经不认识俺娘，但每次都笑盈盈的。奶奶在床上躺了十年，俺娘像闺女一样照顾了十年。

俺娘没有上过一天学，却总能干出令人钦佩的事。

2000年，姐姐收到青岛大学的录取通知书。面对不菲的学费，俺娘态度坚决地说："既然孩子考上了，咱就是砸锅卖铁也要供出来。"就这样，姐姐揣着俺娘东拼西凑的学费走进大学，成了村里第一个女大学生。

2002年，我参军到了部队。新兵下连时，同年战友要么学开车，要么学技术，最不济也到了警卫班，只有我被分到了养殖场。我是农村孩子，苦点累点倒没什么，可是养猪的名声毕竟不好听，特别是看到个别人投来鄙夷的眼神，我原打算在部队干出名堂的激情荡然无存。俺娘得知后，宽慰我说："几十个人就选了你去养猪，说明领导看中你，更得好好干。"

此后，每当我遇到挫折，俺娘都及时给我安慰和鼓励。我取得了成绩，俺娘高兴的同时又会敲打我：要谦虚谨慎，戒骄戒躁。

蒋德红
妈妈爱吃鱼

妈妈爱吃鱼的程度，让人难以置信。用她的话说，即便顿顿吃鱼，都会吃得津津有味。

爸不吃鱼，就连有鱼腥味儿的菜都不动筷子。做完鱼用的锅，再做别的菜，爸都会把锅刷了又刷，生怕沾上鱼腥味儿。

爸说，小的时候家穷，家里吃不起肉，但家门前的稻田里，鳝鱼、泥鳅、鲫鱼倒是多得很，爸就抓来鳝鱼、泥鳅，在灶里烧着吃，用木炭烤着吃，用酱料炒着吃，甚至煮粥时都放上鳝鱼、泥鳅。爸说："当年吃多了，现在连丁点儿腥味都闻不得了。"

我不知道爸是不是在吹牛，但我曾亲眼见过，爸和二叔、三叔晚上打着手电筒用笆笼抓泥鳅、用铁钩钓鳝鱼的情景，动作娴熟，叫人叹为观止。而且自我懂事时起，只要是沾鱼的菜，爸都没有动过筷子；有时做鱼后再做别的菜串味了，爸吃了一口后便不会再吃第二口，这都是真的。

不知为何，不吃鱼的爸，做得最好的菜却是鱼。麻辣鱼、酸菜鱼、泡椒鱼、香水鱼……对于爸来说，这些都是张飞炒豆芽——小菜一碟。只要妈妈说想吃鱼了，爸就会去鱼塘里钓鱼，尔后换着花样做鱼。

爸钓鱼的技术并不好，渔具也简单至极：一根剔掉枝叶、留着梢的竹竿，外加一条连着鱼钩的渔线。然后，爸就用红蚯蚓、南瓜花、面粉团，外加用酒泡过的大米去钓鱼了。次次兴致勃勃出去，多数时候都是失落而归。运气好时，能钓到三四斤重的草鱼或鲤鱼，运气不佳时只能钓到三五条小鲫鱼。但无论大鱼还是小鱼，都会成为美味。

我吃过爸做的鱼，不放什么调料，但肉鲜味美，色泽香艳，让人看了就有食欲，一些饭店大厨都做不出那种味道。至今，只要我休假回家，都要让爸做鱼，解解馋。

爸说，钓不上来鱼，是因为山泉水太冷，尤其是冬天，鱼就更难钓了。钓不上来鱼，爸就下鱼塘抓鱼。南方的大冬天，鱼塘里的水也冰冷刺骨。但无论多冷，只要妈说想吃鱼了，爸就穿着短裤，拿着渔网去鱼塘里挂。挂鱼要比钓鱼来得快，但也比钓鱼遭罪得多，每次上岸，爸都冻得嘴唇发紫，瑟瑟发抖。

岁月是把刀，刀刀催人老。如今爸七十多岁了，再也不能像年轻时那样，钓不上来就跳进鱼塘里抓鱼了。而且十年前家乡干旱，村里将鱼塘重新修整改成了饮用水蓄水池，鱼塘里的水成了全村人的饮用水。从那以后，鱼塘就再也没有鱼了。

没有了鱼塘，妈妈想吃鱼时就得上街去买。一辈子精打细算惯了的爸妈，自然舍不得。于是，妈就控制着自己，尽量不去想鱼。

"不去想鱼，就不想吃鱼了。"我不知道这是什么理论，妈却说得理直气壮。对于嗜鱼成瘾的妈来说，不想鱼那是不可能的。只要桌上有鱼，妈就可以吃得气吞山河。一条三四斤的鱼，妈一顿就可以吃完。为让妈多吃上几次鱼，每月给爸妈打钱时，我都会额外打多一些。

不仅妈喜欢吃鱼，其实我也最爱吃鱼。没有得到爸真传的我，曾试着按爸的方法做鱼，虽说做得像模像样，色香味却赶不上爸做的，只是妈妈依旧吃得赞不绝口。

春节休假回家，刚到镇上我就打电话问妈妈想不想吃鱼，我好买条鱼回去做。妈在电话里说："自从生病过后，医生就告诉我要少吃鱼了。"

妈妈患胆结石并发胰腺炎，做了胆囊切除手术，医生是嘱咐过注意饮食，但并没有说要少吃鱼。

妈妈说不吃鱼，但我依然买回家做了一锅麻辣鱼。望着香气四溢的鱼，妈想吃却又不动筷子的神情让人心疼。她三下五除二吃完饭就下桌了，桌上的鱼却一口没动。爸在一旁也说："自从去年开始，你妈就不怎么吃鱼了。"

我相信，事情没这么简单。再三追问，妈才告诉我，去年我推倒了老家的房子，给爸妈盖了二层小楼，没有告诉二老花了多少钱，但妈听乡邻们说，这么大的房子肯定花了不少钱。

"娃啊，这房子花了多少钱，你不说我们都知道。这欠下的账，你得省吃俭用多久才能还清啊？"见我没说话，妈接着说："现在街上一条鱼要卖二三十块，我少吃一次鱼就能帮你多存一份钱。"

爸还告诉我，妈把我给她买鱼的钱都存起来了。偶尔馋了，为了省钱，妈就上街买死鱼来吃。死鱼比活鱼要便宜一半，但死鱼的肉质赶不上活鱼鲜美。知道了这些，我心里隐隐作痛。我安慰妈说："修房子的钱已经还得差不多了，而且我给你们的钱，也是计划之内的，你们用就是了。"我还告诉爸妈："你们身体健康，不生病，才是真正给我省钱。"

可妈依然固执地不吃鱼。

一天早上，妈突然打电话来告诉我，有个战友骑摩托车给家里送来好大一条鱼，"你爸称了，有八斤多重！钱都没收，就走了！咋办？"

"送给你，你吃了就是。"我告诉妈，"战友家就是养鱼的，你喜欢吃鱼他就给你送。"在战友的"强迫"下，妈妈又开始了吃鱼，而且从那天开始，战友每到周末都会给我家里送鱼。其实，这个战友不是我战友，是我战友的弟弟。战友的弟弟办了一个养殖场，养着各种鱼。我们约定好，他负责送鱼，我负责付款。

妈吃着"不收钱"的鱼，也不开心。每次收到战友送的鱼，妈都跟我唠叨半天。后来我不得不告诉妈："这鱼的钱已经付完了，你尽管吃就是。"知道真相的妈在电话里笑着骂我："你个狗东西，连你妈都骗……"

就在刚才，爸打来电话说，今天战友又给家里送了鱼，爸给妈做了麻辣鱼，妈一顿就吃完了！

在电话那头，传来爸妈爽朗的笑声。

这笑声，透过万水千山，传到北国的边关，荡漾在我的心头。我眼前浮现出妈妈吃鱼的样子，仿佛也闻到了那满屋的麻辣鱼香……

戚红涛

有咱妈的味道吧?

妻子做了一顿玉瓜（当地叫法）蒸饺，味道好得不得了。妻子咬了一口便问我："有咱妈的味道吧?"我说："你早就出师了。"

这蒸饺的味道，妻子从结婚至今，仍记忆犹新。她记得第一次进我们家门，我妈做的就是同这一样味道的蒸饺。

妈妈言传身教，妻子聪明贤惠，所以婚后我的食谱上，每到秋天，这道美食都不曾间断。

妻子继承了妈妈的味道，我心中的窃喜早就溢于言表了，又回了妻子一句："我的胃被你俘虏了。"

如今父母都年过七十了，日子还过得出奇节俭，吃得更是简单，劝他们几句注重保养还嫌烦，儿女送点好吃的，便是改善生活了。

他们不是懒了，我看是他们的馋虫被岁月赶跑了。

儿女们忙于生活，常有"掉饭票儿"的事，以前的我，曾经在爸妈家蹭饭吃。

为了有的吃，我都是预约，上班时抽空给妈打个电话："妈，今儿中午，吃啥？""你来吗？""嗯。我媳妇今儿忙，来不及回来做饭了，啥饭都行。"

妈知道我爱吃水饺，而且有点洁癖，每次都是撂下电话，就奔向市场，不论酷暑严寒，买来新鲜的鱼或肉和时令鲜蔬。

我想，她在厨房里，也是一直念着"做顿好吃的，给儿子"，不然……那饺子怎么会那么好吃！

那个时候，妈都是等我吃完了，她再吃，帮我数着，逼着我吃，还逗我说："今天和面、包饺子的时候，我都戴着帽子，放心吧，吃不到头发的。"

饺子真的好吃，是妈妈的味道！可我，再也没有童年吃到顶噎的滋味了。

因为，总想着不能让妈妈太累着，也要留一些给妈妈还有爸爸。

那以后，我宁可回家泡上一碗方便面，也不能让妈那么费半天劲，为我准备盛宴了。

秋风起了，早茬的青萝卜开始上市了，朋友送了十几个，我留给了爸妈。

秋风带雨，说来就来。中午下班，我路过妈家楼下，这是我每天宁可绕路也必须要走的路线。老远就看见妈在楼下收拾着什么。

我说："妈，下雨了，你干吗呢？"

"今儿早，我看天儿挺好，我把萝卜切了，沤了一个上午，刚晒出来就下雨了。"

我没好气地说："就那么几个萝卜，怎么吃不行，费这劲干啥！"

妈没抬头，也未停手地拾掇着。

过了几天路过妈家楼下，看见楼下窄窄的雨檐下，吊平着的几块木板上仍然晾晒着这些咸萝卜干。这是爸的巧手干的。

咸萝卜干，妈每年都晒一些，大多都被我拿走吃掉了，我妻子爱吃。

爸在楼下等着我下班，给了我一个塑料袋，装着干透了的咸萝卜干，有一碗那么多。

准确点儿说，是一捧那么多。我闻了闻，咸咸的，还有点阳光的味道——不，那是浓缩的妈妈的味道！

这让我想起在过去那些艰难的日子，妈妈也能用一双巧手把或粗糙或简单的食材，做成我们舌尖上的美味。

即使母亲一天天地变老，而这种味道还每天在我们的口中萦绕。所有的母亲啊，都是子女眼中的美食家！

崔佰喜
许多往事都已模糊，
唯有母亲的一次次送行，还历历在目

作为一名现役军人，长年在外，难得回老家一次。每次回来，母亲总像对待客人一样，嘘寒问暖，而且临走时还要为我送行。

但现在，也许母亲再不能像以前那样为我送行了。因为突发脑出血，经多个医院治疗，命是保住了，但留下很严重的后遗症，母亲至今还不能下床行走。

母亲最后一次为我送行，是2019年10月15日。那次回去，我在老家多住了几天。归队前，我不让母亲送，因为母亲腰不适，走路有点吃力，但母亲却执意要送送我。

公交车站到母亲住的位置也就百十来米。在去公交站的路上，母亲边走边与我攀谈："这次回来的时间长，天天在眼皮底下转，一说要走还真舍不得。"无意中流露出了对长年在外戍边儿子的想念之情。

很快到了公交站。我上了公交车，向母亲挥挥手，示意让她回去，但母亲根本没有走的意思，一直注视着缓缓起动的公交车。车走了很远，回头再看看母亲，她仍站在那儿没动。我想：母亲静静地待在那儿，一定是在想，儿子这一走不知何时才能再回来……

在家的时候，我也曾问过母亲："我走了您想我吗？"母亲若有所思地说："每次回来刚走那几天有点想，时间长了，慢慢就不怎么想了。"

过了一会儿，母亲又接着说："以前每天下地干活，每当听到远处火车鸣笛，心里就想，假如能回来让我看看，那该有多好啊。心里也知道你当兵才走不久，不可能回来，但每次还是挡不住去那样想。要是听说你哪天要回来，那几天就会天天想，就是盼着那一天早点到来。"

邻居偶尔也会问："孩子去当兵，你想不想呀？"母亲总是说："不想，只要孩子在部队好好干就行。"母亲嘴上说不想，其实心里十分想念。

我当兵第一次探家准备归队那天，母亲早早地起了床，专门去集市上买了猪肉和芹菜，要为我包送行的饺子。看着母亲忙里忙外，我一边帮母亲忙活，一边与母亲聊天。母亲把所有的疼爱和不舍都包进了饺子里。

吃完饺子，天下起了小雨。母亲帮我提着旅行箱，陪着我一起来到公路边等车。也许是在家待得久了，分别时不知该说点什么。那时母亲还年轻，身体很好，我感觉母亲无所不能，把母亲当作自己最大的靠山。

当公交车停下时，母亲两眼注视着我说："到部队一定要好好干。"我点点头，表示一定努力。随后，我提着箱子上了车。车走出很远，我透过车窗看见母亲还伫立在那儿。

后来，每次探家归队，母亲都用这种带有仪式感的方式为我送行。

说起送行场面最隆重的一次，印象最深刻的是我当兵走时。

前一天接到通知，新兵第二天下午两点半赶到火车站广场。中午刚吃过饭，母亲就帮我整理东西。我赶到时，广场已经聚满了人。母亲、父亲与姐姐一道，在人群中看着我们的新兵队伍。带兵干部简单提了要求后，我们就各自提着行礼往候车室走去。

我回头看看母亲，她正随着送行的人流一起向前涌动。

来到站台上，我们新兵排着整齐的队伍依次上车。送行的人们在站台上自行排开。

上车找到自己的座位后，我使劲往车外看，在送行的人群中寻找母亲。只见母亲与姐姐互相搀扶着，都哭得泪流满面。看着异常伤心悲痛的母亲和姐姐，我的眼泪也忍不住夺眶而出。

列车徐徐开动，送行的人群也跟着列车向前走动。

一声长笛，列车飞速向前奔跑，眼看母亲的身影渐渐消失在视线中，我突然感到有种莫名的割舍不下的浓浓亲情……

那是我第一次出远门，也是我追梦的开始。

许多往事已经变得模糊，唯有母亲历次依依不舍的送行，仍然历历在目。那送行倾注了母亲对孩儿浓浓的爱，更饱含着母亲对孩儿寄予的厚望！

崔令涛
送一份母亲喜欢的礼物

母亲就要过八十大寿了，送什么礼物给老母亲庆祝生日，是我一直思索又无果的一件事！对她来说，再好的物质礼物都不会打动她的心。因为，母亲的这一生，除了对家庭的默默奉献，并无他求。特别是金钱和物质，在她心里，绝无价值地位。母亲心里装着的，全是她的老伴和儿女……

我家住在一个小村庄里，因为村里人大多是崔姓，故名崔老庄。村前大路的右边，有一条两旁开着绚丽牡丹花的小路。一路追着花的香味，行约百步，就能看见贴着枣红色瓷砖的门庭。嵌在门庭上的对联，崭新如初，"家和万事兴"五个大字并排在大门上，看上去像随时在迎接客人的到来。

进门一排五间坐北朝南带厦廊的正房，门前栽有一棵石榴树，鲜红鲜红的小花开时非常惹人喜爱，结下的果实最大的能有两斤多，每次客人看了都会不停赞赏、羡慕。

母亲虽然已近八十高龄，每天还和往常一样，在家的每个角落忙忙碌碌，把家里收拾得整整齐齐、利利落落。

约有半亩地大小的院子里，母亲种了一片片五颜六色的应季蔬菜，丝瓜豆角西红柿、韭菜茄子红萝卜，应有尽有，有时还会种点棉花烟叶。菜地里隔三岔五、见缝插针地种着几棵梨、杏、柿子、大枣、花椒，收获的果实除了父母和两个哥嫂及孩子们享用外，还会将剩余的部分送给邻居或亲戚一些，但从不拿到集市上换钱。

院子周围、门里门外还种了不少鲜花，用"淡雅怡人气爽，清芬弥久留芳"来形容一点儿也不为过。鲜花的点缀让家里增添一种温馨、祥和的感觉，更带来了勃勃生机。

我每次回家，总觉得在家的时间太短，一下就过去了。有母亲在的家，总觉得特别温暖、亲切。

自我有记忆时起，家里的大小事务都是母亲来操持。

父亲小时上学多，在村里也算是文化人吧，大半辈子都在镇里村里做财会工作。在村委工作还可以挣工分，既体面也没那么辛苦，所以下地种田就少了。爷爷奶奶都年纪大，我们兄妹五人还小或上学读书，又帮不上什么忙，家里的农活儿、家务，里里外外所有的一切，都由母亲来承担。

每天早晨天还没亮，母亲已在晨幕中开始有序地忙碌起她一天的活计。第一件事就是到草棚里装多半笼筐铡碎的草，用筛子筛净草的杂质，倒在牛槽里喂家里的大黄牛，要让它吃得饱饱的，田里的重活儿还要靠它来做。这项工作母亲每天早、中、晚要重复三次，一点儿都含糊不得。

牛吃着它的美味，母亲接着就要去厨房生火，做全家人的早餐了。农村人的早餐可不像城里人的早餐那么随便打发就可以了，因为农村人做的是体力活儿，早餐要吃得饱才能有力气做农活儿，何况我们家有四个"饿狼"似的小伙子。农村有句俗语叫"半大小子，吃死老子"，意思是正在长个儿的男孩是非常能吃的，那个年代没有什么荤食吃，只靠玉米高粱等主食。所以母亲每天早上要做一大锅玉米饼或是杂面窝头。即使这样，也只能勉强够我们几个吃一天。

早餐刚刚做好，牲畜圈里的猪和羊，早就等得不耐烦了，轮番哦哦叫着要吃的了……

母亲用最快的速度做完这所有的事，太阳也出来了，我们一个个被父亲催促着起床，整理书包，准备上学的用具。母亲这时无暇顾及我们，都是父亲监督或大哥帮助弟妹们完成各自的事。当我们几个"狼崽子"围着饭桌，争抢吃着热气腾腾的美食时，母亲在一旁看着我们，美丽的脸上露出了幸福的满足感。吃饱喝足的我们跟着老大去上学后，母亲才能一边收拾碗筷，一边简单吃点儿我们的残羹剩饭。

收拾完家务，母亲跟随爷爷驾驶着装满了农具的牛车，一起下田。犁耙播种、除草灭虫，头顶着烈日的蒸烤，母亲做着同男劳动力一样的重活儿，但从没抱怨过一声苦。

中午回到家，来不及休息片刻，又要继续做一家人的午饭，还要筛草喂牛，喂饱猪、羊、鸡、鸭等禽畜。中午太热，无法下田劳作，一般人都会趁此午休一小段时间，待太阳温和以后才下田做事。但母亲是享受不到这个待遇的。因她还有大人孩子换下的一大堆带着泥土和臭汗味的衣服等着去洗。有时，还要帮邻居家裁剪送来的布料。母亲是村里小有名气会裁剪的能人，经常有人找她帮忙，做裁剪衣服或纸窗花之类的手工活儿。

母亲就这样不停地劳作，白天和男人一样下田，日晒而出，日落而归。

天黑回到家中，伺候一家大大小小吃完晚饭各自休息，禽畜们也一个个被母亲喂得鼓着大肚子，满足地回到各自的窝巢，做起了美梦。这时，劳累了一天的母亲，才能安静地稍作休息，有时累得实在厉害，也会卷一支外婆吸的旱烟叶，静静地吸上几口，以加速解除一身的疲劳。母亲从不在我们面前吸烟，我也是后来一次起夜时偶然看见的，那时我并不懂得母亲的辛苦。

待我们兄弟几个都睡成小猪后，母亲会把我们的衣服彻底"搜查"一遍，把穿脏的、穿破的或捣蛋爬树时扯烂的衣服都换下来，在昏暗的煤油灯下一件件缝补完好、洗干净。第二天，我们就又可以穿上缝补得齐齐整整、洗得干干净净的衣服上学去了。

年复一年，日复一日，母亲就是这样默默地、无怨无悔地为我们操劳、操心。也不知从哪一天开始，她的腰弯了，年轻时漂亮的脸庞上多了皱纹，乌黑的头发也一点点变白了。前些年一次生病，去医院检查，医生说母亲是因为多年劳累，造成身体机能过早退化等病症。

母亲的生活很简单，从不浪费。家里有一口好吃的，她都要先给长辈、孩子吃，自己吃的是剩菜剩饭。母亲舍不得用钱，却把每一分钱都用在我们身上。即使现在生活条件好了，母亲也一直保持着勤俭节约的生活作风，还时常叮嘱我们，不要铺张浪费。

随着我们逐渐长大，一个个成家立业，家里的生活越来越好，父母也不用像以前那样辛苦了。我们兄妹商量让他们不要再种田了，集市上什么都可以买到。但是他们都说，田种不了啦，不要浪费院子里的地方，自己种点菜没有污染，吃得放心，也可以省点钱。为了不改变他们的生活习惯，想到也可以锻炼身体，我们就没有坚持。

现在，每天除了侍弄家里的各种小生命外，他们也不时和邻居几个老玩伴打打纸牌，聊聊他们生活中的家长里短。看到父母亲健康快乐，我们做子女的是多么幸福啊！

张守权
小人物的大气度

个子不高，大大的眼睛，一张国字脸；话语不多，性格温和；衣着得体，整洁不赘；做人诚恳，办事稳当；偶尔说上两句笑话，也是你笑他不笑；温和中透着威严，谦辞中裹着自信。这就是我眼里的父亲。

我三岁时，父亲带着奶奶、母亲、两个姐姐和我，从县城搬到陌生的小村庄，借住在堂姑家的一间土坯房。到我刚记事时，他在生产大队的农场当会计，虽然农场离家不远，但他却很少回家。稍有空闲，他就会往其他村屯住的叔叔、姑姑家里跑，或去县里的姑姑、哥哥家。偶尔在家里待上几时，也很少听他说话，不是坐在凳子上，就是坐在炕沿边，两只手扶于膝盖，半低着头，眼睑下垂，一副似睡非睡的样子。姐姐和我不明就里，怕他睡着了摔倒，便上前推他，提醒他到炕上去睡。他的反应先是一声"嗯"，然后再缓缓抬起头回答一句："我不困。"时间久了，我们也似乎明白了他不是犯困，而是在想什么事，便不再去打扰他。后来，很多事情证明，他可能真的是在利用半睡的状态思考问题，要不怎么当别人有事请教他时，他总是能拿出好办法呢？

正是因为父亲不多言多语，又点子正、办法多，久而久之，他在十里八村的威信逐渐上升，谁家有了难事或邻里之间出现矛盾，求他出主意、解矛盾的越来越多，而他也乐于去做这些事。"帮人做点事又累不坏，总比在一边看热闹好吧？"他自己解释说。

另外，父亲做事想得开、能容忍，从来不跟任何人斤斤计较。即使伤害过他的人，他都能与其继续相处——我亲眼所见的一件事就极为典型。

父亲的一位顶头上司，为了往自己手里多弄一点钱，让父亲做假账，遭拒而恼怒，此后便到处说父亲如何如何不好。可当别人问到父亲或有人要为父亲打抱不平时，父亲则回答："可能是我的毛病，不地（不然）别人怎么能对我有意见呢。"事情的原委他就是不讲，也不解释，因为解释就要说出真相。也因这事，父亲辞去了这份工作。父亲离开后，这位顶头上司隔年就出了事，交代问题时，还算有良心的他说出了诬陷父亲的真相。事情过后，父亲对待他还像过去一样，而他也逢人便说，最对不起的就是老张二哥（他对父亲的称呼）。

慢慢地，公社、县里的干部只要到我们屯子来，基本都派到我家或主动要求在我家吃饭。除了母亲饭菜做得好吃，另一因素就是为了和父亲单独谈话。每到这时，我们就被请出屋外。可出于好奇，我会悄悄趴在窗下听，但听了也等于白听，因为听不懂。

那个时候在闭塞的农村，那些一个大字不识的老百姓，多数只知道干活儿种地、听人吆喝，老婆孩子热炕头，头脑里根本就没啥思想，即使跟他们交流，也不会说出子午卯酉来。可父亲却能享受"大领导"单独会面的待遇，一次、两次、三次，次数多了，身份自然就被抬高了。也不知从哪个人口里先说出来的，竟然给父亲冠上了"张县长"的美称。这美称虽说名不副实，可父亲好像挺受用，既不解释也不反驳，如果有人当着他的面说，他就用三个字回答："净瞎说。"

是的，父亲是再普通不过的老百姓，论文化只读了三年私塾，论出身是世代的农民，论经历未担任过任何领导职务。唯一不普通的是父亲做事可信度高，看待事物有思想、有依据、有见解；此外，除了我和两个姐姐还小，三个大一些的儿子已经离开农村参加工作或已成为军官，其身份不自觉地又高了一成。

我们屯有位车老板姓于，人送外号"于老狠"。狠的是那鞭头又准又狠，准到不管麻雀落在什么地方，只要鞭梢能够得着，一鞭子下去保准鞭响鸟落；不管多难驯服的马，只要到他手上，啪啪几鞭子，顿时打得皮开肉绽，鲜血直流，马疼得只顾了哆嗦，哪还有再耍脾气的份儿。他鞭法这么好，驯马有一套，脾气更是难以驾驭，点火就着。一次，真的县长检查工作到了我们村，可能对有些干部的做法不满意，便当众训斥。恰巧被他看到，就插话想替挨训的人打抱不平，旁边的人赶紧告诉他这是县长。可他偏不信邪，并说县长也照样敢用鞭子抽。本来县长正在发火，听他这么一说，就激了他一句，没想到这老先生敢动真格的，手起鞭落，县长的帽子随着啪的一声落到地上。这一下更惹恼了"县太爷"，听得一声"把他给我抓起来！"随行的公安便向老于冲过去。老于也感觉到大事不好，提着鞭子就跑，一口气跑到村北的大壕边，回头看看没人追上来，就蹲在壕里不敢再出来，直到天黑才战战兢兢偷偷溜到我家找父亲求情。父亲笑了笑，对他说："你回家吧，没事。"此时他哪里知道，他跑掉后，是父亲找机会凑到县长跟前，对着县长耳根嘀咕了几句，而后县长点点头回答："有老张头求情，算了，不追究了。"过后，老于也逢人便说，我这一辈子，谁都不服，就服老张二哥一个人。

不仅如此，父亲还是位很不错的"月下老"呢。不过这个月老既不是专职，也不是自荐的，而是无意中被人给推进来的。

这事得从我们屯里任老蔫的婚姻说起。这位老蔫是参加抗美援朝后复员回的老家。因为太蔫，话语特少，三十好几了还打着光棍。他到底蔫成啥样，用句土话形容最贴切："一杠子压不出个屁来！"别说姑娘，就是寡妇看到他那个熊样都瞧不起。之前，那些专门保媒拉纤的也曾极力给他牵线，但都落得无功而返。

后来老蔫嫂子找父亲帮着出出主意，结果，这主意一出不要紧，倒把说媒的角色落在了自己头上。别看父亲话语不多，可善于将男女双方的条件进行有效搭配，没过多久还真就撮合成了临屯一位28岁的大姑娘，而且第二年就喜得贵子。你再看这时的老蔫，腰板直了，头扬起来了，整天笑得合不拢嘴，见了谁都主动搭话，干起活儿来劲头十足，生活也一天天好了起来。

有了这一例开头，父亲的"帖子"便多了起来。那些阶级成分不好，被称为地主"崽子"，没人敢嫁的；身体有缺陷，外表形象不好，姑娘不愿嫁的"难士"的家长们纷纷登门求援。哎，你别说，在父亲的撮合下，他们还真的一个个把媳妇娶到了家，之后的生活还都很幸福。

父亲帮人保媒拉纤虽然分文不取，可每到过年过节，也免不了有表达感激之情的送个糕点、罐头、烧酒啥的，父亲嘴上说"我也没干啥，你们总给我送东西干啥？"可从简短的话语和他那微微的笑意中能够看得出，他老人家心里的满足感、成就感，用如今俩字形容就是——爆棚！

父亲是位小人物，他能做的事也都是小事，可一件件小事却验证了他向善、助人的品德。

长大以后终于懂得

您的不容易

胥得意
没有刻意，父亲就活成了我的偶像

奶奶去世以后，我再也没有写过关于她的文字。有时在临睡前想起她，没有失亲的痛感，只有一种温柔。她是一个高寿的老人，在农村那种生活和医疗条件下，活到了九十五岁。她是被苦水泡大的一段木头，在那一年，终于朽掉了。我握住了她凉的手——她终于解脱了。她去寻找早已经在那面等她的丈夫、几个儿子和几个女儿了。

奶奶去世的那天夜里，我知道了什么是真正意义的孤儿。我坚强的父亲一下子矮下去了。四岁丧父的他在我的眼里一直是一个无比坚强的人，我从没觉察到生命成长中缺少父爱的他在性格上缺少什么，可是奶奶的去世却让他消沉与痛楚。他什么也不说，在他母亲的棺材前呆呆地坐着，像秋天立在田里的一株枯萎的向日葵。那盏长明灯摇晃，忽闪出父亲的可怜与无助。是春天，依觉寒。火光把他的脸烤得干枯，像是一张皱巴巴的牛皮纸，眼睛一片浑浊。

一个人无论多大，只要没了父母便成了一个真正的孤儿。

那一天，我突然明白，父亲原来一直存在一种被爱之中，哪怕他年事已高的母亲不能再为他做些什么，只要能够看到她，父亲的心中便有着一种依靠与寄托。而现在，他没有了温暖他内心的母亲。

从那天开始，我觉得我有一种实实在在的幸福感。因为我的父母健在，健康。没有什么让我觉得比这个更重要。尤其是他们的身上有无数可以让我讲出来给朋友听的故事。

到过我家里的朋友同学很多，只要见上一面，都会做出如此的评价——你们家的老爷子是个实在人，老太太不一般。

他们看得准，讲的却只是表面。

我的父亲曾经当过兵，我见过他"三块红"的照片。帅极。他一米八的个头，硬朗灵健（即便现在缩水了一些，但仍不失高大和清瘦之感），给人特别阳光的感觉。后来，他退伍返乡当了煤矿上的铁路工人。下班回家走三四十里的路觉得太远，他就爬火车，飞上飞下。飞速的火车是他的专列，他像是从铁道游击队的电影里走出来的偶像。

只要单位打篮球，他必得参加，有他在，队伍必进前三。他不上场，场上便缺少了一个威猛拼杀的虎将。他近六十岁时，我第一次看到他打篮球，和我年轻的战友。果然名不虚传，只是他不再如同灵猿上步，变成了一个依显敏捷的老猿。那时他已满头白发，场上已没人再去阻挡，他却不想孤独地表演。

真是后悔错过了他青春里的那些犹如传说一样的精彩。

父亲是一个极为热心之人，更不计较。在我八岁左右，一次他下班拿了一个印着鲜红"奖"字的铝锅，还有一张报纸。他在火车即将撞到一个横穿铁路的行人的千钧一发，把那人从火车头前推出铁轨，而他犹如一道白光冲出铁轨时，呼啸而来的火车头已经刮到了他的衣服。

　　他只是淡定地站在路边掸一掸衣袖，坦然地数了数那火车一共有多少节车厢。他讲的犹如武林轶事，布满悬念，又轻松，但母亲却吓得不轻。而我再把这些重复给同学时，同学都认为我在吹牛。可是父亲却真真实实上了报纸，也拿了奖品。几年前，偶然问起父亲后来又见过那个人么，父亲嘴一撇："总见，一句话也没有。"我心中有些不平。父亲又笑："那个人智商有问题。"我又问："那你救一个傻子干么？""唉，那不也是一条命么。"父亲答得异常平静，说完又端起他的酒杯。

　　关于父亲的故事太多，我一直也不知道如何下笔。因为他平凡的人生中没有太多精彩，但有无数只属于他的细节与性格。他退休后，这个农民的儿子当了几十年工人之后又完全回归了土地。家里几口人的薄地拴住了他的腿和脚。

　　他当工人时，我很愿意看他划拳，细长的手指飞旋着变换出各种手型，灵巧而生动，输少赢多。他所追求的倒不是让别人多喝，只是助兴，也有不服输的成分。如今由于和土地过分地亲热，他的手变得粗糙，且咧着无数的口子。让他戴手套，一元一双的线手套也舍不得，坦然地一伸手，这才叫劳动人民的手。

每年他会捎一些地瓜给我。他还以为我像当兵走之前那样喜爱吃这种东西。但每一次看到那地瓜，我都会想象到他在地里劳作的情形。我对妻子讲："你是城里人，不懂这地瓜的收与种。能够走到我们餐桌上的每一个地瓜，父亲至少要用手接触六次以上。"她的眼睛告诉我她的不解。因为她永远想象不出父亲劳作的过程。

我在外喝酒，回家却不怎么陪父亲喝，而且总是限制他。后来还是哥哥的一句话，让我顿时豁然开朗，"他愿意喝，不是你管得住的，有一天他端不起来杯子了，让他喝也不喝了，现在能喝就是福。"想想也是。反正他能控制住量，也不贪杯，喝便喝吧。

父亲乐于帮人是出了名的。不论谁家干活儿，喊一声即到，比给自己家干活儿还认真仔细。他见不得别人糊弄，便直直地讲出来，于是又得罪了不少人，或是受累不讨好。劝过，无效。由着他去。他也讲："人自有人的活法。我们老百姓就是和土地打交道，以实对实。"其实，更是以实换"食"。

关于他种地的故事、和邻里的故事、喝酒的故事等，太多。如果谁有机会认识他，便知道他是一个多么可爱的老头了。越老越像年轻人一样，不服输，做什么还要做得更好。其实他是在和岁月做一种抗争。

我的老胥头是一个可以边劳动边聊天的人，也是一个可以边喝边聊的人，只是不喜欢在电话里聊。一接我电话，他就说"好，让你妈接电话"，或者两句之后便问"还有事么"，放下电话之前就是"好好工作"。其实，我知道他是惦念我的，比我更想他。只是他不讲。从我这一路走来，我的生命之中深深地烙着他的痕迹。例如我的乐观与对生活的不服输，全部来自于他的影响。

我被保送进入军校那年，他到遥远的牡丹江军营去看望我，事先也没有通知一声。一个战友骑着自行车跑到了我们连，告诉我父亲来了。我问他怎么知道的。他说从营区大门走进来一个人，一看一准是你父亲。我以为就是平日里的玩笑，哪知，不一会儿，他就出现在了通往我们连队的路上，像是从地里收工回来一样，又像回到自己家一样，亲切慈祥。

他拎了一筐我爱吃的杏，坐了一天的火车。全连的战友都说从没吃过那样味美的杏。父亲讲："这是胥得意入伍前栽的树上结的。"那是我第一次听他那么正式地叫我大名。而他拎了那杏到部队，我觉得不仅仅是家中再无其他可带之物，而是我母亲比较擅长的一种"意味深长"。原本父亲还以为他没有文化的儿子会回家当个工人的，没想到我竟然通过打拼留在了部队。多少年后，他在我旁听的时候对别人讲："这个小子要强劲儿随我——受了多少的苦，他不说我都能想到。"

我抬眼望他，想象我年老时，是不是就是他这个模样。因为他没有刻意就活成了我的偶像。

王志平
盒子里的秘密

与外祖父阴阳相隔 12 年后，外祖母也入土为安了。

葬礼后第三天，母亲和三姨、四姨打扫老屋，尘埃粒粒，荡起回忆，落定岁月。

四姨踩高去收拾柜顶，摸到一个盒子，对我母亲叫道："二姐，别愣着，过来接盒子。"

四姨的声音不大，母亲的表情却一下子僵住了，继而显得十分惶恐。

"盒子又不是老鼠窝，你怕什么？"三姨妈有些诧异地望了一眼母亲，笑着揭开了盒盖。母亲瞄了一眼，一阵眩晕，坐倒在沙发上，泪涌成珠……

二十世纪八十年代初，十几岁的母亲考上了高中。

外祖父母共有 7 个儿女，都在"吃死老子"的年龄段，无力供养一个高中生，何况还是女儿？

由渴望、笃信变得无奈、无助，母亲哭哑了嗓子，哭肿了眼。大舅舅最袒护她，和外祖父母闹到动起菜刀，他们才勉强答应让母亲继续读书。

学校位于距家七八公里之外的镇上。每天，母亲骑着外祖父的大梁自行车去上学。由于身材矮小，母亲好不容易跳上车座，脚却够不全脚蹬，胳膊上的力气也不足以把持平衡，一度成了摔跤大王，最严重的一次还摔断了腿。

大多时候，一块干粮、一酒瓶子凉白开，就是母亲上午的补充、下午的支撑。

两年，寒来暑往，风雨无阻，现在看来对一个花季少女近乎残酷，但那时母亲却认为有知识浇灌的岁月是平稳而充实的。

她除了课上专心听讲、课下抓紧再消化外，上学放学的骑途中，脑子伴随着脚力"旋转"，回顾课上所学，同脚蹬、车轮达到了默契合拍时，便会觉得时光美美地停滞了。

纵然顶狂风、冒雨雪，母亲也从不抱怨路途艰难，推上车子，一步一走地同知识静谧前行。至于吃喝，那时已比她童年时代好很多了，而她的"精神食粮"才是最来之不易的。

我很爱看母亲的高中毕业照，照片里的那个高中生像极了我，虽然比同龄时的我矮一些，但目光坚定，这也折射着母亲当年学习的刻苦。

然而，造化弄人，就差2分，母亲最终与大学失之交臂。

母亲的数学好是年级里出了名的。落榜后，数学老师找来家里说："这个家也供不起你复读，我推荐了你去当小学民办数学老师，一来能有环境继续看书，二来有工资，也能攒些来年复读的费用。"

希望复燃，母亲开始了去相距十几里地外的另一个村庄的教学生涯。

孩子们童真的琅琅书声逐渐舒缓了母亲的心情。母亲说，教完书再看书她获得了一种"开智"感。

令她觉得踏实的，还有月月到手的工资，除了给到外祖母手里一部分，自己还能存一些。

母亲存钱，当然不是存到银行，而是存在家里的一个老木盒子里。

家里没人时，母亲偷偷把钱放到盒子里，然后站到高凳子上，把存钱盒子放到柜子顶最里面的角落。在母亲看来，那里是家里的制高点，最安全。

然而，当她领到第 10 个月的工资照例存放时，打开盒子后她差点晕过去 —— 盒子里空空如也！

急火攻心，母亲流着泪发疯般地踩着凳子，半个身子爬上柜顶，摸来摸去，没有！又爬下来，找了一根长长的细木棍，趴在地上挨柜子的两面墙、柜底，不停地划拉，依然分文未见！

复读费，铁定是没了！母亲的梦，随之不翼而飞。她一个人狂奔到村外的山头，一次次仰天嚎叫，还击命运的捉弄。

夕阳西下，忙碌了一天饥肠辘辘的人们不会在意一个孩子吼山。

钱能到哪里去呢？思来想去，母亲觉得外祖父母和小舅舅的"嫌疑"最大，可能家里确实紧巴，也可能小舅舅拿去谈对象了。

母亲终究还是隐忍的，她知道事情一说出口，又是一场刀刃风波。几个姨见她红着眼，询问缘由，母亲借口学生不听话，心情不顺，搪塞过去。

那晚，在五姐妹挤住的屋里，谁也没听出母亲泪流不止。

补习费没了可以再攒，母亲憋紧一口气，工作、复习得更带劲儿了，而最终"引爆"母亲的是她的婚姻问题。

放假时，母亲随外祖母去地里干活儿，田间地头，远远地站着个傻乎乎的大龄男人。

外祖母示意母亲，小声说："那就是媒人要给你提亲的对象。""什么？妈，难道在你眼里你闺女就配嫁个这样的男人！"母亲怒吼道。

不容外祖母多解释，母亲狂奔回家。

不几天，母亲辞职了，她觉得自己尽心尽力贴补着这个家，换来的不该是这个"身价"。

那个年代的农村，女孩子基本上都是离开学校就处对象、结婚生子，给家里减轻些负担。

尽管极不情愿，母亲还是在外祖母的不断催促下，磨蹭了几个月后，经人介绍处了一个小伙子，巧的是这个小伙子正是她教书的那个村上的，家里名声还不错。

母亲是赌气草草结婚的，当时甚至还抱着逃离那个家的想法，但因为小伙子的父亲，也就是我的祖父在村里有些威望，小伙子很憨厚对她也很真心，她选择了理性。

若不是在婚礼上被她教过的孩子认出，母亲是不打算将自己先前在这个村当老师的事情说给婆家人听的，包括那个小伙

子 —— 我的父亲。

父亲知道母亲为积攒补习费来当代课老师，后来好不容易攒了一点钱又不翼而飞的事后，堂堂男子汉哭得像个孩子似的。

他握住母亲的手坚定地说，你放心，我一定想办法圆你的大学梦！

那时候，父亲起早贪黑卖瓜子、水果，收入能供得起母亲上学。在父亲的鼓励下，做家务之余，母亲总是紧着看书。

祖母私下里说父亲傻，母亲考走怕是就不回来了。父亲总是笑而不语。

第二年，母亲意外怀孕了。父亲还惦念着自己对母亲的承诺，不想要这个孩子。

母亲呢，也犹豫起来。一咬牙，她独自跑到镇医院，确认怀孕后，回到家便让祖母给她炖了一只鸡，说要好好补补身子，让孩子长壮实些。

要不怎么说呢，"孩子是母亲的心头肉"，还有什么能比"心头肉"更重要的呢！

伴随着母亲肚子一天天变大，她不说，父亲不问，"高考"就这样默契地被他们一铲铲埋在心底。

岁月无痕，心有牵绊。

深知母亲心里有憾，打小儿父亲就总鼓励我们三兄妹要好好学习，如果我们中谁能考上大学，那将是对母亲最完满的报答，至于上学的费用，有他这个当爹的，没问题！

十几年后，我们三兄妹一年一个，都考上了本科，母亲上高中时的艰辛不易与踏实努力，一直深深地激励着我们。

至于钱丢的事，父亲也一直信守和母亲的约定，从未给我们讲过，但我们隐约都知道有什么东西"隔着"母亲和养大她的那个家。

谜底，终于在给过世的外祖母打扫房间的这一刻揭开了！

望着沙发上神情痛苦的母亲，两个姨妈赶紧看看那盒子里到底装了什么东西——一看，原来，全是一毛、两毛的纸币，母亲当年丢失的钱，不知什么时候又回来了！

姨妈打电话叫来了小舅舅，问他当年钱是谁拿的，后来钱又是谁放进去的。小舅舅一脸茫然，毫不知情。

常回娘家小住的四姨妈这才回忆起来，说好多年了，这个盒子一直放在柜顶上，外祖父母手上一有了毛票就往里放，她帮着放过，当时想着也就是把花不掉的小钱存下来。

听这一说，三姨妈似乎想起来了，说确有这么回事。

说着说着，姐儿仨抱在一起大哭起来，她们不愿意相信"偷走"母亲梦想的会是外祖父母，更不愿意相信老两口放钱是在"赎罪"。几十年啊，他们内心承受了多大的熬煎？

"二姐，如果你真考了，家里也没法子供你。只能将你的理想掐断，爹妈可能当年也是不得已。"三姨妈说。

"是啊，如果你真考上了，爹妈没让你去，以你的性格，说不定寻死呢。"四姨妈也说。"这么多年了，爹妈心里肯定也不好受……"三姨妈补充完，姐儿仨又是一阵抱头痛哭。

那天打扫，老屋里能用的东西姨妈们都让小舅舅、小舅妈拿回他们家去了，不能用的，扔了不少。唯独那盒钱，安安静静地复归原位，人走灯灭，也就无所谓遗憾与罪过了。

不久后的端午假期，大学毕业工作了好几年的我们兄妹仨都回了家。

那天，父亲娓娓道来丢钱往事，年近而立的我们仨，想象着那段艰苦的日子，体味着当年的母亲该是怎样的一种痛，个个泪流满面。

母亲流了一阵子眼泪，破涕为笑，说："其实啊，那时候想复读，只是妈的一个心愿。我能读完高中，你们的姥爷姥姥已经付出最大的努力了。"

母亲顿了顿，又说："也不能就说你们的姥爷姥姥为掐断我的大学梦拿走了那笔钱，那时家里很困难，说不定一时急用没有办法才拿去了也有可能。"

父亲连忙附和着说："对对对，说不定就是一时救急，老人又爱面子，不好跟子女说。"

听着父亲母亲这么一说，我们也跟着一起假装释然了。

末了，母亲似乎又想起了什么，扑哧一笑，说："再说了，如果盒子里的钱没丢，妈妈复读考上了大学，一定是在城里工作，和另外的人结婚了，你们三个好孩子怎么能来到这个世上？所以，妈一点也不后悔了！"

母亲万岁！我们兄妹三人都情不自禁地上前，紧紧地抱住了母亲！

王丽
我那"没心没肺"的妈

2012年3月我生孩子时，母亲前来照顾我坐月子，我对她有了新的认识：她的大大咧咧、没心没肺，其实是一种生活的智慧。

那次坐月子，我和母亲相处了整整两个月，算算我们已经有15年没有朝夕相处这么长时间了。高中时住校，大学时远在成都，参加工作后又来到北京，太久的分离使我对母亲有了陌生感，多了几分客气——特别是她刚到北京的前两天，我们甚至都有点拘谨。不过毕竟血浓于水，两天过去，我们母女便恢复了亲密的感觉，我似乎又回到了高中以前在家时的状态：面对母亲，我会不由自主地撒娇，躺她腿上，钻她怀里。母亲也笑得更开心了。

后来聊天中，我问了母亲一个藏在我心里好多年的问题。

在我读大学时，有一年假期在家，我无意中从姐姐口中得知，母亲和舅舅都不是外婆亲生的，而且他们姐弟俩也没有血缘关系，都不知亲生父母是谁。那一刻，我很震惊，想不到整天乐乐呵呵、"没心没肺"似的母亲有这么"悲惨"的身世。突然很心疼母亲，我告诉自己，以后要对她更好，因为她的血亲只有我和我姐！我不知道母亲对这件事是怎么想的，得知后一直也不敢问她，担心令她伤感。

借月子期间我们重温母女情的机会，我小心翼翼地开口问："妈，你有没有想过寻找你的亲生父母？"

母亲神色轻松、不假思索地说："干啥要找？这不都挺好的吗？都那么多年了！"

在她的脸上，我看不到一丝"悲惨"迹象。我不知道母亲的心到底有多大，是不是真的不在乎这件事，反正我的记忆中她就是这么大大咧咧、"没心没肺"似的。

看母亲面不改色，没有一点伤心的样子，我又接着壮胆问了一个从小就埋藏在心中的疑问："那我到底是你亲生的吗？"

母亲被我认真的表情逗乐了，她笑着责备似的说："怎么不是？我生你的时候可比生你姐受罪多了，接生婆来了看看说还早，让我做下蹲运动，折腾了一夜没睡觉，一直扶着桌子做运动，第二天人家又来才生下你……"

听母亲详细地说当时的情景，一股幸福感袭来，压在我胸口的大石头终于落地了——我总算彻底放心了，我是亲生的！

事情是这样的：我大爹生的都是儿子，没有女儿，所以每次他来我家就说我是他闺女，小孩子很傻，我听了几次就相信了。终于在一次大爹离开我家时，我打包了自己的衣服要跟他走，在场的人都笑我，而我却坚定地说要回自己的家，这个场面我记忆犹新。

二十世纪八十年代的农村，家里没有男孩就会被人看不起，成为说三道四的"谈资"。所以，舅舅家的二表弟出生后，就抱养在我家，打算给母亲当儿子。这个表弟其实很乖巧可爱，可是因为他的到来，我便不能睡在母亲怀里，得到的关注也变少了，小时候的我一直不喜欢他。后来，我家人想通了，管他男孩女孩，自己的孩子才是最好的。所以在表弟还不到一岁时，就把他送回了自己的家。长大后，又听说在我襁褓之时，一个有三个儿子的家庭与我家交换了我，不过只有几天，终因我家人的不舍又换回来了。

这三件事，虽然最终都没有成，但让我的童年、青少年时期都一直处于某种不安中。直到 30 岁，在我成为母亲之时，才在母亲肯定的回答里安下心来。母亲不是一个敏感细腻的人，大大咧咧的她一定不曾发现年幼时的我就经历了这么复杂的心理历练。我的经历也希望给所有人一个提醒，不要随便跟小孩开这类玩笑，孩子虽小，心理可是很敏感的。

母亲的"没心没肺"还表现在日夜操劳却从不抱怨。

记忆中，无论春夏秋冬，母亲几乎每天都是四五点钟起床，打扫院子，烧火做饭，刷锅洗碗，洗衣晒被，在家忙家务，出门忙地里的活儿。她永远是家里第一个起床、最后一个睡觉的人。记得晚上还跟着母亲睡时，我最喜欢她给我挠痒了。她的手掌很粗糙，根本不用挠，她的抚摸就相当于挠痒了。儿时的幸福，现在想来好心酸！算算我还跟她睡时她才 30 多岁，手却已如此粗糙，还裂开了一道一道的口子。冬天的夜晚，我经常看她嚼了花生抹在手上，然后戴上手套，来缓解那些皲裂。

父亲是基层干部，官不大却从早到晚忙得不着家，家里家外几乎都是母亲一个人操劳，可是我从没听她抱怨过。她总是乐呵呵的，说话声音洪亮，干活时哼着小曲。遇到任何难事，她都是一副"天塌下来有高个子顶着"的姿态，似乎没有什么解决不了的。

月子里，我问她："妈，整天干不完的家务和地里活儿，你那么累怎么都不抱怨？"母亲又是标志性的不以为然地笑着说："哎呀！力气是奴才，歇歇它就来！抱怨啥！""力气是奴才，歇歇它就来"，母亲的这句话，从我听到的那刻起，就成了我在家庭和单位里经常用来安慰自己的"灵丹妙药"——是的，我还年轻，多干点活儿没什么，睡一觉就满血复活了！

在一次和朋友的聊天中，我这么总结我的母亲："我妈在我面前就是跟着我的想法走，我说谁谁的毛病，她就批判人家；我说人家的优点了，她就说人都有长处，也不错了。大学时，给她打电话说有个男孩找我找得烦，她就骂人家脸皮真厚；后来我接受了那个男孩，跟她说他的优点，她又说真好。她从不会理性分析，就是跟着我的情绪走，她对我们姐妹、我父亲都是绝对的保姆型，只考虑我们，她自己随便咋都行。"

再回看这段话，我突然发现，母亲不是没有主见，而是太无私了：她的世界只有我们爷儿仨，她的主见就是无原则地照顾我们，保护我们，不受外人意见的干扰，只要我们好就行，不考虑自己。

许海利
"笨拙"的母亲

　　小时候，我们家特别穷，裤子穿破了从来都舍不得扔，而是要打上补丁接着穿。可我每次穿着打了补丁的裤子，都会遭到小伙伴们的嘲笑，原来母亲打的补丁都是直接补在外面，看上去非常滑稽可笑。每次受到打击和嘲讽，我就会从心里怨恨母亲，都怪她太笨了……

　　母亲的确很笨，她只会做刨地、拉车、担水等笨重的活儿，稍有点技术含量的活儿她就应付不了，就连女人最擅长的针线活儿都做不好，给衣服打个补丁都是裸露在外面的。母亲也不是天生的笨拙，她小时候特别聪明伶俐，她的笨拙与家庭身世有很大关系。母亲七岁那年，外公因意外事故撇下外婆和三个年幼的孩子走了。母亲是长女，为了支撑起整个家，她跟着外婆起早贪黑地干农活儿，因此没有上过一天的学，成了名副其实的"睁眼瞎"。

　　那些年，母亲几乎天天长在庄稼地里，没日没夜地劳作。十几岁时，她就能完成一些耕地、播种等稍有技术含量的农活

164

儿了。当时，村里人都夸母亲是个聪明伶俐又特别能吃苦的好孩子。由于长年累月的劳累，母亲积劳成疾，一天中午干农活儿时突然晕倒了。母亲被人送回了家，可因为救治不及时，大脑长时间缺氧，等醒来后脑子就开始变得不那么灵便了。从此，她干活儿经常丢三落四，做什么都不成样子，成了一个只会干粗活儿的"笨拙"之人。

母亲结婚后，因为她的笨手笨脚，没少和父亲吵架。母亲也知道自己笨，不会说话、干活儿和做事，所以遇事都是逆来顺受，从不为自己辩解。

我读小学三年级的时候，母亲因为炒菜放多了盐，父亲当场掀翻了桌子。母亲吓坏了，赶忙跑进了我的房间，伤心地哭了起来。

"妈真是不中用啊，干什么都不行，就连个菜都炒不好！"母亲一边哭，一边责怪自己。

"你说妈是不是很笨啊，是不是不中用啊？"突然，痛哭流涕的母亲用力抓住我的手，大声问。

"是的，你是太笨了，除了会种地，其他的干什么都不行，就连给衣服打个补丁都不会……"当时我不知道是吓傻了，还是太怨恨母亲的笨了，竟然说出这样一番话。

"看来妈真的是不中用啊，就连你都说我笨。我不是一个好母亲，连家和孩子都照顾不好，都是妈不好，妈不好啊……"我的话犹如伤口撒盐，让母亲的情绪更加失控了。

这件事情以后，母亲精神上好像受到了严重刺激，做什么事情都小心翼翼的，有时一件看上去很简单的事情，她却要反复询问好几遍："这样做可以吗？行不行啊？你爸会不会不高兴？"看着母亲战战兢兢的样子，年少不懂事的我，给予她的不是同情，反而从心里感觉好笑："那么简单的事，还用问吗，真是笨到家了！"

在学校，我学习很不用功，因为我总感觉母亲是那样的笨，我的脑子也肯定聪明不到哪儿去，所以我就以此为心里安慰，经常旷课、迟到，导致学习成绩非常糟糕，每次考试都拽着班里的牛尾巴。

在我读初二的那年，期末考试后学校要开家长会。我知道自己成绩很糟糕，就故意拖着母亲去参加。一路上我反复叮嘱母亲，在班上开会时不要随意讲话，别人不主动问，千万不要讲话……听着我的话，母亲像个孩子一样不停地点头。

当母亲走进教室，我不放心，就躲在屋外听动静。家长会上，班主任开始向家长逐一介绍我们班每名学生的学习情况，还通报了这次的考试成绩。听着老师宣读考试成绩，我的心一下子就悬到了嗓子眼儿，因为我知道我的成绩肯定是全班最差的。

果不其然，当老师读到我的成绩时，突然停下来问："许海利同学的家长来了吗？"听了老师的话，我的心差点从嗓子眼儿里跳出来。

"我就是许海利同学的家长！"母亲从座位上站起来回答道。

"您的孩子天资非常聪明，但学习一直都不是很用功，所以成绩在班内一直倒数，这次期末考试很不理想，全班最后一名!"

"孩子学习成绩差，都是我们家长的原因。我不识字，没办法辅导他的功课，所以平常孩子学习基本上都是靠自己，再加上他有些贪玩，我们家长又疏于管教，所以……"

这一刻，听着母亲自责的话，我的心里很不是滋味。这些年来，我读书不用功，每次成绩不好，不是从自身查找原因，反而把责任全部推到了母亲身上，怨恨她笨，没有遗传给我一个好基因。现在面对那么多家长，我给母亲脸上抹了黑，她不但没有责怪我，反而把责任全部都归结到自己身上，想想真是愧对母亲。

走在回家的路上，我低着头，始终一言不发，倒是母亲安慰起了我。"孩子，你看妈就是因为没有上过学，才会这么的笨，干什么都不中用，一辈子受气。你可要好好学习，长大了可千万别像妈一样啊！"

听着母亲发自肺腑的话，我鼓起勇气，缓缓抬起了头……突然我感觉眼前的母亲瞬间变得高大了。

这些年，母亲辛辛苦苦地支撑起这个家。为了供我读书，天天起早贪黑地干活儿，平日里，有了好吃的，自己从来都舍不得吃，留给我。而我却经常鸡蛋里挑骨头，嫌她这没弄好，那没干好。有时在外面受了气，还会拿母亲泄气，冲她发火，就连自己学习成绩差，都怪她没遗传给我一个好的基因，而母亲却始终在包容体谅我，每次都是一笑了之。

想明白了这些，顿时我感觉无地自容了——这些年，笨拙的不是母亲，而是我自己。

胡献浩

他有多骗你，就有多爱你

我常年在外，离家数千里。父亲怕我牵挂担心他们，说过不少"谎言"。但这一次，父亲的"谎言"被母亲揭穿了，这让他很是生气。

原因其实很简单，前段时间，母亲打来电话说父亲的腿又痛得厉害，走路都艰难。我知道，这是几十年劳累落下的病根，只要超负荷劳作便会复发。岳父也有同样的腿病，站或者走路久了就会复发，每次疼起来一米八几的汉子都招架不住。那是一种怎样的疼痛，我一直无从感知，单从岳父的表情就可以看出，那一定是很痛，来自骨头，来自神经的痛。

痛得连走路都艰难的父亲，居然还硬撑着起早贪黑下河捕鱼，捞虾捉蟹。在父亲看来，眼下鱼的市场卖价好，精打细算一辈子的他自然不会错过。所以，母亲让我打电话劝劝父亲，家里不缺吃少穿，这般玩命折腾自己，外人不知道的，还以为自己儿女不孝敬他。

我很惭愧。这些年，我对父母尽的孝的确不够，从 18 岁离家参军，转眼 15 年了。以前因为身份特殊，聚少离多，特别是从部队转业在当地安置工作后，回家的次数更是屈指可数，常以工作忙、假期短、孩子小为托词，一次次辜负了父母的期待。平时除了电话上的嘘寒问暖，这么多年基本没帮过父母什么。相反，还经常让他们挂念我：别寄钱了，我们有钱；你忙你的，有时间再回家；我什么都不需要，不用买了；我们身体好得很，别惦记……

父母来过云南，在我居住的这个小城待过一段时间，城市的各种消费对于在农村生活了大半辈子的父母来说，什么都是贵的。一碗早点 10 块钱，他们都觉得贵得离谱。跟土地打了一辈子交道的父母，深知每一分钱都来之不易，内心深处也早已养成了省吃俭用的习惯。那次的云南之行，在父亲心里落下心病，那就是趁着现在还能再干点儿活儿、挣点儿钱，尽量减轻儿子的负担。

挂断母亲的电话，我又拨通了父亲的电话，先是嘘寒问暖，然后按照母亲的指示劝导父亲。电话那头，父亲像个孩子一般，对于我的问询嘻嘻哈哈打着擦边球："早就不干了，天天吃完饭四处悠悠转转，好着呢。"一旁的母亲听不下去，隔着电话说他撒谎，这会儿刚从河上捕鱼回来，饭都没吃呢。我看看时间，都已下午 3 点了，指责父亲不应该这样，要注意身体，如果缺钱我给家里打，再说我离家那么远，真要是累出个好歹，该怎么办？

没想到，父亲居然生气了，指责母亲："什么都告诉孩子，离家那么远，工作本来不容易，还让他挂念家里，你这不是给孩子找事？你这是犯傻呀！"

听了这番话，我深深抽了一下鼻子，泪水没忍住，最终还是滚了下来。

最近夜读，看到这样一段文字特别有感触："我们在父母的谎言中成长，他有多骗你，就有多爱你。"这就是咱的父母，把所有的爱都藏在善意的谎言里。

我想，普天下的父母，大多都是这样，他们爱儿女超过爱自己，哪怕自己过得再不如意，再委屈，再艰难，也舍不得给儿女添麻烦，他们能做的，就是欺骗。

张照星
读懂父亲，在读懂一座水塔之后

妻子在南方一所普通大学教书，学校里硬件设施有些年代感，教学楼、教师职工公寓都很老旧，特别是教师职工公寓旁边废弃的水塔，会一下子把人带到热血激荡的二十世纪六七十年代。

也许就因为水塔老旧，我对它不感兴趣，虽然它一直矗立在我们住的公寓前面，但我似乎没有发现它。就这样，日复一日、年复一年，我从公寓出出进进、来来回回，走过了8个春秋，从没有端详过它，直到儿子出生。

2017年6月，我从部队回家探亲，脑海里满是儿子胖嘟嘟的小身影。

儿子出生时，我没能赶上，等我从2500公里外的地方辗转回来，他已经因早产住进了保温箱。我只能每天隔着门上10厘米见方的玻璃偷偷看他：他是那么的瘦小虚弱、孤独无依！一想到他刚离开妈妈的肚子，就被丢进保温箱，我心中有股说不出的滋味。好不容易把他从医院接回家，没有抱他几天我又被部队召回了，这一走就是半年……

回去的第二天上午，我推着婴儿车准备带儿子在校园转转。刚出公寓楼，儿子突然激动起来，又蹬又踢，嘴里还"叽里咕噜"说着什么。

我听不懂，便顺着他的视线看过去，发现除了水塔别无他物，只得试探着问："想去水塔那里玩吗？"

儿子听懂了似的"吭哧"了几声，眼睛直直地盯着水塔。

因为从公寓直接去水塔需攀爬十来级台阶，我推着婴儿车不方便，就打算绕路过去。儿子看到了，以为我不去水塔那里，哭闹起来。我于是一路安慰他，来到水塔跟前。

儿子就像打量一个陌生人一样，从水塔根基看到水塔顶部。

这时我也才弄明白水塔的结构：水塔根基是用水泥做的圆形平台，大约40厘米高，平台上是用砖砌成的圆柱体，大约2米高，与平台边缘相距40厘米左右，形成一个圆环。从圆柱体向上是用砖砌成的4根柱子，大约10多米高，顶部是个水池，像一个倒放的巨大撅子。

我问儿子："你看水塔像什么？"

儿子还不会说话呢，只顾仰着头静静地看水塔顶部，似乎思考着什么。

于是乎，那次休假的一个月里，我天天带他来这里，即使下雨的日子，撑着雨伞也得过来。他每次来到这里，一下子就安静了。这里成了我们父子俩增进感情的港湾，因此我看水塔的眼神也多了一份投入和温柔。

因为聚少离多,每次休假刚到家时,孩子和我都很陌生,总是用打量陌生人的眼光盯着我。记得又一次休假,他看见我拉着行李箱回来,不是像其他小朋友一样急忙跑过来翻包找东西吃,而是躲在妻子身后不敢露面,直到我提议带着他去水塔那边时,他眼睛里才露出兴奋的光芒,迟疑着蹒跚地向我跑来。

我想,水塔是连接我们父子关系的纽带。每次探亲休假,我们都会去那里。在去水塔的路上,儿子慢慢长大。刚开始只会仰着头看水塔,到后来自己可越过十来级高台阶去看水塔,然后爬到水塔平台上围着水塔转,再后来"怂恿"我爬上2米多高的塔身,最后在我接力下,他也站到塔身上。他不仅了解了水塔的基本结构,也会用语言形容水塔,比如他经常说,水塔高高的,像高大的蘑菇,像巨大的雨伞。

几年过去,因为要搬家,我们让儿子在湖南外婆家住着。一天晚上散步,走着走着就到了水塔前,水塔和往常没有什么两样,但看着看着,我突然感到,它深沉厚重的样子,像一位不苟言笑的父亲:年轻力壮时,他源源不断地为千家万户提供饮用水;风烛残年时,他默默地注视着一切。他只愿陪着我们长大,不奢求我们陪着他变老。

这让我想到了我的父亲,他很少对我嘘寒问暖、细心照顾,即使心血来潮逗我玩,也准会把我逗哭,因此曾经有一段时间我偏执地认为父亲不爱我。

直到父亲去世后，我才意识到：父亲一生朴素节俭，一件衣裳能穿好几年，却每年都给我买新衣服；上夜校路途远，他说男子汉怕什么，其实很多次他都跟在我后面；他每天天不亮就起床干农活，吃完早饭又马不停蹄地去邻村修建房子……

他一生劳累不就是为了让我过得好些吗？

现在看来，父亲只是不善于表达而已，就如这水塔，虽然外表冷酷，其实内心温柔如水。

李学志
爸爸的巴掌

我无论如何都想不起，小时候爸爸是否牵过我的小手。记得最深的却是巴掌——虎虎生风的巴掌，将爸爸永远定格在四十岁的挺拔里：他急着远走，还没来得及牵我的手。

儿时记忆里零星的片段像我屁股上的巴掌印那样清晰：我曾用排山倒海的哭声与爸爸的巴掌对峙，却不知爸爸正用他的巴掌与命运对决。

盛夏的夜晚，院子里铺着凉席，一抬头满树的青枣，再抬头是满夜的繁星——枣花般密密麻麻开在夜空。我们姊妹叽叽喳喳躺在凉席上找星星：织女、牛郎、北斗……几只蚊子馋嘴了，叮了我几口……

"哪儿痒？"爸爸问。

我指了指背，爸爸粗大的手指小心地挠了两下。

"还有哪？"我指了指腿，爸爸又挠。

"还有哪？"

"还有那！"——我指了指青枣；"那儿！"——我指了指

房子；"那儿!"——我指了指满天的星星……爸爸终于不耐烦了，"胡闹!"我屁股上着了一记，火辣辣地疼。"哇"——我哭得世界一片黑暗，没有一颗星星……紧接着就听见爷奶的指责和爸爸的反驳……爸爸将我孩子气的诗意打得落花流水。

那时我5岁，爸爸36岁，正在县城一家清真饭店当学徒，那只捶过我的手掌，不是握铲就是掌勺，一把沉重的菜刀剁在菜板上"当当"响——心不甘情不愿地剁切着无奈和琐碎……

我8岁那年，妹妹趁大人不在，寻出六六粉来玩，全身过敏，起满了红疙瘩。家里混乱一片，爸爸提议去县医院检查。眼看妹妹乘坐的架子车吱呀呀爬上河堤，我哭着追了上去。爸爸只用一巴掌就解决了这件事。我号啕大哭，看着他们下河堤、坐船，越走越远。事后奶奶说，我屁股上完完整整五个手指印，两天才消下去。

那年爸爸39岁，在小集上开了家"食堂"，卖油条稀饭，卖卤肉凉菜，也备办各种流水席……赊账本记得一页一页，每到年关，爸爸就骑着自行车四处要账……

我10岁那年的午后。暴雨刚歇，门前的小池塘满盈盈的，飘着一层秸秆，像一个湖心小岛。我把我的发现说给同伴们听，她们不信。我决定亲自尝试——纵身跳向小岛，脚下一软，水一下涌到脖根儿。在伙伴们的呼救声中，爸爸赶到了，他拎小鸡一样把我高高拎起，另一只手在我的屁股上狠狠拍了一巴掌。我落汤鸡似的本就惊魂未定，这下好了，哭得如同暴雨又来了一场……

那年爸爸41岁。他像我跳池塘一样，不顾众人质疑，尝试着包鱼塘，培育银耳、蘑菇……最后——以泡汤收场。

我12岁那年，爸爸去世——从此他是再不会赐予我巴掌的了。很多年，我总是不理解，为何一点小事，就会引爆他的巴掌？我的被打上手指印的屁股实在是冤枉啊。直到我慢慢长大，从许多人的口中还原了爸爸……

在那个众所周知的年代，地主出身的爸爸被取消了上大学的机会，同时放弃的还有爱情——这之后许多年他都是光棍儿。爸爸也为他的浪漫情怀付出过代价，他曾因模仿电影里的情节"对暗号"，被作为"阶级敌人"审讯过。后虽澄清，名声却是远扬——我曾亲耳听村人喊爸爸的绰号"特务"。

被生活拳打脚踢，揍得鼻青脸肿的爸爸，不得已学了厨师的手艺——在油炸酥肉的翻滚里，在手工白丸子的热气里，在拔丝山药的甜香里，在为人做酒席的嘈杂里，爸爸将自己的梦想和现实一再地调和调和……那没有调和的，寻着缝儿就变成了爸爸脆亮的巴掌：啪！多像爸爸在命运里摔的一跤又一跤，多像命运甩打在爸爸身上、脸上的一掌又一掌……

多年后，我在整理奶奶遗物时，发现了一封爸爸的来信，那时还没有妈妈和我们。他向奶奶叙说着他的体检结果，他的心脏已经出现状况，他深深地担忧——对婚姻、对生计、对未来，一天一天地担忧，在那担忧里，他备办了无数个婚丧嫁娶的流水席，一桌一桌摆起，再一桌一桌撤去……直到他自己心肌梗死离去，别人为他的葬礼摆起流水席……

如果爸爸还在，那给我屁股留下印记的巴掌，不知会抢起老汤勺，为我们姐妹的结婚生子宴席，置办出什么样的花样来呢？

第六章 —— *Chapter 6*

所谓孝顺，
其实是成全我们自己的心愿

宋捷
陪伴

父亲患上了阿尔茨海默症。原本就喜欢沉思的父亲，变得更加沉默了。

照料父亲的八百多个日日夜夜，母亲面对半个多世纪心心相印的老伴儿，只有单向的情感交流。

孤寂对母亲心灵的侵蚀，是我们儿女的爱永远无法替代和弥补的。

父亲走后，人去楼空，物是人非。母亲独处老宅，定然睹物思人，黯然神伤。

妹妹的家住在6楼，没有电梯，母亲有腿疾，住过去爬楼实在不便。于是，我大舅二舅争相把她接过去小住了几日。

期间，妻子几次对我说："你是她唯一的儿子，把她接来跟我们一起居住，责无旁贷。"

母亲起初不肯，找了许多理由。几个舅舅一起做她的工作，好说歹说，总算答应先住一段时间再说。

母亲终于来儿子家住下了，在家人的支持下，我决定陪母亲一起就寝。每当夜深人静，母亲思念父亲时，我会拉着她绵软的手，给她编织往昔有趣的故事，陪伴她进入梦乡。

日子仿佛又回到半个世纪前，只不过哄睡和被哄的对象调了个个。

对我来说，身处媒体变局的前沿地带，每天都忙得不亦乐乎。为了在家多陪伴母亲，我时常早早起床做功课，经常放弃午休，把紧要的事情做完，尽可能早一点回家。

尽管这样，白天上班时间，我还是不能陪伴在母亲身边。

我住在一个距离市中心较远的封闭小区，亲友们过来陪伴母亲不大方便，小区里年轻人居多，母亲过来住了两三个月，时常感到孤独。

有一天深夜，母亲悄悄告诉我，白天遇到一位老人，她来自东北，也是过来和儿子住的。住了半年，因为过于寂寞，老人竟有些抑郁了。

为了不让邻居老太太的故事在母亲身上重演，我意识到自己还要用心更细。我从赵本山、宋丹丹合演的小品《钟点工》中受到启发，想请人到家陪母亲唠嗑儿，甚至还求助到母亲喜欢的学生，但老人家就是不允。

还好，似乎是有约定似的，我74岁的二舅舅惦念母亲，骑着单车穿越大半个城市，从城西骑到城东，每天有一两个小时花在路上，为的就是赶来陪老姐姐说说话。

父亲在世的最后几天，为了向亲友及时通报病情，我建立了一个亲友群，把40多位至亲拉到群里。而今，这个微信群已成为母亲和亲友们每天互致问候的温暖平台。

父亲远行后，我们陪伴母亲去了广州、青岛、上海等多地游览休闲，还到市内的唐闸、金沙、横港等镇街探亲访友。

耄耋之年的母亲几乎每天通过视频，和远在三亚的大舅聊天，还时常通过微信群和亲友分享她的人生感悟，她的孤独在网络世界找到一个消解的平台。

母亲一辈子教书育人，桃李芬芳。父亲走后，她有了属于自己的时间，便很想见见那些睽违已久的学生。

而陪伴母亲去见她的学生也是我的心愿。

我是 1963 年春天出生的，刚满周岁时，母亲便开始担任郊区东方红小学三（1）班的班主任，一直把这批学生送到初中毕业。长达 6 年半的陪伴，母亲和这班学生建立了深厚的友谊，我也在这些大哥哥大姐姐的厚爱下度过了愉快的童年。

冬至那天，在几位热心同学的组织下，近 50 位同学聚到一起，凑份子请母亲吃饭。

对母亲来说，这仿佛是父亲远走后最重要的一个节日。她提前一天去发廊焗了油，还挑了件合身的衣服，并早早催促我陪她去和大家见面。

当天上午，一群年逾花甲的老人见到阔别多年的老师，大家簇拥着献花、敬茶、留影、赠送礼物，久久相拥……

师生们共同回忆起 45 年前的一幕幕往事，欢声笑语陪伴了母亲一整天。

人生的旅途漫长而崎岖，孤独是每个人不能选择的宿命。

我深知，对年迈的母亲来说，要走出父亲先她而去留下的阴影，需要一个漫长的过程，而儿女的陪伴可能是最好的良方。

感恩给予我们生命的母亲。而今，她老了，她孤独了，儿子唯有以心灵的陪伴，来偿还曾经被我偷走的母亲生命中灿烂的时光。

年过半百的我陪母亲就寝的一个个夜晚，我的心是沉甸甸的，同时也收获了某种异样的充实。

未来的岁月，踏踏实实陪伴母亲，这门充满期待、写满温馨的必修科目，将永远在路上。

韩立建
陪娘进京，圆娘一个年轻时未曾圆的梦

娘是一位地地道道的农村妇女。朴实、节俭、勤劳、诚实、重教，是娘留给我的印象，也是让我受益终生的家风。

从我儿时记事起，就听娘说过她有一个心愿："去北京看天安门城楼。"透过娘话里话外的语气看得出，在娘那一代人的记忆里，能去北京看看、转转，是一件特幸福的事情。

娘姊妹九个，唯独她一人没上学读书。娘虽不识字，但在日常生活中口算精准。娘常年在家乡小镇务农劳作，不爱打扮、不善言辞，也不曾出过远门。准确地说，娘没走出过老家山东省。娘年轻时，去得最远的地方就是省会济南，而且是爹带着娘一起去的，为了给弟弟治病。

还记得读小学时，我第一次在书里看到天安门城楼，特意跑到娘跟前指着天安门的图片，拍着小胸脯信誓旦旦地承诺："娘，等俺长大带娘去北京！"娘伸手轻捏我的鼻尖笑着说："行，娘等着享你福哩！"没想到，这一等，我竟让娘等了20多年。

"去北京！"这是我当兵后每年探亲回家都要提的话题，这也是娘在我儿时播下的一颗记忆的种子。之前是家庭经济状况拮据不允许，后来是娘要照顾哥哥家的两个孩子抽不开身，"陪娘进京"的计划，一年又一年在娘委婉的拒绝中搁浅。

　　其实，我知道娘的初心还是想去北京，只是顾及家庭的方方面面，同时也不想给未成家的我增加旅游花销负担。当我每次提出陪她去北京看看时，娘总是说："以后你要买房、结婚、找工作，用钱的地方多着哩！"

　　2017年5月16日，为了打消娘心中对出行花销的顾虑，我出国维和前将稿费汇款地址改到老家，把证件交给娘并一再嘱托："邮局送来的汇款单都是稿费，您代领存好，以后拿这笔钱去北京玩……"娘很认真地把我的证件收好，并笑着说："去啥北京啊！娘盼你回来后结婚抱孙子哩！"

　　时间转眼间就过去。在非洲马里一年的维和任务期里，爹和娘整天为我的安危提心吊胆，尤其看到有关马里国内局势动荡的新闻后，更是一度寝食难安。

　　2018年5月26日，在恐袭频发、蚊虫肆虐、高温酷热的恶劣环境中，我与战友坚守战位不畏艰险、不惧生死、不辱使命，圆满完成维和任务回国，并被联合国授予"和平勋章"。

　　从非洲马里凯旋，我将"陪娘进京"列为年度休假探亲主题。想想自己参军入伍已经有13年之久，而陪娘进京的愿望在今年才提上日程，内心难免万分愧疚。

　　2018年7月3日，我陪娘踏上了去北京的旅程。

在人潮涌动的大都市，坐火车、乘地铁、住星级酒店、吃中西餐、逛城市商场，这些对娘来说都是那么的新奇。在天安门城楼前、在毛主席纪念堂、在长安街上、在故宫入口，娘都久久驻足观看、仔细端详，并不时地对我说："以前在电视机里都见过，今天终于看到真的啦！"

北京高楼林立，商品更是琳琅满目。娘在商场看上一件衣服，一问价格得花1000多元，正当我准备付钱时，娘连连摆手把衣服放回原处，贴耳说"太贵啦！"拽着我就往外走。是啊，娘怎会舍得穿这个价位的衣服？在老家，娘平时省吃俭用，买的衣服都是50元左右的，大半辈子都没穿过像样的名牌衣服。

顺着娘心意，我们继续逛商场，但是楼上楼下转一个遍儿，娘都嫌城里的衣服贵，说啥也不买。而我却悄悄记了下来，娘中意哪家的衣服、哪家的鞋子。待晚饭后，我安顿好娘在房间休息，悄悄返回到商场把娘中意的衣服和鞋子买下来，并给娘买了她喜欢很久的手表。

这些年来，娘总是心疼我花钱，所以这次旅行中，我难免有一些善意谎言："早餐免费吃""衣服打折买的""这款手表正好降价"……

陪娘去北京的几天时间里，虽然是有限的假期、短暂的旅行，但是对娘来说或许一生难忘。因为即将60岁的娘，圆了期待已久的"北京梦"。我印象深刻的是天还未亮，就陪着娘去天安门广场看升国旗仪式，或许是我当兵的缘故，娘为了提前赶到天安门广场看升旗仪式全程，头天晚上竟一夜未眠。

伫立在天安门广场的人群中，娘起了个大早站到了有利位置，只见娘举着操作并不娴熟的智能手机，全程录制着庄严神圣的升旗仪式。娘认真的样子像个爱学习的小学生，为了等五星红旗升起的那一刻，有腿疾的她站了整整三个小时。

娘用手机拍到了自己想要保存的北京回忆，心满意足地反复观看着，并时不时地自责："这个画面没拍好，当时人太多，挤得太厉害！"我安慰娘："咱们还会来北京，把没去的景点走一遍！"娘却说："还来啥！这次来累得够呛，还是家里好……"可是，娘的喜悦表情告诉我，走进大城市看看风景，她累却快乐着。

陪娘去北京的经历，让我收获了太多感动。两次远赴非洲出国维和，最担心我的就是爹和娘了。尤其近几年，二老的头发已经白完，皱纹爬满脸上。我长大了，可是爹和娘却在慢慢变老。由于军人职业的特殊性，爹和娘变老的过程中，我在身边陪伴的日子屈指可数，聚少离多意味着尽孝时间十分紧迫。

可怜天下父母心。怕孩子花钱、怕孩子耽搁工作、怕给孩子添麻烦……这些都是爹和娘不愿说出内心梦想的直接原因。但是，作为孩子的我们更应该换位思考，替爹娘圆一个年轻时未曾圆的梦。因为时间不等人，岁月催人老，老人还有多少个十年、二十年、三十年等我们呢？

梁波
一袋青菜

2020 年的春节，不同寻常。

一场由新型冠状病毒引发的疫情，从湖北武汉向外扩散蔓延，给本该欢天喜地的春节笼罩了一层阴霾。可是，这种病毒起初未被引起足够重视，人们都在忙着准备过年，待疫情突然肆虐才猝不及防。

1 月 20 日，农历腊月二十六。这天中午，我和妻儿迎着冬日的暖阳，驱车回到湖北老家，终于见到日夜惦念、年近八旬的爹娘，心情甚是畅快。父亲高兴地往火盆里添炭，瓦罐里煨的猪肉、羊肉、鸡肉汤，香气四溢。母亲早已帮我们打扫了房间，翻晒了被褥，又从菜园里摘回满满一筐青菜，菠菜、油菜、香菜、大蒜等，都是我们爱吃的。

就在同一天，84 岁的钟南山院士到达武汉，实地考察新型冠状病毒后得出结论，"肯定存在人传人"。一石激起千层浪，病毒像被突然打开的潘多拉魔盒，因其极强的传染性和较长的潜伏期，迅速从武汉向周边扩散……

疫区不断蔓延，疫情形势严峻。

我老家离武汉仅百余公里，很快变成疫区。但农村的生活节奏慢，消息传播也慢。不会用智能手机的父母，还沉浸在新年的氛围中。

三天后，1月23日，上午10点，武汉"封城"。

直到这时父母才知道，一场极为凶险的疫情，已经从武汉向全国各地疯狂传播。父亲惊恐地说："这是发人瘟吧？听说人瘟来了，躲都没地方躲，人是一片一片地死。"母亲则忧心忡忡地说："我们一大把年纪，死了就死了，那些年轻人和伢们可么样办呢？"

发人瘟！父母对疫情的恐惧和担忧，让我想起《生化危机》等电影里惊悚的场景。其实武汉封城后，所有人都密切关注，开始惶恐。

信息时代，网络舆情飞速传播。很快，整个网络被"武汉加油！中国加油！"燃至沸点。我们从手机上看到，社会各界协力援助，医护人员驰援疫区，就像以前历次重大灾难一样，那些舍生忘死的"逆行者"，点燃希望，温暖人心。政府和专家也发出呼吁和警告，面对这种严重疫情，人们应减少外出和聚集，以减缓病毒扩散。

老家没有暖气，加上疫情带来的恐怖气氛，显得格外冷。我们和父母一天到晚窝在家里，围着一盆炭火，拉家常，聊闲天，倒也清净惬意。如果天气晴好，就在院子里晒太阳。饿了，就在炭火上支起锅子，用肉汤涮些青菜，一家老小吃得心满意足。

这个特殊的春节，所有人都被病毒撵回家中，不串门，不走亲访友，不欢聚畅饮。也许，倒是回归了"过年"的本意。

按照老家的习俗，除夕团圆饭，必是一年中最丰盛的一餐。

为了让母亲好好休息，我们几个晚辈下厨做饭。除了鱼、鸡肉、牛肉等过年时的"标配菜"，还做了父母在家吃腻、我们在外很馋的酸豆角、咸萝卜、腌辣椒等。除此之外，便是母亲种的各种青菜。

完成祭祖、放鞭等富有"仪式感"的步骤之后，一家人围坐餐桌旁，倒上几杯酒或饮料，开始吃热气腾腾的年饭。当然，不忘在微信朋友圈里晒一组照片，尤其是那些色香味诱人的青菜。

母亲恪守着节俭的习惯，尽管现在条件好了，平时也难得吃一回鸡鸭鱼肉。而吃年饭的时候，则不停地把鸡肉、羊肉、牛肉往我们碗里夹。我摇头苦笑着嗔怪道："妈，其实，您种的青菜最好吃，比肉好吃多啦！"然后，给母亲碗里夹一些菜。

母亲将信将疑地看着我，笑笑，不再给我们夹菜。

吃完团圆饭，我们给母亲包了一个红包，她推辞半天才收下，然后意味深长地说："你们难得回来一趟，若是在家多住几天，比给钱都好。"

恰在这时，我接到单位通知，受疫情影响，可能要提前归队或延长休假。

次日，大年初一，阴雨蒙蒙。疫情仍在恶化，疫区不断扩大。湖北省内各地参照武汉的做法，纷纷采取封堵措施。傍晚时分获悉，我们离乡的高速公路将在当晚全线关闭，各县镇、各乡村间也将全部封路。

我和妻商定，情况紧急，须连夜动身，提前归队。

我们匆忙收拾行李物品时，父亲取来腊鱼、腊肉、糍粑、肉糕、莲藕等老家的特色美食，叮嘱我们带上。母亲拎出酸豆角、萝卜干等瓶瓶罐罐，还有一包用黑色塑料袋装好的青菜，把后备厢塞得满满当当。

"这些菜你们都爱吃，多带一些回去。"母亲黯然说，"心里真舍不得你们走，可我寻思着，武汉挨着我们这么近，太危险了，回青岛稳妥些。你们路上开慢点，莫着急，到了就打个电话……"

伤离别！细雨纷飞，打湿了冰冷的夜。

母亲的一番话，更是让我心里堵得慌，羞愧且无奈。她似乎忘了自己年迈体弱，忘了疫区危机四伏，却一心只想着孩子能远离疫区，保全平安。人世间，能够违背趋利避害本能的人，也许，唯有爹娘！

"爸、妈，你们在家要留意些，照顾好自己……"未待说完，我便匆忙关上车窗，因为我实在不愿父母看到，一个七尺男儿婆婆妈妈的样子。而且，不用看都知道，母亲眼中有泪。

发动汽车，驶进茫茫雨夜，一路向北。

次日，从湖北老家回到青岛小家，一路马不停蹄，就像仓皇的逃亡，身心俱疲。当时尚处于春节假期，单位要求我在家隔离观察半个月。从此，和无数躲避病毒的人一样，开启了足不出户的"宅"模式。

"宅"，这个春节度假方式，是新型冠状病毒定义的。

人们宅起来之后，大街小巷空旷了，超市酒店冷清了，网络却热闹非凡，满是各种各样与疫情有关的信息——关于白衣天使的救治，关于抵御病毒的科普，关于爱心人士的资助，关于人心的冷热，关于义利的取舍……无数大事件和小细节汇聚，展示出人性中的美与丑、善与恶、情怀与冷漠、担当与逃脱。

最让人揪心的，还是疫情本身。感染人数不断攀升，一组组冰冷的数据，对应着一个个原本鲜活的生命，一个个原本安宁的家庭。有时，我盯着"疫区地图"上颜色最深的那个区域出神，那里，有我留在疫区的父母。

我唯一能做的，就是每天和父母通电话，然后，在心里默默祈祷。

因为从老家带回了足够的"战备粮"，我们"宅"得毫无压力。毕竟，在全民战"疫"的特殊时期，面对人命关天的大事，不随便出门，安心"宅"在家里，就是给社会管理减轻负担，不添堵，不添乱。

平时工作忙，现在总算"宅"得一份清闲，每天可以读书写作，剩下大把的时间，用来下厨做饭，变着花样调节伙食。

待到回家第三天上午，我准备做饭时才赫然发现，母亲给的那一袋青菜里，竟然藏着一个红包，是除夕那天我们给她的，里面的钱，母亲只留了一半，退回来一半。

我赶紧打电话，"埋怨"母亲。

母亲淡淡地说："我们在家自种自收，不愁吃穿，要那么多钱也没用，倒是你们常年在外漂着，凡事都少不得钱。我和你爸在家都好，莫担心，等这个瘟疫过去了，都会慢慢好起来的……"

电话这端，我百感交集，盯着那包青菜，顿感心暖、鼻酸、眼眶热。这是我此生吃过的最贵的青菜吧，那可是母亲的心啊！我祈愿，且相信，就像母亲说的那样，待疫情过去，一切都会好起来的！

黄毅

我虽年近花甲，过年也要回家看妈

人人有妈，当妈的都爱孩子，但爱的方式各有不同，我妈就别具一格，说来对今天的人们兴许有益。

妈妈养育了我们兄弟四个和一个姐。打我记事起，她就像个生产队长，天一亮最先起床，接着紧催我们起床。

夏天好说，冬天把被子一掀，在小屁股上一拧，谁也休想多睡。虽然是被动的，但我们从小到大都养成了闻鸡即起的习惯。

起床后，各自分头去扫地、做饭、倒尿桶、担水、浇菜园和洗衣，谁也别闲着。相互间少不了纷争，尤其在我和大弟之间，我俩相差仅两岁，冬天争着烧火，夏天躲避烧火，两人常常为此争端不断。

大弟自幼就长得壮，我一直偏瘦小，到河里抬水时，常为谁在后面争执不下。他的理由是不比我矮，我自以为岁数大在后面理所当然，其实核心争的是个面子。

一次两人在河边互不相让，妈妈在家急等用水，跑到河边一看，原来小哥儿俩在僵着，便每人赏两巴掌了事。

妈妈不识字，但很重视子女的教育。

哥哥是全村第一个高中毕业生，姐姐是全村第一个女初中生。在妈妈的理解中，学习是在学校的事，回到家就该好好干活儿，真正体现了毛主席"教育与生产劳动相结合"的方针。

每天放学回到家扔下书包，各干各的活儿，寒暑假特别是农忙假，我们的日程被妈妈安排得满满的。

爸爸是公社卫生院的医生，但全家的生活基础在村里，家里养猪、养鸡、种菜、积肥、种自留地，活儿没完没了，农忙时还要到生产队参加抢收抢种。春天拾嫩草喂猪，夏秋天铲青草肥田，冬天积枯草垫猪圈，一年四季亲近大地草根，现在偶尔梦见一片茂盛的草地，乐得都能笑醒了。

那时非常羡慕镇里同学，因为他们夏天能在树荫下读书，晚上能在灯下学习。半耕半读的生活，催使我们非常珍惜在校学习的时光，往骨子里注入了坚韧和担当。

我初中开始住校，直至高中毕业，前后四年半，父母没到学校来过一次，大事小事全凭自己安排。我读高中在距家二十多里的周庄镇，常常独自扛着几十斤大米，拎着一瓶咸菜，背着行李包徒步到学校。

有一次发高烧，正值盛夏，走着走着实在支撑不住了，钻到桥洞里枕着米袋子睡着了。桥下阴凉，河风吹拂，一觉醒来居然精神起来了，起身继续赶路。

冬天到了，与同学合盖一床薄被子，下面垫一条草席，夜晚实在冻得受不了，不得已找到五里外的姨奶奶家，要了一捆稻草铺在席子下面，总算把冬天熬了过去。

妈妈过日子很节俭，更多的原因是她思虑着孩子们的将来。

孩子上学要钱，离开校门学手艺找工作要钱，四个儿子要盖四栋房子，娶四个媳妇更需要钱，加起来简直是个天文数字。从何而来？

妈妈很要强，从不跟人借钱，只有开源节流。因此，妈妈一年到头拼命干活儿，绞尽脑汁挣钱，不惜从牙缝里挤钱。

一次爸爸出差二十多天，我们连续吃了二十多天粥。大家再三恳求吃顿干饭，哪怕多掺点青菜也行，但妈妈就是不恩准。我们盼望爸爸早点回来，不图别的，起码能吃到一顿米饭。

有一年，生产队的牛病了，杀了后队里想把肉卖了，再凑些钱买头新牛，但社员们哪有钱买肉吃？

队长上我家动员说，全队就你家挣工资，这么便宜的牛肉，多买点给孩子们吃吧。我们也央求妈妈买点解馋，可妈妈不为所动。我们很是失望，躺在床上想象着牛肉的味道，辗转反侧，久久不能入睡。

过年穿新衣是件望穿双眼的美事，但过了正月初五，必须脱下新的换上旧的，以待来年。

记得我上五年级时，妈给我做了件灯芯绒大衣，我特喜欢。从正月初一到初五，恨不得穿着它睡觉，转眼到了初六，我不得不与之惜别。谁料，又到过年时，我蹿个子了，那件大衣再也没法穿了，至今想起来仍觉心疼。

我从小到大口袋里没有零花钱，中学住校时每月固定四元伙食费。一次有位很要好的同学送给我礼物，我想买点东西回赠，着实让我费尽了心思。

高中毕业回乡，我先后当过翻砂工、大队干部、民办教师，所有收入全部交给妈妈。因为口袋里没钱是常态，同伴们抽烟、玩牌、喝酒我一概回避，那时没电视看，连收音机都没有，只有靠看书填充漫漫长夜。

妈妈特别的爱，铸就了我们健壮的体魄，我当上了潜艇兵。那年，作为拥有160万人口的大县，仅有6人体检合格。

能吃苦，不畏难，从未在艰辛面前却步，是我们兄妹五人共同的性格。穷则思变，富守节俭，稳妥地过着各自的生活。

妈妈快八十四岁了，身体硬朗，性格依然那么刚强，依然那么闲不住。她给我们盖的屋子、预备的家具都没有派上用场，但她传承给我们的勤劳、坚强、节俭、自尊的美德，注定要伴随我们一生，支撑我们朝着各自的目标进发。

快过年了，年近花甲的我将携一家三代人，回到妈妈身边享受特别的母爱。

侯俊华

趁一切都来得及，千万里也不是距离

想娘

娘来电话说，想我了，想得吃不好，睡不下。听完电话，我的眼泪哗啦哗啦淌了下来。

只上过四天学的娘，是不会打电话的。娘是让姐姐拨通了我的电话，跟我说话的。我常年在外，没时间陪在娘身边，就给娘买了个最简单的老年手机。无论娘到哪里，我一打电话，就能联系上她。不像座机，打电话时娘外出了，我就着急得不知所措。知道我工作忙，娘是不轻易给我打电话的。有了老年手机，我隔两三天就给娘打个电话，说说话，说说我看到的事，娘也说说一些家长里短的话。和娘拉呱，不觉得时间长，电话一打就是大半个小时。每次打完电话，娘就开心得不得了。娘开心了，我也就高兴了。

娘已经八十多岁了。因为工作，我很少和娘待在一起。跟娘待在一起的时间，一年加起来，超不过 10 天；再除去回家

的应酬，跟娘说话的时间，就所剩无几了。说起尽孝，我是羞愧至极的。

今年春节过后，我就把娘接到了身边，想趁着娘年轻，尽尽孝，陪陪娘。娘是极不愿意来的。娘有娘的想法，说年老了，不愿外出。在老家习惯了，又没文化，哪里也不能去。我想娘主要是怕给我生活带来不便。我反复做了大量的工作，左右分析，前后对比，才好说歹说，把娘接到了身边。这一待就是十个月。

和娘待在一起的日子，成了我人生旅程当中最开心、最幸福的时光。娘早晨是醒得很早的。只要不出差，我每天早晨都拉着娘的手，陪着娘逛逛街、遛遛弯、看看早市、拉拉呱，听听娘的心里话，说说我的琐事。一天的开心，就从和娘逛街、拉呱开始了。

娘生了我们姐弟五个。父亲在娘四十多岁的时候，就因病去世了。那时我和三姐、弟弟尚未成人，娘就孤孤单单地一个人把我们拉扯大。娘孤单地一路走来，挺着，挺着。娘常说，熬一熬，就过去了。这一熬，就是四十年。还好，姐弟几个，都以大姐为榜样，还算孝顺。无论穷富，都对娘竭尽所能。陪娘，不让娘受半点委屈。对娘来说，也算开心、省心的事了。

人是害怕习惯的。娘在我身边的日子，和娘出去散步、逛街成了我的习惯。每天的日子，就像心里有一个太阳，暖暖的，灿烂的。在我这里待久了，姐姐们就想娘。一天一个电话，催着我把娘送回去，想和娘待几天。和我一样，娘在姐姐们身边几十年，她们和娘在一起，离娘近，也成了生活的习惯。于是，前些日子，我就把娘送到了姐姐身边，小住几日。

娘一辈子是过着穷日子熬过来的。参加工作后，我常常汇点钱，给娘点生活贴补。后来，相对宽裕了，我就给娘月月寄钱。娘来到我身边，我给职工发工资的时候，一起给娘生活费。我经常跟娘开玩笑："娘，这是你的工资。"娘总是说："我又不上班，哪来的工资啊。"我就笑着说："您把我们五个拉扯大，就上了一辈子的班，现在该领退休金了。"娘总是开心得哈哈大笑。娘笑了，我也笑了。看得出来，娘的笑洋溢在苍老的脸上，甜在了幸福的心里。

娘不在身边，我又不习惯了。娘想我，我也想娘。琐事、小事、和娘在一起的时光都浮现在眼前。想着，想着，眼泪就淌了下来，擦也擦不干，擦也擦不完……

不想了……

止笔，买票，回家，看娘。

没有什么，比这重要。

看娘

寒冬的列车，奔驰在铁轨上。三个小时的时间，我就从千里之外的北京，回到了我的家乡山东潍坊。在年末时光，我给自己的心灵囊裹了一次最舒心的温暖——看娘。

以往坐车，抑或看书，抑或睡觉，而这一次乘车，却不一样。一路上想着娘，想着娘做的饭菜，想着娘的不易，就一直泪汪汪地静坐在车厢里。列车上乘客不多，车厢就十几个人，几乎一个人一排坐。幸好人少，否则，别的乘客该以为我出了什么大事，抑或是神经出了问题。临出发前，我也没有告诉娘，只给大姐打了个电话，问了问娘的情况。我只想，突然回去，给娘一个惊喜。更多的是，不想让娘有太多的麻烦，生怕娘辛劳。娘知道我的爱好和口味，每次知道我要回家，总是忙活半天，做一大堆我爱吃的，什么烙饼、咸菜丝、西红柿粉皮鸡蛋汤、辣椒猪肚、辣椒酱拌香菜等，很多的菜，就像招待家里最尊贵的客人一样。虽然吃不了几口，可是娘却累得半天歇不过来。说了很多次，都是不管用的。所以，我就想悄悄地回家。

到站前半个小时，才告诉外甥，想让姐姐烙几张薄饼，解解嘴馋。临近晚上八点，就到了潍坊城。外甥开车接的我。外甥把消息告诉了大姐，大姐嘴一溜达，还是告诉了娘。

娘高兴地在家忙了几个菜。四菜一汤，都是我爱吃的。简单吃了饭，就和娘到了我住的酒店。我只想和娘有个单独说话的空间，听娘说说话。娘从来是不多事的，有什么看不习惯的，都埋在心里，就和我说说，生怕话一出口，给别人带来误会或者不便。大家都有家庭，晚辈也各有自己的生活习惯。娘没有文化，可是娘在这方面，却是做得非常好，从不多事，没有大的原则性的事情，娘从不行使她的权威。

和娘拉呱，总是没有时间概念的，一拉呱，就拉到了凌晨四点。娘说话的时候，总是喜欢拉着我的手，生怕我跑了一样。娘是不能熬夜的，一熬夜，第二天起床就呕吐。可是，我每次回来，娘总是跟我说话到半夜，甚至凌晨。娘很珍惜我回家和她拉呱的时间。这令我很惭愧。如果不是我假装想睡觉，估计娘要和我拉呱拉到天亮的。

娘总是问我，是不是耽误工作了，是不是专门回来的。我就笑着说，没有，回来有点事，顺便看看娘。不想让娘觉得我耽误工作，一个电话说想我了，我就专门回家看娘。这样，娘就不会觉得不好意思了。

简单地迷糊了几个小时，就和外甥一起，开车拉着娘来到五十公里外的县城，去喝娘爱喝的羊肉汤。回来时还给娘带了几斤，让娘回来慢慢吃。昨天家乡下了一场大雪，到处都被白雪覆盖，老天爷似乎是故意下雪的，就是让雪花洗净我们心里的所有狭隘和污垢，把一颗纯洁干净的心呈现在娘的面前。感谢老天爷，让我再一次把心灵净化，给娘一颗初心。

颠颠簸簸地开车到了镇上，给娘买了爱吃的、家乡小镇特有的芥菜疙瘩咸菜、鸭蛋和生活用品。一路回到了市里，专门请娘和姐弟们吃了一顿大餐，让娘也吃了海参捞饭等一些她平时舍不得吃的饭菜。娘虽然吃了不几口，但是娘很开心。

吃完饭，和娘一起，喝了一壶茶，我就要赶车了。娘执意要送我到车站。到了车站，我匆匆下车，和娘告别，不想让娘看见我的眼泪。我知道，娘心里和我一样，每次匆匆别离，都泪汪汪的，不忍不舍。

　　整整24个小时，我往返1000公里。虽然有点劳累，可是我的心里却踏实幸福。没有了空落落的感觉，没有了烦躁急躁。看到了娘，心里就有了更多的干劲。娘就是我的定心丸，我的定海神针。

　　娘是我的港湾，娘是我的骄傲，娘是我的阳光。无论我走到哪里，我都是娘的儿子，娘的牵挂，娘的希望。

　　努力，加油。为自己，为娘。

许海利
如果有条件，陪父母拍张婚纱照吧

"我和你爹结婚的那个年代，饭都吃不饱，别说拍婚纱照了，连张照片都没留下，现在你们结婚拍的婚纱照多漂亮啊！"

母亲每次看到我和妻子的婚纱照时，言语中都会流露出羡慕之情。父母结婚的那个年代因为贫穷落后，没有机会拍婚纱照，甚至连张合影都没有留下。

我感觉这是他们人生的一个缺憾，于是就和妻子商量着要为他们补拍婚纱照。

机会终于来了。一天我在报纸上看到县城附近新开张了一家名叫"夕阳红"的影楼，这是一家专门为老年人拍摄婚纱照的影楼。

我赶紧把这个消息告诉了父母。没想到，他们坚决不同意。"我和你爹结婚都快四十年了，现在头发都白了，还去拍婚纱照，岂不被人笑掉大牙！"母亲摇着头说。

"是啊，现在我们都一把年纪了，还有啥好拍的，再说了拍一次要几千元，咱家里也没这闲钱！"父亲也附和着母亲说。

听了父母的话，我明白他们都是心里乐意，可碍于面子又担心花钱，才不肯同意的。

"现在时代变了，很流行老年人拍婚纱照，给你们联系的这家影楼就是专门为像你们这样的老年人拍婚纱照的，而且人家现在刚开张，价格还有很大的优惠呢！"这时站在一旁的妻子也来为我助阵。

经过我和妻子的一番软磨硬泡，父母最终才勉强同意。

按照预约的时间，我和父母一起来到了那家影楼。

拍婚纱照首先要挑选衣服，于是我陪着母亲开始挑选婚纱。在一排排五颜六色的婚纱面前，母亲显得非常害羞，扭捏得就像个孩子。我刚把一件低胸的婚纱往她身上搭，没想到她赶忙躲开了，嘴里连说不行不行，非要我换另外一件。

经过一番挑选和试穿，母亲选中了一件白色的婚纱。

母亲穿上婚纱，我在后面拖着裙摆，一起回到了大厅，看到父亲也已经换好了衣服。他穿上了一件笔挺的西装，还打起了领带，我感觉已经满头华发、皱纹密布的父亲，此时看上去显得格外年轻有精神。

换完衣服后，我突然发现母亲和父亲都不敢直视对方，偶尔有眼神碰撞，他们立刻就会转移视线，生怕看到对方的眼睛。看着眼前的情景，我差点笑出了声。

这时，影楼的化妆师开始为父母化妆。经过染发、描眉、涂粉等程序后，拍照正式开始。

父母平时拍照就不多，这次拍的又是婚纱照，所以面对摄影师提出的一些亲密动作，要反复拍好多次才能成功。面对"一笑就捂脸，一照就眨眼"的父母，摄影师只能一次次不厌其烦地指导和纠正。

经过反复地拍照和我的大力协助，最终父母的婚纱照圆满拍摄完成。

给父母拍婚纱照不但弥补了父母的一个缺憾，也让我们尽到了一份孝心。

婚纱照取回后，我特意把父母笑得最灿烂的一张裱起来挂在了墙上。望着婚纱照，母亲忙说："不要挂了，赶快取下来吧！"而此刻我发现母亲嘴上说不要挂了，但脸上却笑开了花……

戴琢璞
所谓孝子，多半是媳妇的功劳

在老家众乡亲和族人的眼里，我是一个地地道道的孝子。

比如，我会把父母时不时地接到城里住一段时间，或者在父母想孙子而我们又走不开的时候，就让孩子暑假里自己坐高铁回乡下看望爷爷奶奶。

还有，我给父母都配了手机，并且我还教七十多岁的老父亲学会了用智能手机，为他安装了微信，申请了微信号。

当然，最令左邻右舍们称道的，是我利用休假回老家给父母安装了暖气——不是农村烧柴火的土暖气，而是跟城里人家一模一样的散热暖气片。因为父母所居住的新农村小区已经通了天然气，具备了安装暖气的条件。

起初父母是死活不肯安的，因为他们认为那烧的不是气，是钱。

记得很早的时候，他们有一年冬天在城里看到我家的自采暖炉一天到晚呼呼地烧，心疼得不得了，想给关了又不知从哪里下手。晚上我和妻子下班回到家，父母的第一句话就是：

"赶紧把那炉子关了吧，这呼呼地一天要烧掉多少钱啊！"

妻子笑着说："爸妈，把你们接到城里来过冬天，不就是为了暖和吗？你们就别心疼钱了，再说燃气也不贵。"

运河边上苏北的农村是没有暖气这一说的，冬天特别冷，寒气罩住全身像刀子扎进骨头里。而且村上拆迁开发后父母住上了新农村小区楼房，不能再烧柴火或煤球取暖，冬天更是难过了。

我们过年回农村陪父母，最受不了的就是冷。尽管有母亲给缝制的重达十三斤的棉花被，还要再加一床毛毯，睡觉的时候仍然不敢伸开脚。大白天因房间冷，在没有亲戚来串门的时候，妻子和儿子通常都蜷在被窝里看电视。

最难受的其实是母亲，她因为年轻时劳作辛苦，落下了严重的膝关节炎，稍微有一点凉意就钻心地疼，拄拐杖走路都很难。所以前些年基本上一入冬我们都是将父母接到城里，有暖气的冬天母亲还好过点，不那么受罪了。

然而随着年龄越来越大，父母也就越来越离不开故土。他们说，老家冷，你们过年别回来了，城里我们也过不习惯就不去你们那了。

但话是这么说，我们又怎么能因为怕冷而不去陪日渐衰老的父母过个团圆年呢？

所以，得知父母所在的小区基础设施建设又有大改观，家家户户都通上了天然气之后。我脑洞大开：可以给父母家里安装暖气了！

我把想法跟妻子一说，妻子也点头说好，但是有点担心我们那里的农村不兴暖气，不知道有没有专门的安装公司，安全可靠性怎么样，毕竟多数情况下都是老人在家使用，哪里裂了爆了可不行，让我先了解一下。

我立马给县城里的一个堂弟打电话让他帮我了解情况。堂弟办事利索，不到半天时间就搞清楚了，他告诉我县城装修器材城有一家暖气公司，已经给城里不少小区装过暖气，并通过微信给我发来了商家的暖气管材质及报价。

妻子看了，感觉价钱合理，材质也全是国外进口，安全有保证，于是就把工资卡交到我手上说："这个任务就交给你了，你要保证春节我和儿子回老家暖暖和和的。"

因为是在我们小区第一家安装，带着"样板间"的性质，商家报价不算高，但算下来也要小两万块，妻子这么爽快地就答应了，竟令我有些莫名的小感激。

刚刚入冬，我特意休假回了老家。尽管父母一百个不愿意，但看到我把负责施工的经理和两名工人师傅都叫到了家里，又是测量又是设计的，也没了办法。另外，也许他们也意识到了，可以不为自己考虑，毕竟也要为儿媳妇和大孙子考虑吧。

负责施工的经理叫陈辉，很负责任，一直坚持到试水没有问题了才走。临走时，母亲用胳膊肘抵着父亲，让他问清楚陈经理，如果哪个房间不想烧，那暖气阀怎么关。

陈经理马上明白了母亲的意思，手把手地教会了关阀开阀方法，但再三交代说："暖气刚烧，墙壁都是冷的，头几天不要关，等墙壁温度饱和了再关，否则的话，总是开开关关，墙体温度上不来，还费气呢。"

"不烧了怎么还费气？"母亲似懂非懂地点点头，又摇摇头。

妹妹说："妈，哥让你们老两口儿享福，你们就别怕费气，到老了，该享福了。"

我马上谦虚地笑笑说："都是你嫂子的功劳，如果她不同意，不放款，这暖气还真装不上。"妹妹说："这是大实话。"

今年春节的时候，我们回老家，一进屋，妻子就感觉到房间里温度与往常大不一样，马上脱了羽绒服还感觉有点热。她把暖气片挨个摸了一遍，不住地说："值！"

上大一的儿子带着点小幽默说："别人家孩子是担心回奶奶家没 Wi-Fi，我有随身 Wi-Fi，最担心的是冷，现在已经完全没有问题了！"

房间暖，母亲的双腿也灵便多了，边给妻子打下手做晚饭边聊着天。妻子半开玩笑半认真地对我母亲说："妈，这暖气，别我们在的时候你烧，我们走了你就关了，你的腿受了凉，走不动路、下不了床，我们可没时间回来照顾你！"

母亲此时像个被大人看穿了小心思的孩子，一脸通红地直掩饰说："哪能啊，哪能啊。"

妻子是东北人，心思却像江南小女子那般细腻。她的父母相继去世已经一二十年了。随着时间的流逝，加上我的父母一直拿她当亲闺女看待，她也把我的父母当作了自己的父母一样去孝敬。

父亲使用的智能手机，原本是妻子用旧的，我本想卖给收旧手机的，是妻子说："给爸用吧，爸识字，也让他学会用微信，他想孙子了可以视频呢。"

儿子放暑假，也是妻子打发他坐火车回老家看爷爷奶奶。那时儿子正上初中，那是他第一次一个人回老家，妻子还是很担心的，但当她看到儿子微信发来随奶奶在菜地里摘瓜的照片，她又开心了，只是边笑边偷偷抹眼泪，想来是她也离不开儿子的。儿子上了大学以后，妻子时常提醒他给爷爷奶奶打个电话，免得爷爷奶奶想念。

还有，逢年过节，即便是从国外流行来的父亲节、母亲节，妻子总是提前想到，要么打个电话问候，要么买身衣服或者买点吃的快递回去。甚至连给父母手机充话费这样的小事也考虑得很周全，常常提醒我，搞得不明就里的父亲看到手机短信提示还认为谁这么大意充错了号码，母亲则认为我妹妹给办的套餐好，话费总也打不完。

小区里，爱好文艺的父亲和几个老少爷们，闲着没事想组建一个西洋乐队玩玩。起初母亲就是不答应，怕人家说"老不正经的"。妻子是个医生，她从医学和心理学的角度说明吹拉弹唱对老年人身体健康有多么大的好处，才说服了母亲，让父亲如愿以偿。

父母亲都是一九四六年生人，具体生日他们忘了，身份证上的日期是胡乱报的。妻子要每年给父母过生日，父母不答应，一嫌花钱二说那生日不准，过了有忌讳。于是妻子就想了个办法：就像国庆阅兵一样，逢五逢十这样的大年，孙男娣女一起给老两口儿庆祝一下，老两口儿这才答应。

最近一两年，妻子还学会了织帽子，给我九十多岁的奶奶和我母亲织了好几顶，各种颜色花样的。她说："老年人就应该戴鲜艳点的，显年轻。"

我很少夸妻子，写了许多文章也没有专门写过她，顶多有些故事情节少不了她，让她成为一个不起眼的配角。倒不是她不值得一写，是因为在我和她的眼里，她所做的一切都很正常和平常，哪一个节日她没有想到我的父母，那才是不正常了呢！

反倒是我，对父母常常粗心大意，并且因此有时还遭受妻子的数落：你要给孩子树立一个好的榜样！当然，我最终还是因她而"沽名钓誉"，得了个"孝子"的称号。

今年的母亲节，朋友圈里有一篇刷屏的网文——《俩儿子一个清华一个人大，而我们最终进了养老院》，退休老人李大爷用无奈的口吻讲述他们老两口儿悲凉的晚年生活境遇，让我感慨至极。

他说他和老伴退休后，其实非常想与同在京城安家的儿子同住，含饴弄孙，颐养天年，并说"以我们俩的收入，即使生活在北京，也不会给孩子们增添太多负担"。

老人的两个儿子都在北京有 150 平方米的大房子，但是老人说："孩子们都不主动开口请我们去住。"

老人还讲到，有一年过年，全家人都在，两个儿媳妇用开玩笑的方式互相说："现在国家人均居住面积的小康标准是30平方米，如果咱们谁家再挤进两个人去，立刻就生活在小康线以下了。"

这篇文章触动我的，就在这里。

我相信这世上不排除有绝对强势的孝子，他们可以不理会任何干涉阻挠地回报舐犊之恩；我也相信这世上也存在十分可恶的不孝之子，他们啃干老人后弃之不顾。

但我更相信，更多世人口中的孝子或者不孝之子，其来头都与自己的媳妇有关。

就像乡邻族人口中的我，没有妻子的功劳我一定难担"孝子"美名；而李姓老人两个儿媳的所作所为，也许正是给老人的两个精英儿子背上了"不孝"的黑锅。

我从来不认为自己的妻子有多高尚，但此时对比起来看，感觉妻子很值得一写，而且应该一写。"动天之德莫大于孝，感物之道莫过于诚"。都说子女是父母的生命之锚，子女难道不应该以孝道还父母以心灵踏实和精神慰藉，免得他们的晚年在风中飘荡直到凋零？

大树

对岳母的孝顺，其实是在成全我自己的心愿

初次以毛脚女婿的身份登门拜见准岳母，是在 1985 年的中秋节。那是岳父平反昭雪的第三年。见面后，岳母很乐观地说，她家最困难的日子总算熬过去了，现在终于有个像样儿的家了。

啊？所谓像样的家，除了那座新瓦房和生活必需品，再没有一件多余的家具和装饰品。年长的几个哥哥姐姐都结婚另居了，家里当时以 22 岁的女友为长，女友还有两个弟弟一个妹妹，分别在待业、读书。

一家五口，住在农村却没有田地，说是城市户口，却没有一人有工作、有收入，只能依靠每个月少得可怜的遗属补助维持温饱——困境可想而知。

初进家门，我真的是因她家贫困，有过几次退却的念头。相处十天之后，我慢慢地从细微之处感受到了岳母的坚韧与精致、乐观与豁达。

当时，家里虽然一贫如洗，但屋内干净整洁；弟弟妹妹身

上的衣服虽然带着补丁，可每一个补丁都是形态迥异的小动物形状，而且缝补得恰到好处；深秋的院落里，除了盎然生长着大白菜和萝卜，篱笆墙外还有斗艳的牵牛花、大丽花……

如此拮据，一个单亲妈妈领着四个孩子，能子孝母慈地把穷日子经营得有声有色，处处欢声笑语，我不得不由衷地佩服起年过半百的女主人。

在我们老家有个说法：娶媳妇，要先看丈母娘。我也就循着老理儿，从欣赏丈母娘开始，决定要做这家的女婿，与岳母共同支撑这个家。

在我们鲁西南的乡下，习惯称母亲为娘。上中学时，我曾经尝试过，学着村里的知青称"娘"为"妈"。可娘亲总是含糊着不肯回应，街坊邻居也都笑我"拽洋文"。于是，"妈妈"的称谓，我只好憋在心里。

身边的战友都说，第一声改口喊丈母娘为"妈"时，特别难为情。但我因为早有渴望，所以喊得很是迫不及待。

1986年农历腊月，趁着休假，我想先到东北拜见岳母，再带上未婚妻回老家见父母，可又担心家教严格的岳母不同意我在没有任何仪式和表白的情况下，提前带她女儿去未来婆家过年。于是，就巧使计谋先喊了"妈"。当时，丝毫没有准备的老人家，愣是被我那声"妈"吓得一个趔趄，往后倒退了一步。多年后，老人家重提旧事时还笑着说："当时那声'妈'叫得可管用了，一下子就让我踏踏实实地把姑娘交给你了。"

也就是从那天开始，每次见了岳母，我都会特别嘴甜地把

"妈"喊在前面。

这一声声"妈",明明就是了却了我个人的一个心愿,令自己多赚了份母爱。可老人家因为这个事儿,心里总是美滋滋的,逢人便夸我这个二女婿心好、嘴甜、人厚道。

不过,1988 元月,我那三封加急的催婚电报以及没有任何仪式的娶亲,倒着实把岳母惹哭了 —— 这是我此生愧对老人家的第一件事。

不过,老人家并没有忌恨我。在我儿子出生、最需要人帮手时,从未出过远门的岳母,竟然撇下家里的弟弟妹妹和鸡鸭鹅狗,千里迢迢来广州伺候女儿月子、照顾刚出生的外孙。

这件事一直让我心怀感激。

老人家到广州的第三天,还未休息好,我爱人就提前一周生产了。于是,我和岳母便每天围着产妇和新生儿转。直到建国 40 周年国庆节那天,在哄睡宝宝、安顿好媳妇之后,我才用二八式自行车带着岳母,首次夜游广州。

刚开始,岳母坐在后座上,有些许拘谨地与我保持着距离。后来,我强烈要求岳母把我当亲生儿子一样依靠着,以免不慎跌落。岳母这才小心翼翼地把头靠近我的脊背,用一只胳膊搂住我的腰。于是,我便大胆地载着岳母,在广州天河新区的璀璨夜色中飞奔起来。

听到岳母在我身后不停地惊呼赞叹广州的美景,我的心被自豪感充盈得满满的。感觉自己压根儿不是在骑自行车,俨然就是开着宇宙飞船,载着我所崇拜的岳母遨游夜空呢!

我娘是旧时代的裹脚女人，一双三寸金莲走起路来颤巍巍的，因此她只敢乘坐三轮车和平板车，无论我怎样哀求，娘就是不敢坐上我的单车后座。青春年少时，每每看到同龄人载着自己的娘去走亲戚，我都好生羡慕，而自己却无法体会这种感觉。是岳母在我初为人父后，填补了我的这个人生空白。否则，我的心底可能会永远有那么一丝缺憾。

那天载着岳母回到营院，我恨不能碰到熟人便显摆：我刚载着我妈去看国庆烟花啦！

那些温暖碎片，每次忆起，都令我心生暖意。可岳母却把此事当成我孝顺的标志之一，到处说我是天底下最好的姑爷，能用自行车载着她在大都市里开眼界、长见识。

仔细想想，亲人之间的关心照顾，又何尝不是一个彼此成全的过程呢？

岳母是一个颇具领导才能的女强人，如果当初有条件走进学堂，她一定是个学霸。岳母在广州的小儿媳就异常崇拜老人家的记忆力："妈的大脑堪比电脑，从她儿时一直到80岁的事情，每每讲述起来都是声情并茂、有声有色，令人百听不厌。"

岳母一生共生育了12个孩子，抚养成人的有9个。9个孩子9种性格特点，9个孩子牵扯了9个原本毫不相干的外姓人成为这个大家庭的一员。9个孩子9种职业，其中涵盖了工人、农民、医生、教师、军人、商人……可是，不管她的子女在社会上的地位如何，到了她面前，都能放下自己的社会角色，统一服从她老人家的领导。

这一点，舅舅每次酒后都会借着酒劲儿反复唠叨："姐，我这辈子经过那么多事儿见过那么多人，但只佩服您一个。就是不知道，您是用什么绝招，把媳妇、女婿都管得服服帖帖的？"

舅舅的话，恰到好处地道出了我的心声！

我从来没见岳母大声责骂过哪个儿媳和女婿，而六个儿媳，三个女婿，在她面前个个恭敬有礼。我和小妹夫在部队都曾是带兵授课的团职干部，到了岳母面前，也都自动自觉地如列兵一般服从领导。也不曾见她打过哪个儿孙，可是所有儿孙，都能把老人家当成至高无上的老太君一般尊重孝敬。

每当邻居向岳母讨教治家秘诀，她总是笑呵呵地说："是老天爷在照应着呢。或许是老天爷看我孤老太太独自一人带孩子可怜吧，所以就把好儿女、好儿媳、好女婿、好的孙男娣女全都送来宽慰我啦。"

老人家数遍她所有后人的好，独独不提自己的点滴之好。

岳母这辈子所做的每一件事情，都是希望能成全儿女的好。在那个食不果腹衣不蔽体的年代，她精心烹饪每一顿粗茶淡饭，为的是养好儿女的胃，保证孩子身体健康；她独具匠心地把每一双鞋、每一件衣服做得比邻居家孩子的精致时尚，其良苦用心，就是为了使因家庭成分而备受歧视的孩子们能穿出自信。

在日复一日的烹饪和缝补中，不知不觉，儿女们都羽翼渐丰飞走了，只剩岳母一人独守老宅。

晚年的岳母，丝毫不肯让自己的生活枯燥寂寞。她用各种绿植和鲜花热闹着自己的院落，每日与花草为友。她甚至亲手在房前屋后的每条乡间小路旁都种上鲜花。

连居住的村庄都要亲自美化的老人，对自己的形象，那自然更是有高要求。每逢亲朋好友谁家有娶媳妇、嫁女儿、孩子满月等喜事需要岳母参与庆贺，老太太都非常重视，会根据赴宴的环境来规划设计自己的服饰、发型和包包。

我爱人曾建议她："年纪大了，穿衣服尽量以舒适为主，不要计较品牌和款式。"她却一本正经地说："本老太太出行的衣着，可是带着我这一群儿女的脸面呢！丢自己的人不怕，我不能窝窝囊囊地到大庭广众面前去丢儿女的面子，让亲朋好友说我的子女不孝顺。"

原来，她的光鲜，是为了彰显儿女的孝道呢！

老人 84 岁生日，在东北有大摆寿宴的习俗，但岳母坚决反对在自己的生日那天摆筵席、铺张浪费。兄弟姐妹们考虑到老人当时患有动脉血管瘤，且医生已预测她随时有生命危险，便密谋派我去说服老人家准许孩子们为她摆酒祝寿。

因为早就打定了主意，我几乎没动心思，便在电话里用很简单的一段话说服了老人家："妈，不要说怕劳神伤财，我们国家都会在重大日子搞国庆大阅兵来庆贺共和国生日，我们何不趁此机会树家风、增强家族凝聚力呢！您若是不配合，您分居在天南海北的孩子，很难再有机会凑在一起了。亲人们久不相聚就疏远啦……"

不等我把话说完，老人家马上说："好，听你的，咱们就大办一次。但任何人不能影响正常工作，也不准请人操办，咱就用自己家的人手，有多大能耐办多大事儿。"

于是，寿宴由老寿星自己策划，儿孙们分工操办：老寿星拟定长孙和重孙女为寿宴司仪，我爱人写寿宴主持词，她老儿子代表所有子女致辞，感谢亲朋好友对孔氏家族的关心和照顾。席间还有子女即兴演唱、有孙女献花、有重孙女表演舞蹈……

很遗憾，我当时因身体原因，未能亲赴现场祝寿。这是我愧对老人的第二件事。但我送去了一封真挚的贺信。老人家拿到贺信后，即刻让主持人现场朗诵了我的祝福。

2013 年，岳母用这场寿宴，给自己的人生画了一个圆满的句号：两个月零 21 天后，老人家带着一脸的安详仙逝了。

我伟大而慈祥的岳母，用她一生的不懈努力，成全了儿女们的一个又一个心愿。

还会有谁像您一样疼爱我？

杜红
爸爸和奶奶的故事

爸爸叫杜义德，出生在湖北省黄陂县塔尔镇柿子村店陈家嘴村（现为湖北省武汉市黄陂区），也就是湖北木兰山一带。奶奶叫柳华山，听说嫁给爷爷后一连生了七个孩子，最后活下来的有五个，三男两女。爸爸是小儿子，排行老四，小名三娃子。

爸爸小的时候家里特别穷，爷爷靠租种胡家湾大地主的地来维持一家八九口人糠菜半饱的日子。奶奶娘家的家境稍微好点，资助爸爸读了几年私塾，这成为爸爸日后走向革命迅速提高文化和军事水平的基础。1927年爸爸参加了农民协会，1928年参加农民赤卫军，到1929年转为中国工农红军。这一年，爸爸离开了自己的家乡，离开了疼爱他的父母，一走就是18年。

爸爸参加红军不久后地主还乡团回来了，把爷爷骗到县里，逼着爷爷交出爸爸。爷爷被打得皮开肉绽，乡亲们把他抬回家后没几天就咽气了。与爸爸一起参加赤卫队的一个同村小伙伴跑回家看父母，半路被还乡团抓住残忍地剖腹示众。奶奶托人捎口信给爸爸："不要回来，为你爹报仇！"之后，她孤寡一人带着大伯、二伯和两个姑姑，白天下地劳作，晚上纺纱、织布、编草鞋，逢集叫卖土布草鞋，艰辛地维持着生计。

1947年冬季，中国人民解放军挺进大别山，爸爸随部队打回大别山，攻下黄陂，那时他已经是第二野战军第六纵队的政委了。腊月二十九，临近过年的一个夜晚，爸爸带着一个骑兵排的战士，回到了阔别18年的家乡，见到了他久违的老母亲——我的奶奶。是夜，那么黑，那么静，爸爸凭着记忆找到了奶奶住的破旧土屋，推开门，昏暗的油灯下奶奶正在纺线。奶奶闻声抬头，看到几个持枪的军人，吓得浑身发抖，爸爸忙摘下帽子，说："妈，我是三娃子！"离家时十几岁羸弱的三娃儿，如今成了气宇轩昂的军人！奶奶恍惚在梦中，难以置信，愣了好一会儿，才又喜极而泣。那夜，爸爸对奶奶说："妈，等打完了敌人，我就回来接你。"

中华人民共和国成立后，爸爸把奶奶从老家接出来，一起随军生活。后来，无论是爸爸赴南京军事学院学习，还是抗美援朝期间，全家几度搬迁，奶奶一直没有回乡，跟着爸爸和妈妈一起生活。那时候，奶奶膝下儿孙满堂，爸爸很少外出应酬，一日三餐全家人围坐在一起，热热闹闹的，那是我们一家人最温暖快乐的一段回忆。当年饱经沧桑瘦弱的奶奶也渐渐地丰润了起来，慈爱的笑容渲染着全家人祥和的气氛。

小脚奶奶是家庭最高权威，爸爸是远近闻名的大孝子。大将军爸爸对奶奶唯命是从、毕恭毕敬，孙儿们学着爸爸也格外尊重奶奶，整日围着奶奶转，想方设法地逗奶奶乐。

那时候爸爸妈妈的工资不高，要赡养奶奶，要养活七个孩子，还要接济老家生活贫困的伯伯、姑姑们，家里经济常常是捉襟见肘，孩子们也是鲜有新衣。记得那会儿家里餐桌上少油寡荤，过生日才能吃两个鸡蛋，小学春游的时候其他同学带面包，我们只能带馒头干加咸菜。尽管如此，爸爸总会特别照顾奶奶，常给奶奶特供糕点、糖果。我记得奶奶有顶漂亮的金丝绒帽子、一双锃亮的黑皮鞋，还有个古香古色的五斗橱和一座棕色实木座钟。

奶奶最喜欢四姐小宁（后来才发现小时候的四姐像极了爸爸），常常把四姐叫到自己房间，关上门偷偷给她吃糖果和蛋糕，把个四孙女宠得白白胖胖的。

这样，自1949年起，奶奶和她的三娃子一家过了一段其乐融融的好日子。

"文革"中爸爸受到了冲击。一次，几个造反派到家里组织全家老少开家庭会议，要奶奶给爸爸忆苦思甜。年近九旬的奶奶思路清晰，她淡淡地对造反派说："我现在听到你们敲门的声音，就想起了当年还乡团来我家抄家和烧毁房子的往事……"造反派听罢，张口结舌。

抄家的造反派走了，家里上上下下、里里外外，竟然是一片狼藉。奶奶伤心不解地对爸爸说："你革命了那么多年，怎么还成了反革命？为了你革命，你爸爸也被地主还乡团给打死了，现在又要打倒你，我还不如回老家去。"爸爸满怀歉意地说："妈，让您老人家受委屈了。相信儿子，我没有做过什么对不起党的事情，也不是什么反革命、三反分子。"

1969年9月，爸爸被送到江西上饶"劳改"，临走那天，母子俩执手相送，奶奶忍不住哭了。

奶奶对爸爸说："过些天，你大哥秋收完了，就来北京接我回去。"

爸爸无可奈何地对奶奶说："等把问题搞清了，我再把妈妈接来。"

爸爸走的那天，奶奶扶着门，站在那里望了又望，久久不愿回屋。想不到，这次分别竟是爸爸和奶奶的永别！

不久，大伯忙完秋收后赶到北京，接走了和我们一家一起生活了20年的奶奶。孙儿泣，母亲泪，从那以后，我们再也没有见到奶奶了。

1969年这一年，家里三个年纪大的姐姐们分别赴内蒙古、陕西、天津农村插队，我们四个年幼的孩子随着妈妈到江西上饶市与爸爸团聚，随后又去了浙江江山县。1972年年初，经军委批准，海军同意爸爸带家眷回京，2月份派人到江山县接我们。

就在全家收拾行装准备回京的时候，爸爸收到了老家电报，奶奶病危了，嘴里不断地喊着爸爸的小名，道着心中的思念和冤屈……

一方是组织的召唤，丧失工作权利五年的爸爸要重返工作岗位，继续为党、为国家、为海军建设效力了；另一方是奶奶的临终呼唤，像针刺一样的母子亲情眷恋。

记得收到电报的那天晚上，我们小孩子们特别乖巧，轻声轻脚的，生怕惊扰了心情沉重的爸爸。我路过爸爸的房间，门是半遮掩的，屋里一片漆黑，只听到爸爸踱步的声音。爸爸在屋子里走来走去，手中的烟头闪着微光，窗外的月光洒在他高大的身躯上，久久不出一声……

那些日子，爸爸少言寡语，孩子们也格外老实听话。最终，爸爸选择了如期返回北京，听从党组织的召唤，奔向他为之奋斗了半辈子的革命事业。

那一年，爸爸61岁。

回京不久，全家被安排在校级楼房，爸爸还没戴上领章帽徽，就接到了老家来电——奶奶过世了。记得收到噩耗的那天，狭小的单元房里气氛格外凝重，四姐哇哇大哭，爸爸沉着脸，把自己久久地关在房间里……

那日爸爸在夜幕中焦虑的场景我一直记着。当我长大懂事后，才明白父亲那时正在经历着怎样的煎熬，才明白父亲坚毅的性格除了来自战火的考验，还有无数次人性情感的磨砺！才明白他所承受的不仅仅是选择的艰难，还有老一辈革命家无可选择的艰难，而这无可选择的选择对一个重情重义的将军是多么的沉重！日后，当我走向社会时，每当面临着责任和情感的抉择，遇到集体与个人的利益冲突时，我常常会想起爸爸坚毅的面颊，想到那晚见到爸爸抉择的一幕。

奶奶过世后，爸爸一直没有回到老家，直到二十世纪八十年代末爸爸退居二线后，才开始频频回到湖北黄陂，为家乡的建设献计献策，我们孩子们也开始为家乡人捐献衣物。离开家乡近60年的爸爸，每每回乡，定要去奶奶的墓前培土植树。

2009年9月5日，爸爸辞世，享年98岁。三年后我们将爸爸的塑像安放在他参加革命的起始地——湖北黄陂。从此，爸爸那坚定而慈祥的目光，永远注目着他亲爱的家乡，他和奶奶一起生活过的地方——湖北黄陂木兰乡。每年清明，我们总要派代表回老家给爸爸和奶奶扫墓。

从1969年我们和奶奶分别到现在，一晃40多年了。我相信，爸爸此时已经和奶奶重逢了，在天上一个美丽的地方，唠叨着家常，微笑着看着我们，看着他们在人间的子子孙孙。

有一天，我们也将与爸爸和奶奶在天上相聚，这一大家人啊，又能欢喜地聚在一起，享受天伦之乐。

希望再见到他们的时候，我们能不负爸爸和奶奶的教导和期望，交上一份让他们满意的人生作业。

孔昭凤
妈妈门前，杨柳依依；儿女回望，雨雪霏霏

因为爸过世早，哥哥姐姐成家后的很长一段日子，是我在扮演父亲的角色，与妈妈一起承载着养家糊口的重任。

曾经以为，我会一直这样成为妈的依靠和妈的贴身棉袄，永远不离开妈妈。没想到，那一年，在爱情的召唤下，我竟然狠心扔下老娘和未成年的弟弟妹妹，只身来到南国的军营，无怨无悔地做起了军嫂。

我的突然远离，着实给妈留下太多的思念和不舍。于是，妈便在我离开故土、嫁入军营的那个春天，移植了一棵垂柳种在门前，以示她"昔我往矣，杨柳依依"的幽思以及落寞情怀。

垂柳刚移植到家门口那几年，妈几乎是把这棵树当成了孩子去照顾呵护，而在垂柳逐渐长大的岁月里，妈又把树当成了依靠去依恋，甚至会通过树上的动静与变化来预测天气与时讯。

比如，有喜鹊登枝的日子，妈坚信远方的儿女们即将有喜讯传来了；夏日里垂柳的枝条随风狂舞时，妈便断定，一场大雨会接踵而来了；冬天麻雀噪林的日子里，妈便预测次日要降雪了……

多年来，妈与门前的那棵柳树已经建立了相依为命的关系。

干旱天里，妈会打宅前老井里的地下水灌溉垂柳；枝叶上遭虫灾时，妈会及时地为垂柳打药驱虫；枝干上冒出歪枝斜杈时，妈会适时地修剪，让树干保持挺拔垂直，让树冠保持美丽有型。

而在更多的日子里，这棵垂柳带给妈的，是无限的柔情生机以及意想不到的乐趣。

早春时日，大地还是一片萧条，妈家门前那棵垂柳，便会在一场春雨后，用一树嫩黄的叶芽，为妈早早地送来春的暖意。

成群结队的黄鹂鸟和喜鹊会应节地嗅着春天的气息而来，在枝杈之间跳跃着，鸣叫着，喧腾起一树的灵动，继而带给妈一季春的欢快与喜庆。

随着枝叶生长茂盛，经过一个春季的浸润，夏天的垂柳则能奉献给妈一树翠绿的阴凉；这阴凉，会把左邻右舍的大娘、婶子都无声地召集到妈的门前，于是妈的家里门前便有了一夏季的热闹与兴旺。

秋天，垂柳经过风霜的浸染，曾经的鹅黄与翠绿则会由黄渐红，呈现给妈的是一树的锦袍。当满树的金黄随风飘落之后，裸露于妈眼前的是银灰的树干和枝条。

落完叶子的垂柳树上虽不见了生机，但妈妈能明显地感觉到树干比初春时又长高了许多，柳枝也长粗壮了，并更有韧性了。秋季的垂柳正承袭着秋的秉性，沉淀着成熟与厚重。它是谦虚的，也是昂然向上的。

　　冬天，在某一个能形成雾凇的天气里，垂柳那原本黑灰色的枝条上便会童话般地堆冰砌玉，像白色的瀑布从树顶倾泻而下，成了"白发三千丈"的雪柳；如烟似雾，像缕缕白云，又似一层层雪浪，直接蓝天，让妈的世界如梦似幻，如诗如画。

　　恍惚之间，老人家常常分不清天与地的界限。

　　妈妈的垂柳，不仅是四季分明，甚至一天当中都有不同的精彩：

　　日出时分，叶片上的露珠，会晶莹剔透地泛着银光，在晨曦中散发出一树的璀璨；

　　当太阳慢慢爬上树梢后，这棵垂柳会因光照的阴阳反差变得色彩斑斓，摇曳多姿；

　　临近傍晚，夕阳用余晖照亮整个西部天际，这棵垂柳也会立刻被映照得通体金黄。

　　晚霞中的妈妈，便沉醉在这一片金色之中。

　　因为妈妈的鼓励和我的引领，继我之后，妹妹也追随我的脚步嫁给了军人，弟弟则当兵进了军营。

　　邻居婶子说妈傻，把儿女都送到了部队吃苦受累。而妈却朴实地回应道："大道理我也不懂，我只知道老鹰养大了鹰雏儿都是要放飞的。"

于是，妈妈的晚年里，便注定要比儿孙承欢膝下的婶子大娘们，多了一份孤独，多了些许牵挂。

独自留守在家的妈妈，只好把柳树当成她最好的闺蜜，选一个无人窃听的时刻，偷偷把自己一生的辛苦，半生的孤独，娓娓地向柳树道来。

垂柳要么是静静地倾听，要么用枝叶的"沙沙"声来回应，要么用枝条轻抚妈的面颊以示安慰……

妈妈坚信，门前的垂柳就是她最值得信任的伴侣，也是最懂她喜怒哀乐的朋友，每次对柳树倾诉完之后，妈妈的心情都会很舒畅。

久而久之，在每一次对垂柳的凝望与抚摸中，妈常常会忘记时光流逝，忘记历经的艰辛，忘却世事沧桑，忘却人间烦恼，忽略人生的孤独，而留存于心间的是一片宁静与安好。

垂柳，这样优美的树种，不知何故没有在我家乡普及，妈家门前的那棵垂柳愈加显得弥足珍贵。

曾经有一个高端小区的物管人员，三番五次通过哥哥拟予高价要买走妈的垂柳，去靓丽他们小区的绿化。

当哥哥带人到妈门前准备挖柳树时，妈一下子就抱住了垂柳，老泪纵横："这棵老柳树，就是我的一个伴儿，就是我的一个孩子，你们谁也别想挖走它！"

哥哥从此之后不敢再轻易提卖树的事情了。

妈家门前的垂柳，当年移植来时，还不足两米高，一年一年的，这棵柳就在妈的守望中，慢慢长成了参天大树。

冬去春来，寒来暑往，妈在垂柳的四季更迭中，恍惚也看到了儿女的成长与成熟。同样，她与婶子大娘一样，期望在日渐苍老的岁月里，把一手扶持大的儿女们也都当成依靠。

遗憾的是，我们这些做儿女的，大多没能像垂柳般忠诚地把妈妈守候。

我和弟弟妹妹所能做的，只能是在他乡的日子里，让自己如柳树一般，恪尽职守、忠于使命、甘于平凡、乐于奉献，在人生的不同阶段释放出不同的精彩，来回报妈妈的养育之恩！

杨旭萍
故乡的那块向阳地

我家有一块离村子最远也是最大的缓坡地。早晨，太阳刚刚爬上山坡，就把光芒给予了那块土地。于是，那块土地就在温暖的阳光下苏醒过来。

那块向阳地陪我走过了快乐而温暖的孩提时代。五六岁时，母亲在地里劳作，我在田间地头独自玩耍，常常捡石头来盖房子，几块大小不一厚薄不同的石头就成了我一上午的玩具。盖了拆，拆了再盖，玩得很有趣。

我还会就近采一些野花装点我的房子，再剜几把青草做几样菜，拿削铅笔的小刀，切切剁剁，一会儿就做好了。此时，我就会向远处劳作的母亲高兴地喊道："妈，我做好饭了，快过来吃吧！"

母亲也在这时才会直起身子稍作休息，在远处说："妈一会儿过去，你饿了吧？吃点干粮，喝点水！"或者走过来，摸摸我的小脑瓜："啊呀！盖了这么漂亮的房子，还有好几样菜，妈妈真要享口福了！"

母亲的笑容像一朵绽放在春日里的花。

我往往是玩一会儿，就会蹦跳着到地里寻找母亲的身影——那个身着蓝布衫，头上围着块卡其色方头巾，弯着腰不停劳作、不时擦汗的身影。

那时的我全然不懂母亲的艰辛与疲惫，只是看到了母亲的身影就会继续放心地玩。母亲也会时不时地嘱咐我小心别让石头碰了手、砸了脚，提醒我吃干粮、喝水。

时光欢快而温暖地流逝着。稍微大点，我才知道父母亲为啥整日都辛勤劳作：家里的那几亩沙梁薄地根本无法养活一大家子人，于是父母便长年累月地兼磨豆腐维持生计。

从记事起，无论炎暑酷寒，每天早上，我一睁眼看到的场景，都是母亲站在一进门那口热气腾腾的豆腐锅旁，系着围裙，身子微倾，手里拿着水瓢，不紧不慢地点豆腐。母亲神情专注，仿佛在做一件丝毫不能马虎的大事。

贪睡的我竟不知道父母每天凌晨四点便起床！记不清有多少次，我看到母亲右手拿着水瓢，左手不住地捶打她的腰。现在想来，母亲那时该是多么劳累啊！

做豆腐的工序烦琐：前一天提前把家里的三个大水缸挑满，然后泡上20斤已去皮的黄豆；第二天一早起来，在石磨上把泡好的黄豆磨成糊状，再掺入开水稀释后，接下来就在热锅上支一个结实的木制架子，把黄豆糊糊一瓢一瓢地装在一个比较细密的袋子里，放在架子上使劲地挤压，挤干了水分倒掉渣子，再装、再挤、再倒，这个过程往往需要一个半小时……

母亲的手总是被烫得又红又肿，我经常看到母亲挤压两三下就把手放到冷水里浸一下，再挤、再浸，不知要重复多少次，再接着才是点豆腐的过程。

这是至关重要的环节，不仅得有耐心，更得掌握好火候，母亲总是不急不缓地让卤水一点点地、轻轻地融入刚煮开的豆浆中。一会儿，舀入卤水的地方就出现了白白嫩嫩的豆腐脑。煮一会儿，最后捞出豆腐脑放在提前准备好的模子里压半个小时沥水——这样，豆腐才做好了。

母亲做出来的豆腐嫩滑、爽口，她是村里做豆腐的好手。

豆腐做好了，已到上午八点左右。我小时候，村民们的日子普遍还是贫困的，好多人家平时都舍不得买豆腐吃，逢年过节或者家里来客人了才买二三斤。好几十斤豆腐在本村卖不完，父亲只得挑着满满两大模子豆腐到二十里外的好几个村子去叫卖。母亲则赶快洗完豆腐锅，草草地吃过早饭，也挑着二十几斤豆腐去村里卖，有时卖不完，还要顶着烈日去邻村卖。

母亲不仅豆腐做得好，干农活儿也是一把好手。庄稼地里的农活儿，母亲没有不会干的，更没有干不好的。

母亲在那块地上除了春种、夏锄与秋收，冬天还要去挑粪，堆积在地里，以备来年耕种时用。每到农忙时节，母亲更像一个不知疲倦的机器人，总是刚放下扁担就扛起农具去了那块向阳地。

随着年龄的增长，那块地还教给了我面对困难的勇气与毅力。

十来岁的我就能帮父母干活儿了。农忙时，到了周末，我便随母亲一块儿去那块地里。种谷子、锄杂草、刨土豆等农活儿，我都在母亲的指导下做得很好。

　　我还记得我和姐姐跟在母亲身后种土豆的情形：母亲用镢头刨坑，姐姐紧跟着撒入化肥，我随后放入土豆块。种完这一行，母亲又把另一行的土正好填在这行的坑里，还顺便踩一脚，一系列的动作非常娴熟。

　　母亲的腰随着镢头的起落不断地直起来、再弯下去，好像浑身有使不完的劲。

　　母亲总是在大汗淋漓，累得直不起腰时才席地而坐，休息会儿。此时，母亲常会给我们讲她经历过的一些事情。诸如：我的姥爷好赌，大姨因姥爷赌输而抵了赌债被远嫁，姥姥四十多岁守寡……

　　由于这样的家境，母亲仅上了三年学便去放羊贴补家用。她一个小女孩去放羊招来同龄人的笑话，刚开始也很害羞，但她懂得姥姥的艰难，依然每天赶着羊去山坡，边放羊边捡柴或者挖野菜。

　　母亲在娘家缺吃少穿，帮姥姥照顾三姨、四姨和舅舅，后来和父亲结婚后的日子也很难。刚结婚，父亲就去大同服兵役三年。正是母亲的善良与宽容，坚韧与自强，才能在吃糠咽菜也填不饱肚子的岁月中孝敬爷爷奶奶，善待姑姑们，等待父亲回来……

　　在那块土地上，听着母亲的讲述，我深深地懂得了母亲的不易。那块土地上洒下了母亲的汗水，浇灌出了我心田上的善良坚韧之花、自强不息之花、宽容乐观之花，也让我懂得了生活的不易，下定决心努力学习，改变命运。

上初中后，我们兄妹几个只要周末或假期便随同母亲去地里劳作。在春种、夏锄、秋收中，母亲依然用她柔和的声音春风化雨般滋润着我们的心田。

母亲常说："人勤地不懒，秋后粮仓满。"这话让我铭记于心，不断指引我的人生之路，激励我前进。

后来，随着我们的升学、工作、成家，我们渐渐远离了那块土地。而母亲依然如故，坚持与那块土地相伴，总把用汗水换来的收获亲自送到儿女家，直到她生病躺在炕上。

如今，母亲远离了爱她想她的儿女们，与那块向阳地朝夕相伴，融入其中。

母亲生病九年，浑身疼痛，生活不能自理，一切都得年迈的父亲照料，但她从没有掉过一滴泪。我们只要得空就回家看她，每次离别，我都不敢看母亲的眼睛，我害怕母亲眼神中那无尽的不舍击垮我本已决定返回工作岗位的心。

母亲理解我们，总是嘱咐："回去好好上班，照顾好自个儿和孩子，妈没事，不用担心！"我也总是低头回应一声，强忍着泪水走出家门，往往是一出家门便不敢回头，因为母亲总是让父亲坐在大门口那块石头上目送我离去。

一次次，我都是走得稍微远一点才不住地回头张望老屋，看到父亲依然坐在那里，而我，早已泪雨滂沱。

想念母亲，想念至极，我便给母亲画像：天边的朝阳冉冉升起，在广袤的天幕下，母亲脚穿一双自己做的方口黑布鞋，身穿深灰色裤子、浅蓝色上衣，头裹一块卡其色方头巾，肩扛一把锄头，脚下是那块向阳地，地里的土豆花开得正盛，母亲慈眉善目中面带微笑⋯⋯

每每想起母亲，我就会想起那块向阳的土地，想起和母亲在土地上度过的点滴岁月。这份浓厚而深情的思念，母亲可曾知道？天地有情，母亲应该有知。不然，母亲为何频频出现在我的梦里？我知道，这是母亲以另一种方式表达对我的关爱与思念。

那块向阳地 —— 母亲的归宿。土地是永恒的，母亲也是永恒的。

我多想是那破晓的第一缕阳光，照耀着那块向阳地；我多想是那暗夜里最亮的一颗星星，陪伴着那块向阳地⋯⋯

梁波

又是一年秋草黄

整理手机相册时，翻出几张岳母的旧照，双眼顿时被刺痛。看着照片上岳母慈祥的笑容，一桩桩往事在我脑中清晰再现……

第一次见到岳母时，我和妻是中学同学。那天恰逢周末，我们几个要好的同学相约到妻家帮忙收秋。一群年轻的农家学子离开教室，伴着欢声笑语在田间地头劳作。

岳母中年丧夫，为人极热心周到。那天她避开众人悄悄走到我身边，递过一杯温水，平静地问："听说你们在谈恋爱？"面对这突如其来的敏感问题，我怯怯地憨笑着不知如何作答。

岳母面带微笑双目炯炯地逼视我，接着说："当务之急是好好读书，不要分心，争取考个好大学。"然后默默走开。直到我们忙完农活离开，岳母再未提及这个话题，对我也再无额外的"关照"。

岳母给我的第一印象，是直爽中透着威严的长者风度，她单刀直入的悄声拷问和提醒，巧妙地避免了我的尴尬。

大学毕业那年冬天，我和妻在农村老家结婚。按照乡里的习俗，女儿出阁时要哭别娘亲。那天早上，妻跪在岳母面前哭成泪人，岳母则貌似淡淡地转过脸嘱咐我："结婚以后，两个人要好好过日子。"婚车离开时，我看到岳母迎着寒风目送我们，脸上满是泪……

妻婚后多年一直未孕，岳母很是惦念。2011年，终于盼到妻怀孕的消息时，已经70多岁的岳母高兴地独自来青岛，做饭洗衣帮忙照顾，还让妻帮她找了一些手工活，挣点零钱贴补家用。

女儿出生那天，岳母高兴得合不拢嘴，守在医院忙前忙后照顾。妻儿出院后，岳母甚至连买菜拖地的活儿也都抢过去了。

那段时间我工作很忙，岳母毫无怨言地承担了几乎所有家务。她忙完就自己泡一杯浓茶，慈祥地逗孩子呵呵呵地笑。节假日里，我们一家四口有时会到附近的公园去玩，偶尔还会拍几张照片。

在我女儿满周岁前后，岳母经常说起她睡眠不好，有时还感觉头昏脑胀，她却依然强打精神帮忙做家务、带孩子，和我们有说有笑。我和妻提出陪岳母去做个检查，但她却说老人原本瞌睡少，不必多虑。

岳母的身体一向很好，我和妻都忙，慢慢就把老人家失眠头昏的事放下了。未曾想，后来岳母突然发病，确诊是恶性脑肿瘤，且已扩散。

面对突如其来的噩耗，我和妻瞬间崩溃，懊悔不已却回天无力。老人家岁数大了，经不起化疗和手术的折腾，只能静养，保守治疗。

岳母最后几个月的时光，是在农村老家的病床上度过的。随着病情急剧恶化，老人家开始长时间昏睡，不吃不喝，经常呕吐，日渐消瘦，只能靠药水维持生命。

那段时间，妻带着孩子回去守在岳母的病床前，常以泪洗面。

一天，岳母突然精神大好，竟能坐起来，喝了一杯水，吃下半碗粥，然后很满足的样子，自言自语地叹道："唉，就是有点舍不得瑶瑶（我闺女的乳名），瑶瑶还小……"未及说完，眼神就暗淡下去，再次昏迷。

后来才知，那大概就是人们常说的回光返照。

岳母去世时，我在海上执行任务，未能给老人家送终。直到当年春节探亲，我才能到岳母坟头敬上一杯浓茶。阴阳相隔，物是人非，岳母坟上已长满尺余高的野草。我恭敬地磕了三个头，然后默默席地坐下，忆起往事，五味杂陈……

侯俊华
在我家东侧山岗上有一棵楸树

　　在我们老家房子东侧山岗的地堑上，有一棵楸树。高高的楸树孤零零地矗立在地堑之上，却有着横刀立马的气概。那是我儿时的一道风景，更是我心中顶天立地的标识。

　　我的小学和初中都是在村里完成的。上学的小路离那棵楸树有五六十米。那时我们家房子的四周没有别的邻居，楸树的海拔大约比我家的房子高出四五米的样子。楸树和我家遥遥相望。我们那时上学，在早晨有两节早自习，一天下来，六次上下学，我都要从楸树旁边的小路经过。

　　楸树在我的心里是很有形象的。隐约记得，楸树的直径有我一个人的怀抱那么粗。楸树枝叶十分茂密。有了楸树的遮挡，树底下的地堑和地边儿就有了很多阴凉；尤其是夏天，是个极好的遮阴遮阳的凉块地儿。放学的时候，我常常坐在楸树下玩耍，有时一个人，有时和小伙伴。望着高高的、枝叶茂密的楸树，我们总觉得树好高、好高，天好大、好大。有时，天高云淡，湛蓝的天空下，楸树孤零零地傲立在天地之间，仿佛那是一根擎天支柱。

我们的家，处在村里地势较高的北头，差不多是斜山坡下、半个风口的位置。楸树有点儿风吹草动，都能一目了然。微风吹过，楸树总是发出"沙沙"的响声，一阵儿一阵儿的，就像大海的波涛声，在我家的院子里，也听得清清楚楚。我是很享受这种感觉的。有时，赶上放学没事了，就和几个小伙伴坐在楸树下，听微风吹动着楸树叶"哗啦啦""哗啦啦"的美妙声音。狂风大作时，楸树就发出"呜——""吱——"的声音，极其尖锐，很远也能听得十分清晰。每当阴天刮风时，娘总是听楸树声来判断天气好坏的程度。

楸树，从春走到夏，从夏度过秋。不惧风雨，不惧严寒和酷暑，陪伴我走过了小学、初中的幸福时光。到了离家18公里的高中上学后，就没有更多的时间看到楸树了。我们家没有自行车，同学们每两周一次地回家拿干粮，都是周六晚上回家，周日下午返校。而我，只能等同学们返校了，才可以借同学的自行车，周日晚上下了晚自习再出发赶回家，周一凌晨赶回学校上早自习。时间紧，事情多，鲜有机会看到丽日下楸树的雄伟，更不用说在楸树下玩耍了。楸树的形象也渐渐从眼前日日所见变成了心中偶一所现。楸树，伴随着我的长大，支撑了我的记忆，支撑了我的美好，也支撑了我乘凉避暑、遮风挡雨的日子。

有一次回家，赶上刮风，我突然听不到楸树的声音了。一问爹娘才知道，因为一个论辈分称哥哥的家房屋的规划，楸树被杀了（杀树，方言，砍树的意思）。

楸树没了。那棵参天的楸树，在我的眼前消失了，埋葬在了我的记忆里。赶上寒暑假，我常常到楸树的位置待上一会儿。楸树就是我童年和少年的天。楸树下的时光，是我无忧无虑、灿烂天真的幸福日子的过往。

爹就像那棵楸树。

在那棵楸树倒下一年多后，爹也突然走了。

就像习惯了楸树下遮风避雨的日子一样，习惯了爹在的日子。一下子失去靠山，我的脑海、心里一片空白。就像一个突然掉进了深井的孩子，再也看不到蔚蓝的天空，看不到自在遨游、洁白飘荡的云朵。只有一根虚无的、稻草一样无力的井绳，孤立地呈现在我的眼前，通向我心灵的天空。我的天空只剩下一丝远远的、高高的微光。

爹走了，一切都乱了。乱得没有头绪，乱得失去了航向。娘变得寡言少语，常常一个人发呆，我更是没有了方寸。

在我们老家，男人的地位似乎是天经地义、撼动不得的。大事都是男人做主的。再能干的女人，也是定不了家里的大事的。那时人们的思想观念和认识是传统的"男尊女卑"，是极其封建的。"家里的""屋里的"，这种对家庭妇女的统一称呼和"女人当家，房倒屋塌"的谬论就足以说明了一切。男人是擎天的柱子，也是每个家庭的天。我们家也不例外。

"塌了天了。"爹走了，我们家的天，也一下子塌了。家里的担子，一下子就落到了我的肩上。"不知道怎么弄……"我好几次一个人偷偷地跑到爹的坟前，号啕大哭。

哭是解决不了问题的,饭还要吃,路还要走。

长子如父。姐弟五个,我是男孩的老大。一夜间,我成了家里的天。我再也不能像那些楸树下的花草,自由自在,悠然寻欢了。我的头顶没有了楸树,没有人再为我挡风遮阳,告诉我刮风下雨,阴天下雪。

族人们来家里商量大事、小事,都告诉我。在外人的眼里,我就是家里管事的了。在长辈和堂兄、姐姐们眼里,我是没有选择的,我必须挑起爹突然撂下的担子。娘说:"以后,家里的事,你得做主了。"虽然,我只有十八岁——一个两只脚还在校园里的半大孩子。

我就这样糊里糊涂地挑起了家里对外决定的大事。渐渐地,渐渐地,我看到了爹的影子。爹模糊的样子,也渐渐在我的心里有了较为清晰的轮廓。无论家里有什么事,娘都和我说、和我商量。我有时无助、无奈、不知所措,却又不敢在娘面前掉下一滴眼泪。

我是家里的长子,更是爹的影子,是娘的主心骨。遇到走不出的难事,我就借口去厕所,擦干眼泪,再轻松地慢慢和娘商量。我没有了爹,不能再让娘没有依靠、没有希望。我知道,我什么事情也解决不了,但却是娘心里的天。

爹走了三十多年,娘也渐渐地老了。每次和娘聊天拉呱,说起我的时候,娘总是说我哪一点像爹、哪一点像娘。娘总能从我的身上找到爹的影子。

"少白头",这是外人对爹最直观、也是我心里最有记忆的一句话。印象中，爹四十多岁就满头白发了。少白头是遗传的。而今，我和弟弟也到了爹满头白发的年龄，头发却依然只是有着岁月增添的几缕白发。

"愁白了少年头"。突然间，我读懂了爹的白发，也明白了爹。满头黑发的爹，慢慢地在越来越多的白发里，一步一步向我走来。走过了我的心，蹚过了眼前的河……

我再也没有机会去和爹交流、聊天，没有机会去和爹拉呱、谈心、对饮了。攒了一年一年跟爹说的话，跟爹想唠的呱，也只能回家上坟祭奠的时候，跟爹叨叨了……

我对爹没有丰满的印象。爹就像冬天里的那棵楸树，只有枝干，只有距离。每当娘说起我优点的时候，娘就说像爹，像爹。渐渐地，爹勤劳、豪爽、坦诚、正直、朴实、务实的形象和伟岸、高大的丰碑，就一点儿一点儿填补了我脑海里爹的轮廓。爹的样子也越来越清晰了起来。爹也从黑白的颜色，变得五彩层叠。

没有了大树，再美丽的花园，再艳丽的鲜花，也撑不起灿烂的天空。

那棵楸树，在我的记忆里，在我的怀念里，更在我的生命里，沙沙作响，为我遮挡着风雨，为我支撑着摇曳的云，未来的天。

那棵楸树，屹立擎天，永不倒塌。

努力，活成爹最好的样子。努力，活成娘的希望——像家乡的那棵楸树。

江和平
爸爸日记里的一首儿歌让我读懂铁骨柔情

小柱子，不知丑，

长了一身懒骨头：

懒骨头瘫在褥子上，

懒脑袋长在枕头上；

拿着被窝当衣裳，

太阳照在屁股上。

他妈叫他吃早饭，

他说吃饭没有睡觉香；

他爹叫他上学校，

他说不要学校光要床。

再次打开爸爸的日记本，又看到了六十多年前的这首儿歌。

爸爸的这本日记是 1953 年 1 月至 1957 年 9 月期间写的，当时他担任中国人民志愿军司令部情报处处长。

爸爸在日记本上密密麻麻地记录了他的工作、学习以及生活情况，唯独在 1953 年 4 月 6 日这一页上写了这么一段有趣的儿歌。

爸爸戎马一生，经历了枪林弹雨的考验。铮铮铁骨的爸爸也有柔情、幽默的一面。在1953年1月22日星期四入朝前的日记中，爸爸写道："志愿军出国已两年多，敌人仍无停战诚意。开城谈判已基本上陷入停顿状态，我军将继续打下去。我们奉命赴志司轮换，总参第一批共九个人。昨日中午阎魁要部长谈话指示下述各点……上午整理行装。午饭后外出购物，走后将留下病号二人(指我和看护我的姑姥姥)。张瑾同志(指我妈妈)负担是沉重的。但我已不能做更多的协助了。别离，行前几不能言语，小平(指不到半岁的我)瞪目而视，似无所知，再见吧，走了！……登车前许多同志欢送……并送至车站，场面多么热烈！老王跑来问有何嘱托？感人啊！老头子，这一切已使我不能说话了，只能说些'请回头见！'一类的话搪塞过去吧。"

"感人啊！"望着爸爸日记中催人泪下的字字句句，我也"几不能言语"！令爸爸感动的是战友：爸爸入朝任职的五年间，妈妈也在大学里住校。爸爸称呼"老头子"的老王伯伯平时照顾在情报部幼儿园里长大的我，还在每个周日接我到他家里。

令我感动的是爸爸：不知是否能活着回来的爸爸告别深爱的妻儿，登上东去的火车，奔赴炮火连天的战场是怎样的心情？这里既有与亲人远隔千山万水的无限牵挂，又有为新中国长治久安而尽忠的壮志豪情。

1953 年 1 月这次入朝，是爸爸第二次赴抗美援朝战场。他在当时位于前门的北京火车站受到首都人民和战友们的热烈欢送。爸爸第一次赴抗美援朝战场是 1950 年 11 月，那是爸爸带队率十人组成的军委情报部首批情报工作调研组赴朝鲜战场。因保密工作的需要，他们无声无息地登上火车，过鸭绿江时没走丹东的鸭绿江大桥，而是从向北 50 公里宽甸地区的山下桥梁隐蔽过江。爸爸一行到达位于大榆树的志愿军司令部时，毛岸英烈士刚刚牺牲。

1957 年 7 月我不到 5 岁，有幸来到位于桧仓郡的志愿军司令部探望爸爸，还到营地不远的志愿军烈士陵园缅怀毛岸英等志愿军烈士。

每每想起志愿军前辈们，我总是不由地想起敬爱的彭德怀司令员的一席话："在经过三年的激战之后，资本主义世界最大工业强国的第一流军队被限制在他们原来发动侵略的地方，不仅没有越雷池一步，而且陷入日益不利的困境。这是一个具有重大国际意义的教训，它雄辩地证明：西方侵略者几百年来只要在东方一个海岸上架起几尊大炮就可霸占一个国家的时代，一去不复返了！"

是啊！没有志愿军前辈们的浴血奋战，哪有新中国数十年的和平安定？

我永远缅怀他们！

廖良开
跨越大东北到大西南的母爱

儿子还没出生时，岳母为了照顾老婆，早早从黑龙江赶来成都，天天为老婆煮香喷喷的饭菜，包可口的东北饺子。儿子出生后，也是岳母带，我几乎没有操过心。

照料儿子时，岳母坚持用纯棉尿布做尿片，绝不用尿不湿，她说这样既节约钱又能保证孩子屁股总是干的。在儿子一两岁时，我们当时住在小低层的五楼没有电梯，儿子长得又比较胖，有一次我看到儿子和姥姥一起上楼，岳母瘦小的身体背着他，被压得直不起腰。老人家一手反抱着儿子的屁股，一手扶着楼梯护栏，每上一步台阶都那么艰难。

看到岳母背儿子上楼的背影，我真是无比心疼，可她老人家在这之前从未向我和老婆提起过。当时我就厉声喊下儿子，要他自己一步一步上楼。问起来才知道，很多时候儿子回家都是岳母背着上楼的。

岳母是个勤快人。儿子上幼儿园之后，做饭接送儿子都是她和岳父的事，从来不要我们操心。每天送儿子去了学校，岳母就赶着回来又开始忙着家里的活儿。岳母可是做针线活儿的能手，一有空就为我们缝缝补补。冬季还没到来，岳母就为我们做好了纯手工棉被，盖着又柔软又舒适。

儿子六岁那年，岳父岳母也都年过七旬，他们为了减轻我们生活的负担坚持要回黑龙江老家。不管我怎么挽留，他们都坚持回去。岳母说："孩子现在也带大了，我也放心了。你们在城市生活不容易，我和你爸回老家去，你们负担也能轻点。"

在他们的坚持下，老婆为他们买好了回老家的机票。岳母得知后，坚持要老婆退掉机票改买火车坐票。她说她老了，恐高，不敢坐飞机。那时坐火车回黑龙江最少也得四十小时，可在岳母的坚持下，我和老婆又一次听从了她的意见，其实我们都明白，她是为我们节约那几百块钱的路费。

岳母回到东北后，我们隔三岔五给她老人家打电话问候，每次都叫儿子跟她说句话，我就知道她时时都在想念着她一手带大的小孙子。

我们也经常给她寄点钱尽尽孝心，可她总说手里有钱不用寄。去年八月，我到东北办事，顺便回去看看岳父岳母。他们真的老了，走起路来腰都直不起了。

那次回去，我陪了他们两天，岳母为我做了我最爱吃的东北饺子。临走时她又做了一大包，煮熟后用泡沫箱装好，要我带回家给老婆和儿子吃。

我带着岳母的心意登上飞机，回到家从泡沫箱里取出还带有温度的饺子，儿子和老婆吃得特别香——原来这就是母爱，这就是跨越大东北到大西南的爱的味道。

自从岳母回到黑龙江后，我们就再也没有吃到过如此可口的饺子。当时我就想，真怕有一天再也吃不上岳母为我们包的饺子了。

真没想到，这一天来得如此突然。

当我们接到亲人电话时，岳母已经辞世，赶回东北老家看到的只有她老人家的骨灰盒。想想她勤俭节约为儿孙操劳一生就这样画上了生命的句号，我们心中充满愧疚。

在岳母的房间，橱窗电视柜上到处摆放的都是儿子的照片，或许在她心里最牵挂的就是她的这个小孙子。尤其当我和老婆看到母亲在临终前一周亲手为孩子缝制的被褥叠得整整齐齐放在炕头时，情感更加无法控制，任凭泪水在心里和脸颊流淌……

简笑丹
春光里的父亲

　　春风习习，吹绿了小草，吹开了野花。沐浴着春光，我忆起了父亲。也是这样的季节，父亲离开了我们。但他的多才、自信、豁达、乐观始终激励着我，给了我春天般的温暖。

　　父亲是四川人，1950 年未满 18 岁就放弃学业，参加了中国人民志愿军，赴朝作战。转业时，父亲以"我是一块砖，东西南北任党搬"的姿态，留在了东北。当时这里正兴办学校，缺教师，父亲就被"搬"到教师岗位上。1958 年，他被安排到筹建中的辽宁省农村实验中学任音乐、美术教师，这一干就是一辈子。

　　父亲到学校报到时，一台手风琴、一辆自行车就是他的全部家当。当时学校还在建设中，许多辅助设施都是老师领着学生建的。父亲以军人的作风投入到建校的劳动中，每天除了上课，还要带领学生从两公里外的大黑山扛石头建宿舍。休息的时候，父亲就拉起手风琴，悠扬的旋律鼓舞了师生的干劲，振奋了大家的精神。

就是这一年，经学校老师介绍，父母相识。从和父亲的几次交谈中，我姥爷认定父亲是一个诚实厚道、知书达理的人，随即拍板，还自豪地说："我是闯关东过来的，经历得太多，不会看错人的！"

第二年春天，在学校领导的关心支持下，父母准备结婚。

当时的生活条件很苦，学生来自学校周围的几个乡镇，距家最远的有五六十公里，师生都寄宿在学校。考虑到很多学生想家，劳动又很累，吃饱饭似乎成了一种奢望，所以父亲决定自掏腰包，婚礼当天宴请全校师生。用这种方式，既能让大家改善生活、吃顿好饭，又能使大家放松心情、缓解疲劳。

为此，父亲拿出了全部积蓄，又卖掉了心爱的自行车，才筹足了宴请的费用。婚礼当天，全校 400 多名师生参加了婚宴（当然绝不收礼）。在那个物质生活极为匮乏的年月，这顿免费的喜宴，是许多学生从未享受过的美味，也成为他们人生记忆中的珍宝。

时隔 60 年，2018 年 5 月 8 日，庆祝辽宁省农村实验中学建校 60 周年第一届同学聚会时，学生还专门请上我的妈妈，在午饭时特地点了一道炸青虾。大家兴奋地说，这道菜，是他们 60 年来一直铭刻于心的美好记忆 —— 那顿喜宴温暖了他们的整个人生，他们以这样的方式来纪念自己亲爱的老师。

婚礼办了，钱也花光了，但日子还要过。第二天，开明的姥爷天蒙蒙亮就挑着担子出发了；徒步近 20 公里，给他女儿的新家送来了大米、玉米碴子、盆等过日子的东西，并安慰妈妈："穷富不扎根，只要嫁个好人。"

父母婚后就在附近的村民家租了房子，过上了清贫的日子。赶上房东家儿子要娶媳妇，就得马上腾出房子，重找新家。"溜房檐"的日子过了七八年，期间哥哥、我、弟弟相继来到世上。家里日子虽然清苦，但是父亲很乐观，空闲时间琴不离手、曲不离口。父亲乐观的情绪感染着我们一家人，清贫的生活充满着快乐。

真正拥有一个属于我们自己房子的家，还是在我6岁那年的春天。那时有一所废弃的校舍要出售，说是校舍，其实就是三间矮小的草房子，配有一个小操场，父母知道了，看了后要买下来。有几个善良的大妈私下告诉我母亲："这房子可不能买来住呀！不吉利！当年上梁那天，一个木匠从房梁上掉下来摔死了。你看那房子，一头高一头低，是个棺材相！犯邪！闹鬼呀！这房子做学校还行，有百家姓镇着呢！"母亲犹豫了，回家和父亲商量。父亲不假思索就说："我是从枪林弹雨中闯过来的老兵，从不信这些。人正不怕鬼邪！"

拗不过父亲，母亲只好东拼西凑，凑齐了一百五十元，买下了这处校舍。买来后，父母精心收拾，教室改成了家，很整洁；操场变成了菜园，很宽阔。此后，一家人的日子虽平淡，但温馨幸福。

几年后，谈起买房这件事，邻居们笑着嚷道：你们家姓好，姓"简"，这不"捡"着了吗？我心想：也许是父亲一身军人范儿，压住了邪鬼吧！

在工作中，父亲总是用极大的热情，尽职尽责地做好分内分外的事儿。

父亲总会在上课前先将乐谱写在白纸上，上课时再将白纸挂在黑板上，用手风琴伴奏，引领学生唱简谱。学生喜欢上父亲的音乐课，课堂上他们情绪高涨。一段时间后，几乎所有学生都能识谱。

课余时间，父亲还教学生乐器。只要学生有兴趣学，父亲就悉心地教。一个学期下来，他们就能熟练掌握演奏技巧，课余生活更加丰富了。

许多学生因父亲而喜欢上了音乐。至今还让亲历者和观众赞不绝口的，是学校排练演出的歌剧《红岩》。当时丹东市歌舞团要参加省里的文艺调演，市委选定的剧目是《红岩》，这是一个需要强大演员阵容的戏，丹东市歌舞团人手不够，上级就将这个任务交给了父亲所在的实验中学。校领导找到了有军旅生活经历的父亲，他欣然接受，并出色地完成了上级交给的任务。

那时，父亲集导演、舞美、音乐于一身，从剧本改编、角色安排，到乐队训练、背景绘制，父亲都亲力亲为，常常是加班到深夜。当时的演职人员全部由学校师生担任，没有报酬。不足两个月，一台气势恢宏的歌剧就呈现在调演的舞台上，学生乐队娴熟的演奏，演员专业的表演，赢得了各级领导和群众的广泛赞誉，演出非常成功。许多人也由此知道了丹东市的一个偏僻乡镇，还有这样一个省农村实验中学。

父亲常常教育我们：坦诚无私腰杆硬，自信乐观天地宽！他的人生很好地诠释了"顺境不傲，逆境不悲"。

父亲工作中有热情，爱学生，是个好老师；生活中能吃苦，爱孩子，是个好父亲。有年冬天的一个下午，小弟突然哭着跑回来说，一起溜冰的几个孩子无缘无故骂他。我听了，愤愤地说："老师都说了，我们是可以教育好的子女！"说完，我望着父亲，他的脸上却写着平和。略加思索，父亲走到小弟身边，轻轻摸着他的头，说："不要生他们的气，以后咱就在自家的院子里溜冰！"

从那天开始，父亲每天上下班之后，都会从井里挑水，一天十几担，甚至几十担，泼在自家的菜园子里。那时的冬天，可比现在的冬天冷多了，冰也冻得结实！几天后，父亲硬是把自家的菜地泼成了溜冰场！此后，自家的溜冰场便是我们的乐园。

从水井到自家菜园，往返少说也有四五百米，父亲用双肩挑的分明是沉甸甸的父爱啊！父亲用坦诚豁达、吃苦耐劳，给了儿女以温暖，教会了我们做人的道理！

我敬佩父亲的为人，崇拜他的职业，羡慕他的桃李满园。毕业后，我回到父亲工作过的学校当了一名乡村老师，希望在父亲工作过的地方，续写他的青春，把春天的种子播撒在孩子们的心里。

焦红玲

怀念 30 多年前那辆自行车

近日，我没来由地突然想起 20 世纪 80 年代的自行车。

那时候，在我们那个有着 1000 多号学生的乡村中学，谁要是有辆锃光瓦亮的新自行车，简直能美上天去。整个乡镇十几个村子只有这一所颇具规模的中学。放眼望去，停车场犹如"沙场秋点兵"的古战场，所有的俩轱辘座驾，都在操场西边的大车棚里，声势浩大地集体亮相。绝大多数都是家里大人们淘汰下来的笨重的老式自行车，间或掺杂着屈指可数的几辆新车，如鹤立鸡群。

作为初一年级小不点儿的我，是拥有新车的少数幸运儿之一。喏，那辆墨绿色车身的二六飞鸽，就是我的爱车。它，宛如一位绝世佳人，亭亭玉立于紧里边、靠墙根，一个不显山不露水的角落里。我寻思着，如果把车放在外边或是中间位置，放学后倒是方便推走，但是假如一辆倒下，很有可能旁边的一大片车子会受到惯性的牵累而顺势倒地，况且那时候校园里经常发生淘气包拔同学自行车气门芯的不良事件。我可不想让心爱的车子蹭掉了漆，扭伤了车身，或是车胎漏了气，病歪歪地被推回家。为了长期占据安全有利地形，我不惜每天披星戴月，早出晚归。

那是1985年的七八月间。盼星星盼月亮的母亲，总算是搞到一张珍贵的车票。她把自己在砖瓦厂和父亲在大灰厂挣来的不知攒了多久的钱加在一起，又跟一位要好的阿姨借了二十块，才算凑够了车钱，然后托人从县城百货公司"请"回来这漂亮的二六飞鸽。其实九月份开学我所升入的中学就在本村，我完全可以像两个哥哥那样走着上学，比不得外村同学路远只能倚仗自行车代步。14岁的我知道，母亲这么做，完全是不蒸馒头争口气。

这还得从堂姐的自行车说起。这个北方的乡姐，偏偏会说一口甜糯可人的吴侬软语，尽管满脸雀斑，还是深得祖父的宠爱。宠爱的结果，就是她以最讨巧的方式作为代价，四两拨千斤般，赢得了最大的实惠。比方说，她得到了一件天大的稀罕物——10岁生日时，祖父送了她一辆小巧可爱的二四自行车作为礼物。起初，我总是像个跟屁虫一样跑在她后边，可她从不拿正眼看我，她的小新车连摸都不让我摸一下，更不用说让我骑上过一番车瘾。可怜兮兮的我，只能躲在梦里，一遍遍地摸那光滑的车身、车把，那黑漆漆的、布满粗花纹的轱辘，那轻轻扒拉就发出一串清脆铃音的亮闪闪的铃铛。在梦里，我神气十足地骑上它，在村外的打谷场一圈圈地兜风。可是梦的尽头等着我的，总是身材高大、声色俱厉的祖父，和他高高抡起来的热乎乎的巴掌。

我像老鼠怕猫一样，惧怕着祖父。很小的时候，我就敏感地察觉到他老人家不待见我。是因为我长着大奔儿头吗？因为我是左撇子？还是因为我不会用甜甜的嗓音喊他"爷爷"，更不会像只温顺的猫儿那样在他身边撒娇，而只会一阵风似的满世界疯跑？那时的我总觉得自己是一只丑小鸭。自从五岁那年有一次被祖父在饭桌上用筷子抽打过左手，之后每每见到他，我就只剩下了躲避。可就算我是齐天大圣，到头来还是逃不出如来佛的手掌心——祖父是我们小学校里的校工，负责敲钟、扫院子、给办公室打开水、冬天烧煤炉，整天低头不见抬头见。

堂姐出嫁了。祖父的脸上眉间，开始笼罩着秋天果实离开枝头般的怅然若失。但凡有什么拿得出手的，他都会不辞辛苦地骑车赶过去送给她。包括他几十年来省吃俭用换来的存折，也一律交由堂姐代为保管。我长这么大，从来没吃过他一块水果糖。

要强的母亲是妯娌三人中最心灵手巧的。作为家里四个孩子中唯一的女孩子，我是她的掌上明珠。印象最深的，是母亲会编好看的羊角辫，还在辫梢给我扎上粉嫩的蝴蝶结。她园丁般呵护着一枝风雨飘摇中的花朵。偏心祖父越是贬斥我，母亲越是当众鼓励我。家里经济并不宽裕，她也尽量让我穿戴齐整，而男孩子们在穿着上则毫不讲究。我参加学区红五月歌咏比赛，母亲还特意托人给我捎回来一件白衬衫，簇新洁白，在几十人的合唱队里，显得格外扎眼。她还把积攒了好久的劳保用品，那一堆堆的白色线手套拆了、染色，织成漂亮的线衣穿在我身上。我八九岁那年冬天，有一次在大队部看露天电影，打瞌睡时，风掀走了披在我身上的九成新的红色防寒服，母亲都没有责备我，只是叮嘱我以后做什么事情都要仔细些。

关于买自行车这件事，是在我上小学六年级时纳入家庭议事日程的。我不止一次听到过夜里父母合计这件大事，心中窃喜。我注意到，父亲开始滴酒不沾，他和母亲带到单位的饭盒里，也没了咸鸭蛋、焖酥鱼，而只有烙饼窝头咸菜。母亲变得对自己格外苛刻，成天累得浑身散架了一般，却舍不得歇一天工。那年正月里，姥爷去世了，母亲请了三天丧假，回来后拼命加班，原本十二小时的两班倒，她愣是上成了连轴转，以至于疲劳过度，昏昏沉沉地从高高的地沟顶摔了下来。谢天谢地，母亲没有摔坏筋骨，只是皮肉之伤。从那以后，仿佛一夜间长大的我，承包了家里所有洗洗涮涮的活计。肥皂、大盆、搓衣板，成了我的好搭档；床单、被罩、脏衣裤，统统成了我的手下败将。而哥哥则成了家里的大厨，中午一回到家就不声不响地煮我们的简餐。尽管依旧不被祖父待见，可我的童年少年时光，并未因此而暗淡无光，而始终有一抹明艳动人的色彩。这色彩一是来自于家庭的温暖，二是来自于学校，我顶呱呱的学习成绩所带来的成就感。而后者，恰恰是我那个小天鹅一样神气十足的堂姐的短板——她是一个和书本、和上学有仇的人，一上课就犯困，只勉强上到初中毕业就回乡务农了，20岁出头，匆匆嫁人。

一辆自行车带给我的，与其说是扬眉吐气，不如说是动力的源泉。为了成为母亲所期许的样子，走出村庄，到外面的世界，我铆足了劲儿，让自己的学习成绩在十二个平行班近五百个同学中出类拔萃。到了晚上，经常是我的台灯和母亲的电灯泡比赛着，看哪个后熄灭。蜜蜂一样勤劳的，要么踩着缝纫机，要么缝着手工布鞋的母亲，有永远做不完的"功课"。

1988年7月，全市中考成绩揭晓。8月，录取通知书送达手上，我考上了心仪已久的师范学校！母亲翻过来调过去地欣赏着那被喜悦浸润得格外美丽的通知书，久违的微笑鲜花般绽放在她的脸上。她的笑容，犹如一圈圈好看的涟漪，荡漾在春天的湖面上。

就这样，那辆飞鸽牌自行车伴我飞出了生我养我的村镇，飞到了更加辽远的地方。直到我1995年结婚，锈迹斑斑的它才下岗，整整陪伴了我十年。

在母亲50岁那年，我陪她买了辆三轮车，她开心至极。上街买菜，出村走亲戚，接送孙子孙女上幼儿园，三轮车成了母亲的好伙伴。纵观母亲的一生，只上到高小毕业的她，在几乎所有的时间里，都像只陀螺，以娘家和婆家这两个村庄为半径，以亲人们为圆心，成年累月不知疲倦地旋转着，终究还是没有去过更远的地方，66岁的年纪，就把自己永远地交还给了大地。

多年来，已为人师、为人母的我，在似水年华里，追忆着自己安享母爱的那些温暖时光。

多年来，我本能地效仿着母亲，给身边幼小的心灵以不动声色的呵护，使他们小小的自尊免于一场场风暴的伤害，使他们能在生命的花季里如期绽放本真的美丽，使他们最终和我一样，活成自己喜欢的样子，过上自己想要的生活。

烟雨红尘，有一种疼叫思念

张斌
说给母亲的话

母亲这一辈子，是和苦难抗争的一辈子。她常对我们说："人活一口气，宁让身受苦，不叫脸受热"。母亲用一辈子看似平常却最不平常、最坚忍的实践，让我们读懂了她话里的分量。

从我记事的时候，家就很贫困。贫瘠的土地，碱巴拉地上的小山村承载着母亲太多的劳苦和艰辛。父亲一年都不歇一个工，即使除夕夜，都在队上劳动。可是一年的结算，竟入不抵出，年年"胀肚"。终年见不到一个钱。

尽管这样，人穷志不短，母亲也不曾让我们穿过飞边掉扇、狼撕狗扯的破烂衣服。我们的衣服，母亲总是浆洗得干干净净，缝补得整整齐齐。年年过春节，不管多困难，母亲还会给我们几个做新衣裳。每年冬天，我们都能穿上母亲亲手缝制的新棉鞋——母亲从不曾让我们穿过"开膛破肚"、棉花翻露于外的滚蹄鞋。

上学了，买不起书包，母亲精心给我缝制了一个花书包。

正面是母亲用多年积攒的花布角拼缝的，背面是一块白布中间绣个红五星，书包带是一块黑布条缝制而成。这个花书包一直伴随我读完小学。几十年过去了，那个花书包始终清晰地留在我的记忆里。它收藏着母亲的心酸，也寄托着母亲的希望。

我最怕每年的开学了。一到这个时候，班主任就会拿着点名册在前边发问："谁还没交学费？"自尊心极强的我，恨不得有个地缝钻进去，回家就向母亲发脾气。

母亲知道儿子的委屈，勉强宽慰我："告诉老师，再等两天就交。"母亲不顾长年不见荤腥的清苦，毅然卖掉好不容易养活的小猪，为我们准备学费。刚强的母亲，你是怎样拖着沉重的步履，仰着脸，看着人家的脸色，向人求借的呀！

供我们读书，母亲承受的压力，岂止经济上的困顿？还有来自亲友乡邻的不屑和挖苦："小孩子念什么书，人家的孩子都下来帮家干活儿了。"

母亲不听那一套。有难扛着，倔强地支持我们把书读到底。母亲用她的顽强创造了一个奇迹：在那个贫困的小山村，我们家的孩子最多；然而，我们家是唯一一个六个孩子都读完了初中的人家。我是唯一一个念完初中，走出小山村，到县城读书的人。

苦难的岁月，祸不单行，没钱还缺粮。难忘那个灾难肆虐的年代，不要说挨到青黄不接，还不到年底粮食就所剩无几了。那一年秋天，母亲用一根绳把袋子底部的两个角系住，上面扎住袋子口，背在身上，见什么能吃，就遛什么。第二年刚开春，地刚开化，母亲又背起那个布袋子，扛着个小耙子，去遛冻土豆了。

一个星期天。我也随母亲去遛土豆。还没化透的地还有些硬，母亲用耙子一块一块地刨，老半天，也不见一个土豆。腹中无食，不到中午，我早已没了气力，手中的耙子，怎么也举不动了。我看母亲，她头上的汗顺着脸颊往下淌。我央求母亲："回家吧。"母亲不瞅我，只是喊了一句："人活一口气，再挺一会！"一上午，母亲只遛到小半袋土豆。回家的路上，我两条腿酸软，像走在棉花上迈不动步。午间，母亲给我们做了小米粥，每个人盛上一碗，放在桌子上，让我们吃。

母亲没有上桌，一直在外屋。等我们吃完那碗粥时，看见母亲已背起那个布袋子要走了。我说："妈，你还没吃饭呢！"母亲回答说："吃过了。"我跟到屋外，母亲已走出了门。回头看见锅台上有一个小盆儿，装着不多凝固的米汤，一只碗放在旁边，我明白了：母亲是把带米粒的粥捞给了我们，她吃的却是无米的凉米汤。我的心里不知是什么滋味，沉甸甸的。

那一年，母亲遛了不少土豆。母亲把它们去皮、洗净、晒干、碾成粉，再把甜菜叶子掺些大蒜剁碎，包成菜包。这乌黑锃亮的菜包子让我们一家逃过饥荒一劫。

每当回忆起那不堪回首的岁月，母亲背上的布袋子，那乌黑锃亮的菜包子就不时在我脑中闪现。

苦难的岁月，最苦的是母亲，她把能抗饿的饭菜都留给了爸爸，不多的好东西，总是留给我这根独苗，或给姐妹们分享，自己却薄衣粗食，习以为常。多少年后，回忆起当年的穷苦，母亲总是淡然一笑说："人活一口气，宁让身受苦，不让脸受热，苦点难点算什么？"那一年过春节，我用在学校学得的写毛笔字的技能，写了一副对联。母亲站在我身边看，她不认字，问我写的是啥呀？我念给她听："长风破浪会有时，直挂云帆济沧海。"

母亲不懂，我给她解释说："我们总有出头有日那天，到那时候，我们会见大世面，我们会让日子过得更美好。"母亲乐了，说："出头有日，好。"母亲多么渴望摆脱穷苦，过上好日子啊！

母亲对生活的要求并不高。当我把一家人接到县城时，母亲乐得合不拢嘴。我知道，母亲内心有多自豪多骄傲。母亲告别了穷困的小山村，对亲友和乡邻也有了个交待。

当我把粮食供应证的小本子交到母亲手上时，母亲喜不自禁，连声说："我也吃上小红本了，我这辈子算是享福了。"供应粮虽然并不很充足，但母亲知道，再不用为无米下炊而发愁，为青黄不接而恐惧了。

苦日子终于熬到头了。命运多舛的母亲，一辈子和贫穷斗，和饥饿斗，和困难斗。好日子来了，可惜，没有几年，母亲却病倒了。一辈子不曾被疾病压倒过的母亲，那一回是真的挺不过去了。

我接到消息，匆匆赶回家。母亲已躺在医院的病床上，半身不遂，不能说话，只有一条腿硬硬地支着。

母亲见了我，呆呆地望了许久，现出欣喜的样子。连续多天，用药不见好转，最后连点滴也不能吸收了。干瘦的母亲，松弛的皮下鼓起了大包，充斥着药液，不得不停了针。

我坐在母亲床前，望着母亲，很是无奈，很是愧疚。中午，姐妹们都去吃饭了，我一个人守护在母亲的身边。母亲突然用她还能动的右臂一下子把我的脖子搂住，将我的脸紧紧地贴在她的脸上……

许久，母亲长长地叹了一口气，胳膊轻轻地从我头上滑落。母亲不能说话，但我知道母亲要说什么。母亲有太多的不舍。这是母亲和儿子的最后道别。

这一辈子和母亲有过无数次道别。以前，都是母亲默默站在我的背后。当我开门转身说："妈，我走了。"妈妈总是摆摆手说："走吧，走吧！"忠孝不能两全，妈妈，你懂得。当我走出屋，回望，妈妈总是站在窗前，默默地注视着我。妈妈开始期待着下一次儿子的归来。这一回，却是妈妈要走了，儿子不愿让你走，可儿子已没有办法留住你呀！我们母子相见再没有下一次了。

2001 年 11 月 1 日 20 时，母亲走完了她 81 岁的人生路程。坚强的母亲和死神抗争了一个月，她不肯屈服，她还有对儿女的无限眷恋和牵挂。她那条腿顽强地挺立着，昼夜不肯放下。当那条腿溘然倒下的时候，我知道，母亲真的走了。

我苦难奋斗一生的母亲，用她柔弱的身躯扛起了一个家的艰难，扛起了我们姐弟六个人生的希望。没有母亲，就没有我们的今天。我们给父母坟头立起的石碑上镌刻着四个大字"功德无量"。妈妈，这是儿女对你一生的敬仰。

妈妈，你同困难斗争的傲骨是留给儿女受用终生、传之后世的无价之宝。妈妈的精神刻进了儿女的骨髓，注入了儿女的血脉。

妈，我多想还像小孩子一样，躺在你的大腿上，向你掏尽一辈子的心里话。向你说说心中的烦恼，向你说说我的计划。告诉你，你的六个儿女各个过得像模像样；告诉你，你的孙儿、孙女大学毕业，事业有成，日子过得红红火火；告诉你……

儿子想要和你说的话，如鸭绿江水滔滔不息，妈妈，你听见了吗？那水声是儿子的絮语，是儿子的呼唤！

薛智之
周年祭

    岳父一生有过两个职业，一个是军人、军医，一个是医生、院长。

    岳父在部队十几年，服役时间虽然并不算太长，但却打下了从医的基础，培养了吃苦、坚毅的精神。在我眼中，岳父非常能吃苦。我与爱人初恋时，岳父已经是湖州第一医院的医教科科长，负责医院的医疗、教研方面的事务，工作非常繁忙，几乎每天都要加班加点，周末更忙，很少照顾到家里。

    有一年岳父要参加副主任医师职称评定，需通过英语考试。要知道，他在校时候学的外语是俄语！但年近50的岳父却不放弃，每天拿着英语课本，有时间就背诵英语单词……通过不懈努力，他终于如愿取得了职称。

    当了医院业务院长之后，岳父更是忙上加忙，全院医疗方面大大小小的事情，都要岳父一个人去协调处理，岳父牺牲的不仅仅是业余时间，他放弃更多的是对自己身体的关照和爱护。特别是随着年龄的增长，长期的辛劳使他的免疫力不断下降、皮肤病、腰痛病、血液病等病魔也慢慢渗入。

岳父退休以后，腰痛、皮肤病缠身，但他仍然坚持去医院上班，因为没有很好地休息医治，身体的免疫力不断下降，病情不断加重。最后，岳父倒在了病床上，到了翻一次身都疼痛难忍的地步。每每看到岳父病痛难耐而眼中又充满着期待的眼神，我们就忍不住流下眼泪……

岳父从部队转业后，一直在湖州第一医院工作。

岳父在医院从事骨科临床和科研工作，没人愿意动的手术他主动要求做，医院上下的大小事务他都积极承担，他还参与了"复合组织及神经移植在重建残手功能中的应用"等多项临床医疗技术的突破工作，对骨质增生性疾病颇有研究，最终成为擅长骨质增生性疾病诊治的专家。

岳父退休后被返聘在医院继续工作，负责整理医疗档案、兼职专家门诊。在此期间，他不仅坚持做好自己应该做的事情，还对年轻医生的成长倾注了许多心血，履行着一名老医生的职责和使命。

在岳父病重的日子里，我们很多次要求他转院到上海、杭州等地的大医院去就诊，接受更好更先进的检查与治疗，可他总是说"这里的医疗条件和服务，是最好的，我愿意在这里待着"，几番劝说都不起作用。其实我们知道，他最钟爱的是他曾经战斗奋斗过的医院，他最信任的也是他曾经毕生付出的医院，他真的不想离开第一医院，真的不想，直到永远……

岳父对家庭的倾注与付出，对家人的责任与担当，也令我非常敬佩。

岳父有一句名言："作为男人，在单位要听领导的，在路上要听交警的，在家里要听老婆的。"他大事小事都让着岳母，谦让宽容，从不"争权夺利"，遇到夫妻小矛盾，岳父总是以一句玩笑、一个幽默轻松化解。

岳父对子女有慈爱更有要求。我和爱人工作都很忙，很少有时间回湖州的家，每次打电话或是匆匆回家，他都会交代我们要认真工作，不要担心家；每次在家中没待多久，他都会催促我们回部队，不要耽误工作。特别是我事业顺利之后，他对我说了一句让我在工作中一直提醒自己的话："做官一时，做人一世。"岳父对我寄予了很大的希望，经常教导我："男人在外面要努力工作成就事业，为家庭撑起一片蓝天；在家里要有气度学会忍耐，成为老婆孩子的贴心人，尽到一个丈夫、爸爸的责任。"岳父的这些教诲，一直影响和激励着我们。

岳父对孙辈的抚养和教育，可谓是无微不至、无可挑剔。在我女儿双双上小学、初中的 9 年时间里，不管阴晴圆缺，任凭雨打风吹，岳父都会雷打不动地每天接送她上下学。

岳父的孝廉道义，也言传身教地影响着孙辈们，女儿双双现在虽然大学还没有毕业，但在待人接物方面处处与人为善，知道感恩，有孝心。女儿健康成长的背后，凝聚着岳父的辛勤和付出。

岳父酷爱书画艺术，女儿和外甥女的课外兴趣都选择了书法、古筝。耳濡目染，小女现在已经有了一些书法功底，经常代表学校参加各种书法大赛，去年还获得了绍兴市大学生书法竞赛二等奖。

岳父病重时送了我一盆他亲手栽培的仙人球，仙人球的寓意是坚强、坚忍，这也许是他老人家临终前的嘱托，告诉我要坚强、坚忍，要努力拼搏撑起这个家。

敬爱的岳父大人，您虽然离我们而去，但您的音容笑貌永远铭记在我们心中，您"一生挚爱医院，一世倾情家人"的精神，将会永远影响和激励着我们前行。

请您放心，我们会好好地生活、学习和工作。

您安息吧！

李娟
干冲菜包子

一年里头，总有些日子想吃干冲菜包子，干冲菜是用家菜薹做的，因为新鲜家菜有股冲鼻子的辣味儿，乡下人都叫它冲菜。

小时候见妈做过干冲菜。

那时我们家园子里栽的家菜，等它刚冲出薹含苞待放时，妈便把薹掐下来，洗得干干净净，切成末。等水烧开了，把翠绿的菜末倒进锅里，用铲子不停翻滚，等青色褪去，捞在一个大瓷盆里，用石头压紧，盖好盖，放一夜，去掉那股刺鼻的冲味儿。第二天，把压好的菜末挤掉水分，放进锅里，撒上提前准备好的辣椒、花椒、五香面和盐，加上火葱、姜、蒜末搅拌均匀，然后摊在细筛里，放在太阳底下晒几天，干冲菜就做成了。想吃的时候，用开水一泡，可直接吃，要是用油炒过，那味道就更入口了。妈说，干冲菜做包子馅也好吃。

妈生于1952年，2011年时还不到60岁，平日生性活泼，精神饱满。她和爹一样都不识字，但有副清亮高昂的好嗓子，

274

记忆力又超常，小孩时候唱的那些革命歌曲，她能一字不差地唱出好多首；新的电视剧插曲，她从电视里听几遍就能随着唱下来；不过，她喜欢的还是《洪湖水浪打浪》《南泥湾》《北京的金山上》那些老曲儿。

原本无痛无忧的妈，这年夏天时常说背壳痛，在合林镇医院检查，诊断是颈椎病，没啥大问题。吃了开的药，可疼痛依旧，又到镇上的几家私人诊所看，有的给她打针，有的给她吃中药面子，疼痛也只能缓解一两天，过后照样疼痛难忍。等到这年秋季忙完农活，稻子打完了，麦子也种下了，我就下决心带妈来华西医院做一次彻底的检查。我记得清清楚楚，11月7日一早，爹把妈送到合林镇，妈自己乘坐大巴车来成都的。去长途汽车站接妈前，我赶早到华西医院挂了第二天的骨科号。

骨科的一位女医生听妈讲完病情，又在妈的痛处及周围按了按，便叫我们去拍检查照片，三天后出结果。这位女医生下周一才出诊，为了诊断连续性，我们在家等了一周。

周一我和妈先到医院取片子，该片说明，器官都正常，但有一项，胸腔有中量积液。我也看不懂，觉得胸腔积液不是什么大事，没想到，医生看罢叫我马上去呼吸科加号，如果加不上，就去看急诊。听她这么说，我心一紧。好在呼吸科的号加上了，等了三四个小时，医生看完片子后说，要住院，但暂时没有床位，叫我们回家等通知。

当晚，我从书柜里拿出现代医学大百科全书，得知胸腔积液，一种是肺结核引起的，一种是肿瘤引起的。我的心又颤了几下，紧绷起来。

在家等了三天，呼吸科住院部来电话，叫下午去办住院手续。住院第二天，医生把我叫到办公室，让我有思想准备，妈得的可能是癌症。医生见我忍不住地掉眼泪，又安慰我说："现在还只是有可能，等积液抽出来化验了以后才能确诊。"

住院当晚，医生开了两片止痛片，妈吃了还是说背夹骨痛。

三天抽积液，第四天医生又把我叫到办公室，说化验结果不理想，确诊是癌。听到这个宣判，我无法抑制，跑到楼道里大哭一阵，接着给弟弟打电话，两人商量，还是先不把实情告诉妈吧，看看情况再说。

住院这几天，妈总是问我，医生为啥不给她开药，又不给她打点滴。我便撒了一个谎，说她得的是神经痛，目前还没有好的治疗办法，这种病有的要痛十多年呢，只能慢慢调理。可妈每次看同室病友吃药打针的眼神，我知道她在"羡慕"那些病友呢。

最后的诊断结果出来了，妈患的肺癌已到晚期，已经转移到骨髓。医生拿着片子指给我和弟弟看，妈的两根肋骨都有损坏了，还说腺上也发现了癌细胞。医生建议说："到了这个阶段，即使转到肿瘤科，也没有好的办法治疗。"我问："能不能化疗呢？"医生说："现在化疗也晚了，还会使病人更加痛苦。存活的时间看来最多也只有半年了。"

我和弟弟感谢这位负责任的医生，根据他的建议，第二天便办理出院。

医生写好医嘱，让我们去买些药带回家。当护士把一盒曲马多送到病房时，我和弟弟不在，护士就给了妈。办完手续，我和妈回家，弟弟去同仁堂开中药，还买了几盒止痛片。出院时，医生一再嘱咐，曲马多只有到病人痛得实在受不了了才用。妈一心惦记着医院开的药，而像曲马多这样的药，我们又不能随便给她吃，没想到，这给妈增加了许多精神负担，疑心为啥不给她吃医院开的药，反而要跑到药店去买药。

没过几天，妈更感到全身无力，胃发胀，因为背痛，每天晚上都要从床上坐起来好几次，我得不停地给她按摩。怎么办呢？医生说得明白，就是住院，也没有更好的治疗方法，可我们又不忍把实话告诉妈。妈几次念叨，她在乡下也有过全身没力的时候，到镇上的私人诊所打两天点滴就好了。她还惦记着打点滴呢！

既然不在成都治疗，跟爹商量后，我决定陪妈回石垭老家。在电话里我和弟弟跟爹说，不要告诉村里人妈的病情，怕有人不小心说漏了，让妈知道。这种事怎么能瞒得住呢，到家不出半个月，村里人还是都晓得了，纷纷前来看望妈，背着妈向我问长问短，结果只有妈一个人被蒙在鼓里。

这真是一个叫人揪心的问题，究竟要不要告诉妈真实病情呢？这件事，我和爹、弟弟商量过一次又一次，结果还是不告诉的好。许多人都说，多半癌症患者是被吓死的，我们不想让妈被吓死。

我后来常常想，可能是我们错了，像妈这样脑子灵活的明白人，是不是应该一开始就告诉她实情呢？何况，医生等于已经下了"死亡通知书"，如果跟她说清楚，她会不会坦然面对死亡，更加平静地走过人生的最后一程呢？隐瞒实情，让她空怀希望，事实上我们带给她的又总是失望和痛苦。

瞒着她，本意是想让她放松心态，以为对病情有好处。结果却造成妈的不少猜疑，从她无数次的眼神中，我都看到过她的怨恨和无奈，甚至流露出我们对她不孝的感觉。有一天，妈狠狠地把药扔在地上，生气地说："天天吃这么多，又不见好，不吃了。"

到后期，妈什么饮食也吃不下。有一天，妈说想吃干冲菜馅包子，我高兴极了，赶紧给她做。当我把热腾腾的包子送到她跟前，她看了看，痛苦地摇摇头说："现在胸胀，吃不下。"我放下包子，赶紧给妈揉胸。妈虚弱地对我说："你看我这没用的，不是生病，也不会让你回来受苦受累。"

查出妈病情以来，从没在她面前掉过泪的我，听她说到这，我再也控制不住，眼泪像断了线的珠子滚落在妈身上。妈以为是我看见她痛苦的样子吓着了，叫我快去趁热吃干冲菜包子。

干冲菜包子，第二天早上我热好了，妈才勉强吃了两口。

妈的病情一天天加重，怨恨也一天天加深，我们不得不再次商量要不要告诉她实情。这次商量的结果，觉得到了这种时候，还是告诉好吧，要不，妈会带着怨恨离开，那我们就真成了不孝儿女了。

2012 年 4 月 19 日，我和爹、弟弟三人议决，由爹找个适当的机会告诉妈。当天晚上，我躺在阁楼的床上久久没法入睡，听着爹一字一句地给妈讲她的病情，爹说："晓得你得了这个病以后，我们着急啊，但医生说，这是没法子治好的病。世上又没有灵丹妙药，要是能给你看好，我们砸锅卖铁也要给你治。只怪老天爷不长眼，咋个让你得了这个病！你现在啥也别想，静心养病，病好了你啥也别干，我去干活儿，你就在家给我守门。"爹说完，安静了好大一会儿，只听妈说一句："不管咋的，你们要给我打止痛的针。"爹说："晓得，只要你疼狠了，我们就去喊村医来给你打针。"

听他们说到这里，我迷迷糊糊地睡了。刚睡着吧，就听见爹喊我，说妈痛得厉害，叫我赶快去喊隔壁的村医来给妈打针，我看手机，是十一点。十一点半村医给妈打完针，两小时后，妈就走了……

那之后，我再想吃干冲菜包子，就和干冲菜包子的味道没有太大的关系了。

范景来
多想坦诚地和您说说话、聊聊天

　　父亲的离去对我打击很大，很长一段时间，我几乎不敢想，也不敢看有关父亲的一切文字。起初几年，我几乎每天以泪洗面；这些年，经过调整，心态好了很多，但思念依然不减。

　　父亲是因病去世的，享年 65 岁。

　　应该说，在这个年龄，正是享福的时候。刚退休不久，儿女都已成家立业，经济上也都富裕了，我们儿女足可以让父亲晚年过得更安详。但是，天不遂人愿，父亲还是走了，走的是那么突然，从患病到离世，仅仅不足三个月的时间，我和父亲还没来得及说说心里话。

　　我不敢接受这个事实，好像天塌了一样，但又无法阻止这个事实的到来，满眼的伤痛无情地折磨着我。

　　大多数人都称自己的父亲为爸爸，可我不同，我只是叫爹。我也不知道这是为什么，也从来没有问过，几十年如此，一直将父亲称作爹。也没感觉这种称谓有什么不同，一切好像都是自然而然的。

父亲的一生很不容易。

我的爷爷只有我父亲一个儿子。父亲没有任何弟兄和姐妹，很是孤单，自然也就显得有些可怜。而且，父亲来到这个世界也算是不容易。爷爷和奶奶结婚十几年才有了我的父亲。

据说本来命里没有，只因爷爷和奶奶都是十分善良，乐善好施，做任何事情从不先考虑自己，所以才"积"来个儿子——我的父亲。虽然这是有些迷信的说法，但父亲的到来确实不易，爷爷奶奶的善良和施舍，也是村里出了名的。

父亲也是很不幸的。

父亲刚刚9岁时，爷爷就走了。而且是在外地做事时，客死他乡。当时由于家里穷，父亲又小，不担事，爷爷的尸骨就埋在了外地，是由爷爷的兄长办理的。

父亲十分孝顺，立业以后，经济上稍微好转，便毅然将爷爷的尸骨从外地起了回来，葬在了家乡的土地上。这在当时全村子里，都是一件很值得称道的事，人们说父亲做得好，是个大孝子。

当然，为了让爷爷魂归故里，父亲也向别人借了很多钱，欠了一些外债。但欠账的事，父亲从来没有和我们弟兄说过，而是自己默默地用点点节余还账。据说，到了我上初中的时候，父亲才把外债还清。

父亲早年丧父，由奶奶一个人将他拉扯大。因为家里困难，不得不辍学，只上了几年小学。但父亲又很专心，喜欢看书、写字，虽然上学少，但靠自己的努力，还是有了一定的文化基础。后来有机会到了公社文艺宣传队，还学会了拉琴，再后来又被招了工，算是端上了国家的饭碗，不再只是靠种地养活家里了。

父亲很敬业，干一行总能够坚持干好，并且不轻易放弃。当时，和父亲一同到宣传队的有好几个人，很多人都因为当时挣得少，熬不住，主动辞职回家种地了，只有父亲和少数几个其他村的人坚持了下来，这样才有了后来稳定的工作，让父亲成了一名国家干部。

虽然，父亲没有因为这个工作有更大的发展，但在村子里，能够像父亲那样有公职的人不多。为此，父亲也是自豪的，我们全家也都感到十分幸福。

父亲给我的最大印象是不爱说话，在家里从来没有和我们聊天、交流的习惯，我们有的只是服从。家里的大事都是父亲做主，母亲操持家务，是典型的男主外、女主内的家庭模式。父母虽然有时也会闹意见，但总体还算和谐。

父亲对我们弟兄的学习几乎没有关心过，也从来不过问，在他的心里，也可能事情太多，根本顾不过来。或者，他的教育方式就是和他一样，树大自直。我们弟兄6人，只有我考上了大学，但父亲也没有表现出任何的喜悦。

父亲喜欢喝酒，而且喜欢得有些偏执，几乎每顿饭都离不开酒，早上喝得少些，中午、晚上多一些，遇到客人，就会喝得更多些，时间也更长。

我们弟兄几人都有些惧怕父亲，有什么事几乎都不直接和父亲说，而是和母亲沟通。父亲说什么，我们就照做，没有什么商量的余地，也不敢有任何反驳的意见。

在我印象里，我从来没和父亲要过钱，父亲也从来没给过我零花钱，也许和当时家里穷，孩子又多有关吧。唯一一次和父亲谈钱，是在我上高中时候，当时流行买复习资料，一套数理化自学丛书13元（共计12本），是上海出版的，很多同学都买了。我知道母亲手里没钱，酝酿了很长时间，才和父亲说了自己的想法。父亲当时没有说话，我也没有再问，以为父亲是不同意。可是过了大概一个礼拜的时间，晚上我在自己的屋里学习，我妈进了我的房间，拿出了13元钱，交到我手里，说是我父亲把钱给她了，让她给我买书用。

当时，我什么也没说，眼泪一下就流了下来。我不知道该说什么，父亲是那样吝啬语言，从来没有和我们多说过一句话，在钱财上又是那么节俭，可是，唯一在我张嘴买书这件事上却慷慨了一把。我当时还不知道父亲每个月挣多少钱，也不知道13块钱的概念。一年后当我考上大学，每月的生活费就是12元（学校发的定额）。可见，当时的13元，对于父亲来说确实也不是一个小数目。

母亲帮我擦了眼泪，嘱咐我，好好学，别太累了。其实，在我的心里，早就攒着一股劲，发奋一定要考上大学。父亲用这种方式圆了我买书的梦，我更没有任何理由不好好学习。因此，在高中那两年，我的确把精力全都用在了学习上，发奋了、刻苦了，最终我也成功了。

那年，全区（当时是几个公社统称）好几百人参加高考，只有两个人考上了，而我考得最好，全区第一。

高考改变了我的命运。在我们弟兄几人中，我是唯一通过高考走出农村、走上工作岗位的。可以说，没有因工作问题，让父母去托关系求人，这一点算是省心的，也算是对父母的一点回报。

参加工作以前，在家里我是不太受父母宠爱的，也许孩子太多了，也顾不过来，而我从小体弱，因此在家里几乎没有什么说话的位置。参加工作以后，自己很努力，工作也很出色，在单位又担任了一个小职位，多少能帮助家里做些事情了。从此以后，父亲对我的印象也有些许改变。

父亲在的时候，我们家每年到了大年三十晚上都要聚餐。从我记事的时候这个习惯就有，一直持续了几十年，最多的时候，全家要摆上两大桌子，二十几人。吃饭之前，全家人还要合影留念，这是每年都不能少的一项内容。

父亲很看重这件事情，在这件事上从来没有吝啬过。三十年夜饭，全家人在一起，父亲是很高兴的，喝酒也要喝好一点的。父亲对我们弟兄几个没有太多的言语，可是对自己的孙子、孙女却不然，孩子和他们的爷爷关系很好，也很亲近。

每年过年的照片，父亲都会用大镜框镶起来，挂在墙上，一年一张，按照顺序排列。外人来到我们家里，看到照片都很羡慕，我们全家人也感到很自豪。也许因为父亲那代没有兄弟姐妹的缘故，父亲对全家合影的事非常看重，几十年来从来没有间断过。可惜的是，父亲走了以后，全家人就再没有合过影，也没有人再提起这件事情，因为我们都不愿意让这件事勾起我们的痛处。

父亲的离开，我最遗憾的是，一辈子没有和父亲有过一次心灵上的沟通，没有和父亲说说心里话。我也想走进父亲的内心世界，了解父亲是怎么想的，对我们有什么期待和要求，我们怎么做才能够让父亲高兴。可惜的是，上天连这个机会都没有给我们——父子一场，没能够坦诚地说说话、聊聊天，我感到终生愧疚和遗憾。

父亲走了这些年，每到清明以及年底，我都会到父亲的坟前祭奠，从没有间断过。一方面祭奠父亲在天之灵，另外也是在心里和父亲说说心里话，送上我对父亲的深深思念……

王从地
杏花凋零的那个春天

1959年春天的一个早上，我还在梦中，听见隔壁房里传来嗡嗡喳喳的一片哭叫。妈连哭带喊地来到我的床前，"娃儿，快起来，你爸爸死了……"我一翻身，坐起，揉揉眼，跟着母亲来到爸的床前。

爸爸平静地躺着，虽没有一丝鲜活的表情，但还像平素间一样欲言又止像要表达什么。他瘦弱，但两眼与颧骨之间总是透出坚强与智慧；两只眼睛微微闭着，似陷入深深的思考；头上青灰色的包帕，还整整齐齐地盘着；一年四季几乎不离身的土布长衫，纽扣一排排直到喉结，扣得严严整整……

我不相信风度依然神色镇定的爸爸会死！他活着，会重新站起来，笑眯眯地指着我说要怎样怎样，然后叫我给他一杯热水，他喝了再披衣下床，踱着小步走出屋，站在街中央，望着天打几个响亮的喷嚏，再回到房里安排几个工人今天做啥。

爸是开方子铺的，家中常有几个木工干活儿，做出来的方子分几等：

最低等的是贫困人家用的，就几块木板拼接钉起来，像火柴匣一样，所以叫"火匣子"。

比火匣子厚些大些的叫"老木"。

比老木高级的叫"四平头"。四平头顾名思义，厚木大方的好料，修得曲直分明、四棱上线，头上四边是宽厚张扬的翘角装饰，鼓鼓实实，虎视眈眈地朝着阴阳两个世界宣称逝者与众不同的身份。

比四平头更阔绰气派的叫"大方子"，外形魁梧，有气吞山河的派势，政要、巨贾或者独霸一方的文武豪强死后专享。大方子大价小市，一年能卖一个就不错了。

方子留给我如此深的印象，是因为爸爸的笑容、爸爸的佝腰躬身、爸爸的指指点点，大多在方子铺出现。

那一刻，我幼小的心灵，真不敢相信这一切会在妈和亲友们的哭声中消散。

我才七岁，刚上一年级，哥哥才十岁，母亲大字不识，没有爸爸的岁月，我们一家人的路该如何走？往哪走？我不敢想，只哭着抱紧妈的腰："妈呀……我要爸爸呀，我要爸爸，我要爸爸……"

妈羸弱的身躯颤抖摇晃，浑浊的老眼流出的泪珠抖落在我头上、肩上。她枯干的双手抓住我的头发，使劲直直扯动："娃……娃儿呀，都怪狗日的老齁毛病，一晚上你爸爸都出不匀气，心慌意乱又齁又咳。造孽哟，一直闹到天亮。他实在不行了就说听人说用皂角熬水喝了可以止咳，喊我去熬点皂角水喝一下试试，死马当成活马医，看能不能起点作用。我看他说得紧，就去洗了一小片皂角烧开了水，泡了一会儿，给他喝了小半碗。喝下去就拐了！没几下他就落了气！我……实在也没有其他法子，也是病急乱投方！晓得是哪个狗日的给他说的这个单方害了他呀……"

"皂角水皂角水，狗日的皂角水……"我紧紧抱住妈，妈摇晃得更厉害，几次差点要倒下去。

亲戚邻居又来了一大批，哭的哭嚎的嚎，入殓了爸的遗体。穷人的丧礼没有排场，方子是爸早给自己准备好了的。几个工人一阵忙活，将爸装进方子，定好封盖，一声吼叫，抬到城郊外山下一片竹木笼罩的坟林……

将爸爸掩埋下葬后已是中午时分。

我和哥哥一直跟到乡下。直到小山样的土堆将爸爸隔离到咫尺天涯，我才知道爸爸再也起不来了。他的斥责怒骂，他的鞠首指划、佝偻驹咳都停止了。

眼泪早哭干了。

天气冷起来，嗖嗖的冻雨将竹林边满树杏花打得落英缤纷。

杏花掉在地上，苍白的浅红色，凄凄冷冷，连那些柔柔的春香也惨淡得很。

第二天妈就叫我们去上学，妈说："爸爸死了，你两个娃儿的书，我一定要供出来。"妈叫我背前天的课文，我拖着嘶哑的声音背诵："……七九河冻开，八九燕子来，九九加一九，耕牛遍地走……"

妈跟我和哥哥说："你爸是个能人，开茶馆、开栈房、当木匠、当漆匠、当画匠，样样精。年轻时，每年一个人背个包袱，走路上青川、剑阁、碧口、汶川一带去买生漆。有钱人家，埋死人要四平头，还非要生漆刷的。你爸为了买生漆差点病死在外头。为了熬生漆，经常被漆毒熏得肿头大脑，眼睛肿成一条缝。才开方子铺，缺本钱缺材料，他把后边走廊和前面楼板二梁拆了做方子，就这样起的家。前些年搞夜战，政府要桐油点火把，你爸不要一分钱帮政府熬桐油，拖着大病几天几夜不歇气。全城都晓得你爸是半边街响当当的方子铺老板，一说起他的名字都要喊声'好！'……"

看到我和哥似懂非懂地点着头，妈肃然压低声音说："你们爸最疼你两个，在落气之前说的最后一句话是'要耐烦呐，把我两个娃儿盘大'。今晚些我还有话跟你们说，娃儿，你们好好读书，只有读书才有前途。我们娘儿仨靠别人不行了，要靠我们自己。我相信有儿有女穷不久，无儿无女久久穷……"

那之后，我和哥流着泪走上求学的路，小学、中学、师范、中专、大学，靠父母的生命孕育和血肉喂养生活工作至今。

当天晚上，妈向我们交底，父亲生前留下的遗产有：

一、几百元现金和一沓公债。这笔钱后来被人骗走一半，剩下的妈每用一分钱，都像剜心头肉。针挑细土，水滴石穿，但每年我们的学费都提前放好，到开学报名，我和哥交学费排在最富家学生的一档，从不欠一分钱。记忆中我从未向妈要过钱，一个铅笔头，边写边啃，啃光写光。这几百元钱一直支撑到我十四岁被迫挣钱养家，每天挣三角钱，全部交到妈手中。

二、十几个肉罐头。我们一年吃一个，吃了好多年。在那个水深火热的穷苦岁月，开个罐头就等于过年。那飘着油香的肉块，是我儿时梦中的人间美味。时至今日，那诱人的味道似乎还是我从未沾过吃过的绝味，是穷人再奢华也不敢想不能吃的味。

三、二十床铺盖。租给旅馆每年的收入，刚好够交我和哥哥的学费。

四、半年之后倒闭的方子铺。那些火匣子、老木、四平头、大方子离我们渐行渐远，却始终留在永不忘却的记忆中。

五、一套近百平方米的阁楼住房。遮风挡雨，爸爸早已安排好，不至于让我们母子三人流落街头。

…………

还有就是：眼泪、屈辱、饥饿、疾病，以及人世间所有的苦难。

日复一日，年复一年，因为父亲在天之灵的卫护和母亲的坚韧，我们没饿死、困死、病死，这才是父亲留给我们比金山银山更宝贵的遗产。苦难和不幸堆砌的城堡叫幸福，拥有城堡，我们很幸福。风霜雨雪，全都光脚上学放学，跑得毛飞；一年四季，拼命读书，从不逃学缺课。哥哥从小学到中学再到中专，一直是品学兼优的学霸。我在所有老师眼中，也都是师长们的得意门生。

感谢天堂的父亲母亲，不管这个世界有多残酷，有多喧嚣，我们都要把最朴素、最真实、最令人不忍卒读的血泪文字镌刻在永恒的记忆中……

刘全盛

现在，我要略微写一写我的父亲

父亲离开我们三十多年了。

父亲去世的第二天，我正在学校上课。看见教室外来了两个中年人，和正上课的老师说了两句，老师就让我出去。我就懵懂地跟这两个叔叔上了车。车上他们都不说话，只说是我父亲单位的。到家后，妈妈说："你爸爸走了。"妈妈哭，我没哭。后来直到父亲火化进炉子那一瞬间，我才流泪。

魏晋时期的竹林七贤中有这么一位，老妈去世，他正在下棋，听说了还继续把棋下完，一条龙的礼仪上不哭。等埋了老妈，突然吐血斗升。我深以为不是瞎编的。

唉，丧言不文，我还是说父亲与家中经济吧。

1982年父亲去世。这之前读书要填写家庭情况，我父亲工资七十多元，所以没有助学金。父亲去世后，我没申请，学校就开始给我每月十六元助学金。十六元在那些年，基本够生活用了。而这之前，家里每月给我二十五元。

父亲留给家里的，有一个老年丧子的母亲，一个中年丧夫的寡妇，三个少年丧父的孩子。他走得不负责任，但却是因为太负责才过早走的。

此外，家里留下的家具，除了床，其他都是他自己做的。这些东西有：大小桌子各一张、大小柜子各一个、我小时候的玩具车一个、滑轮车一个、炮弹壳笔筒一个、榴弹台灯一个、自制锯子推刨各一个。

花钱买的东西有：缝纫机一台、电风扇一把、收音机一个、小石磨一个、手推的剃头推子一把。

一周上六天班，有时候父辈还必须义务劳动或者政治学习。剩下煮饭睡觉时间之外，他唯一的闲暇大概就是做家具和给孩子剃头。那把推子好像是他去外地出差时买的，怕生锈，专门用煤油泡了起来。所以我现在还不喜欢剃头，那是因为剃头后，我头上就有煤油味。缝纫机，我父亲也比母亲打得好。至于奢侈品电风扇，出现异响后，父亲把它拆下来，把三片扇叶摆在桌子上，用肉眼手工矫正，然后就没了异响。

他的手工作品中，最具创意的可能就是用榴弹炮弹做的台灯了，而我最喜欢的，是小时候他给我做的木头汽车。

这个木头汽车长一尺半，解放牌货车，有车头有车厢，四个轮子也是木头做的，能转动，通体刷上绿色油漆，前面一根绳子拖着玩，货厢还可以放其他玩具……

我记忆里算得上高薪的父亲，有一件工作服和一件中山服，都是蓝色的。有双皮鞋是部队的舅爷家穿过的。舅爷家多出的军装，我高中时候也穿。

至于吃的，肉票正好全家一周一斤肉，记忆里父母似乎"不喜欢"吃肉。

这个穿别人旧皮鞋的长安科研所骨干，这个会剃头会做家具、会踩着缝纫机做衣服的父亲，出差带回过奶糖、海参、对虾——带给我的连环画也有一百多本！

有次我听父亲和母亲商量，到明年打算买个黑白电视机。后来，刚到"明年"他就去世了。再后来我工作了十年，和母亲凑钱买了个彩电，三千。

父亲去世不久，各种宣传说蒋筑英等中年脑力劳动者去世。其实我父亲去世那一年，他所在的长安科研所和技术科去世了三个中年男人，都是日行中天突然去世。

我父亲为家人累了一辈子，却连死的时候都一点不拖累人：晚饭后突发脑溢血，两个小时就去世。死后，单位几个要好的叔叔考虑我家情况，说不用找墓地了，长安林中大楼他很喜欢，就埋那树林里。

后来新修了楼，母亲知道后去找，什么都没有了。

王均波
战"疫"即将告捷，我却再也见不到岳父

2020 年龙抬头那天，又一批新冠肺炎患者从武汉火神山医院康复出院；也是这一天，医院检验科核酸检测实验室正式投入运行，实现当天采样、当天检测、当天报告临床，周转效率大大提高，真是振奋人心。

那天 16 时 16 分，我正忙着联络媒体记者采访，突然收到妻子的信息："爸爸去世了。"我印象中岳父身体尚好，加上当时太忙，便以为是妻子粗心大意发错了信息。忙完手头工作，我本想质问妻子怎么能开这种玩笑，但电话接通，就听见一片哭声，妻子哽咽着说："爸爸走了……"话没说完，便泣不成声了。

当时，我脑袋"嗡嗡"直响，犹如五雷轰顶……

稍坐片刻，我起身把媒体记者需要协调的事情办妥，将稿件报审，突然，又收到妻子的信息："你能回来吗？"

区区 5 个字，对我来说，犹如千斤重锤砸在胸口。

因为疫情，我大年初三"逆行"归队，几经波折，进驻武

汉火神山医院，负责联络媒体与审核稿件，配合媒体及时向外界发布火神山"战报"。

我知道妻子扛不住了，若不然，她不会这样问——她姥姥3天前刚刚去世，后事还没料理完，父亲又因心梗突然离去……

三天时间，两位至亲至爱的家人离去，对她来说无疑就是天塌了！

岳父走了，自己无论如何都该回去尽孝。

为了不让妻子担心，我一直没有告诉她，我来武汉了。当时，疫情如此严重，就算组织特批我回家尽孝，也得隔离14天后才能离汉，还得有人来火神山医院替换我；如果不回去，妻子带着两个年幼的儿女，在疫情蔓延下连车都打不到，岳父的后事怎么料理？

结婚10年，这是妻子第一次向我"求助"，更是为人夫最应该做的事，我却无言以对……坐在通勤车上，我把帽檐压得很低很低，任凭泪水顺着口罩往下流，眼前全是岳父的音容笑貌。

岳父他老人家是个地道的工人，一辈子没干什么惊天动地的事情，只是按部就班地上下班，退休后侍弄了几年果园。

2016年春节，我陪妻子回娘家过年，岳父岳母乐得整天都合不拢嘴。岳父每天陪着3岁的外孙女做游戏、讲故事、玩沙堆，想着法子给小朋友做好吃的，什么松鼠鱼、糖醋鱼，还有许多我未曾见过听说过的海鲜。10多天假期，岳父做的菜没重过样。女儿早就被姥爷的各种美食所俘获，天天黏着姥爷疯玩。岳父常说虽然每天很忙叨，但一听外孙女甜甜地叫一声"姥爷"，什么苦和累都烟消云散了。

吃年夜饭时，平时不爱说话的岳父，喝点酒后打开了话匣，虽然逻辑有些错乱，但"中心思想"还是清楚的，除了他那些辛酸往事，就是对我们的想念与牵挂。其中的缘由，已为人父的我深有感触。

妻子从海滨城市随军到塞外山城后，这是她第一次回娘家过年。妻子带着女儿坚守在陌生城市的那些年，不知受了多少苦和累，这让岳父很是牵挂。

说着说着，岳父眼角湿润了。他告诉我，在妻子很小的时候，因为老人身体不好，经常需要去医院抢救，为了方便照顾，一家三代挤在不足 40 平方米的房间里。妻子常常是一觉醒来，发现大人都去医院了……有时放学也回不了家，而是直接去医院找父母……其中的辛酸可想而知。

岳父操劳一生，没有享过什么福，大半辈子都在照顾他治病的父母，恪尽孝道。好不容易把女儿拉扯大，女儿又嫁给了远在异乡、经常回不了家的军人，基本上没有时间陪伴在左右。

那顿年夜饭，我陪岳父边吃边聊，直到新春的钟声敲响。岳父说这是他最开心的一个春节，希望我们来年还陪他一起过年，我点头答应。但因为各种原因，回家过年一推再推。想不到，他老人家竟驾鹤西去，让我再也无法兑现诺言……

通勤车快到站时，单位领导的电话把我拉回现实，告诉我：通过请示上级和协调兄弟单位，已经委托驻地的第967医院领导到岳母家中看望和慰问，并帮助处理后事。

那几天，有许多领导和战友打来电话安慰我、鼓励我，令身处疫区无法尽孝的自己感动万分。组织和领导百般照顾，解决了家里的困难，让我无后顾之忧参加战"疫"，自己唯有努力工作、争取以最好的成绩回报组织和领导的关心厚爱——若有松懈，就愧对组织和这身军装。

接下来，我除了偶尔打电话安慰妻子，尽量用忙碌来驱离悲伤，全身心投入工作，并给自己定下规矩："绝不让事情在自己手中耽误，绝不让稿件在自己手头耽搁！"

一个月过去，武汉的樱花已经盛开，街道的行人渐渐多了起来，火神山战"疫"也即将告捷。只待凯旋之日，再到岳父碑前，恳求原谅女婿的不孝！